U0905169

超好看
15

超好看
15

王雨辰、周浩晖等
著

北京联合出版公司
Beijing United Publishing Co.,Ltd.

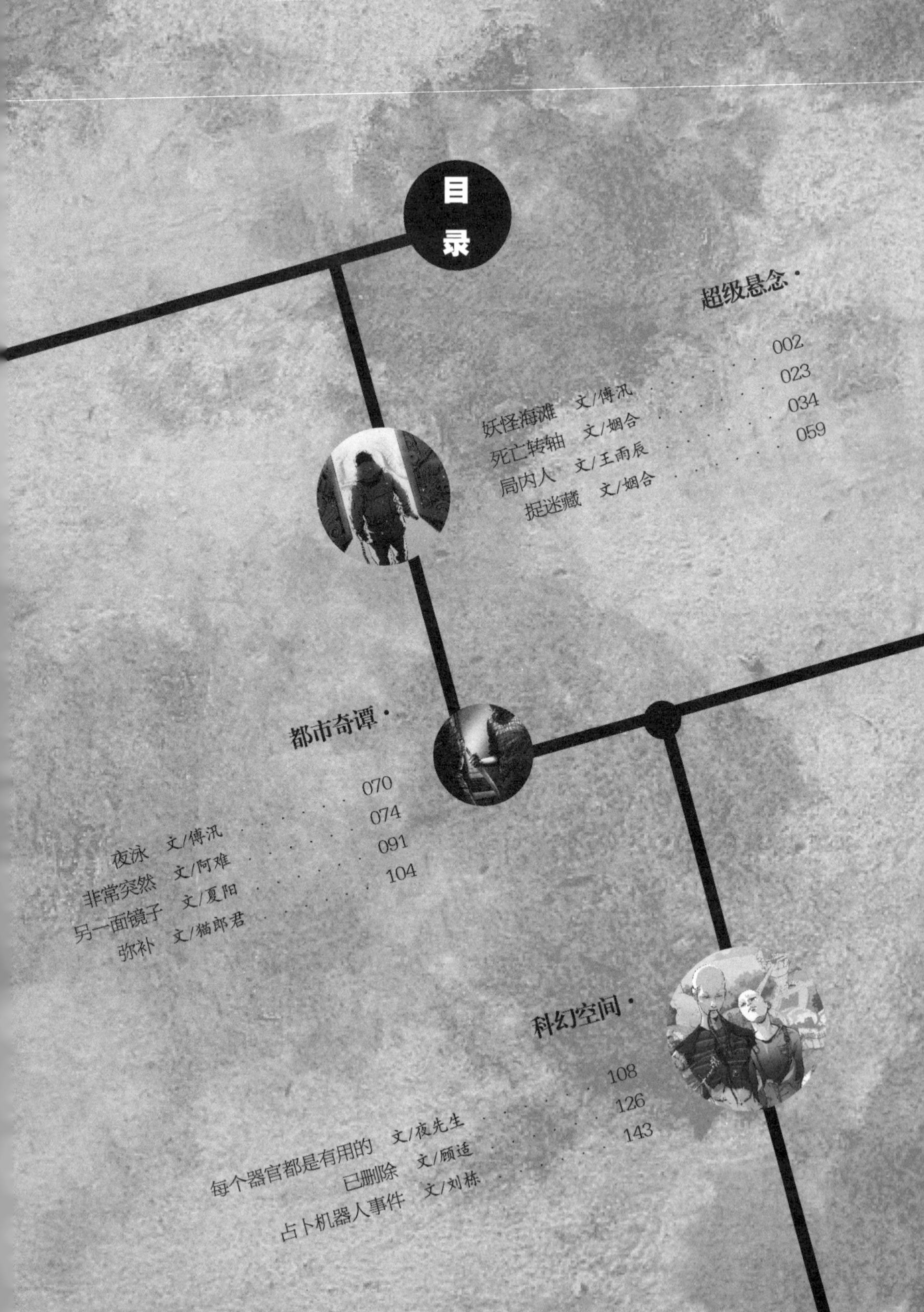

# 目录

## 超级悬念·



## 都市奇谭·



## 科幻空间·

CONTENTS

## 惊奇档案·



## 传奇狂想·



## 食客物语·

# 超级悬念

妖怪海滩

文/傅汛

死亡转轴

文/姻合

局内人

文/王雨辰

捉迷藏

文/姻合

# 妖怪海滩

文/傅汛

# 1

“明天周六，一起去东岸海滩玩吧！”

安琳双手放在背后静静站着，等待着廖天的答复。在她身后，路两旁金黄色的稻浪连接着无边的蓝天，她那身随风飘动的白色连衣裙成了这幅画卷中最跳跃的色彩。

对于廖天来说，这样的风景应该只有梦中才能见到。尤其安琳嘴边挂着的那抹微笑，更加深了这份虚幻感。他紧抓着书包背带，原地呆立。

和廖天同在初二（2）班的安琳是半年前从城里转学过来的，聪慧的她不仅容貌清丽，性格也可爱，很快成了班里同学瞩目的焦点。虽然还只是初中生，但已有不少男生流连在她周围。

这种朦胧的情感同样在廖天的内心深处扎根，但生性懦弱的他连和安琳靠太近都会紧张，更不用说凑上去说话了。他只会在回家的路上看到安琳时放慢脚步，走在她身后二三十米远处。对他来说，这已经是足够奢侈的距离了。离得太近，恐怕会脸红心跳，露出马脚。

这一次却有些不同。走到这段田间道路时，安琳突然转身跑过来，对极少交流的他说了这么一句。

“你说要去……东岸海滩？”廖天脱口而出。

东岸海滩离这个靠海小镇不远，本来只是一片很普通的滩涂，但因海滩上生长着此地特有的红绡草而出名。红绡草是半人高的草本植物，它笔直的茎上生长着层层叠叠数十片圆形的叶片。不知道从哪里来的传说，说红绡草能给恋人带来祝福，相爱的两人一起数一株红绡草的叶片，如果数到的数目是双数的话，那这一段恋情就能天长地久。是不是有成功实例已无从考证，但人们还是愿意相信这美丽的传说，为此还有恋人专门从外地赶来。

“没错啊。对了，廖天你是本地人，应该去过吧？”安琳依然保持着微笑说话。

“不，我……没去过。”

廖天从小在这片土地上长大，家离海边不过十来公里，他却从来没去过那片海滩，原因是——从小父母就不准他去。

“那明天我们几个人一起去吧！很想去那里玩一次。明天天气好像不错，还可以去海边游泳。”

安琳落落大方地讲起缘由，但廖天听到“游泳”二字后，忙把视线从她身上移开，生怕因产生联想而脸红耳热。

“那……还有谁一起吗？”

“芮雪也去。”

芮雪也是廖天的同班同学，她是在廖天念小学的时候举家搬过来的，两人是很亲密的朋友。听到是好友同去，廖天立即答应下来：“好、好啊。”

“那一言为定哦！明天上午9点我们在滨海1线的车站集合，不见不散。”见到廖天点头答应，安琳的笑容盛放得更灿烂了。

直到前方安琳的身影变得模糊，廖天才想起自己其实可以和她一起走的。刚才发生的事对他冲击太大，简直如做梦一般。往回走的时候，廖天故意重重地踩下脚步，水泥路面把力道反馈回来，脚底阵阵发痛，这才让他明确意识到不是在做梦。

“妈，我明天要和同学一起去东岸海滩游泳。”

晚饭的餐桌上，廖天嘴里嚼着饭和煎蛋，口齿不清地向坐在对面的母亲汇报。父亲在城里打工，这个家平日里只有他们母子二人，有什么事廖天一定会先告诉母亲。

母亲端着饭碗的手放低了，微皱起眉定格了几秒，最后冷冷地丢下两个字：“不行。”

“为什么不行？我又不是一个人去那边！”

能和心仪的女孩子出游是多难得的机会！廖天咽下还没嚼透的饭菜，站起身抗议起来。

“不行就是不行！”

“妈！你怎么这样啊？！除非你有理由说服我，不然这次我不听你的！”

母亲似乎挣扎了许久，才决定和盘托出。她示意儿子坐下，淡然的语气说出的却是令人惊异的话语。

“那是因为……东岸海滩上有妖怪。”

“啊？什么？”廖天差点笑出声来，“妈，我又不是小孩子了，你要编也编点可信的吧！”

“是真的。”母亲的脸上阴霾笼罩，眼神中看不出一丝玩笑的成分，“这事当地的老人都知道。这妖怪来自海里，每年农历八月初随着大潮而来，在海滩徘徊觅食。前几天是中秋，现在正值农历八月。”

看着母亲煞有介事地讲述，廖天有些不确定起来，只有先听完再判断。

“那妖怪有一双尖牙，喜欢咬破人的脑壳吸食脑髓。最可怕的是它吸食了脑髓后还会变成死者的样子，去祸害他的亲人朋友。”

廖天还是不信：“这么可怕？那为什么这里的人不搬走？”

“祖祖辈辈生活的地方，哪儿那么容易说走就走？妖怪在八月过后就会随着退潮回到海里，只要不在这段时间去海滩就没事。所以，一直以来受其害的本地居民并不多，多数是外地来的游客。说来也怪，妖怪要是在这一年吃了人的话，田里就会有好收成，所以，本地人对外都不宣扬这事。”

“那这里的人也太卑鄙了……”廖天不以为然地小声嘀咕起来。

“你别不信。不说别人，你爷爷就曾经遇到过那个妖怪。”

“真的？”提到几年前过世的爷爷，廖天忽地抬起头来。

见到儿子流露出好奇，母亲笑了笑，讲起那段从丈夫那里听来的故事。

“那时候你爷爷还年轻，喜欢喝酒赌博，常挂在嘴边的一句话是‘敢不敢和我打赌’。有一次他喝了酒，在八月误闯了东岸海滩，遭遇了妖怪。他无力逃脱，就在妖怪要对他下手时，情急之间说出了那句口头禅——敢不敢和我打赌？大概是觉得有意思吧，妖怪真的停手，问打什么赌。你爷爷看到远处沙滩上有个小孩子在捡贝壳，每走上一段路就会弯腰去捡脚下的贝壳，于是对妖怪说：‘我们来猜那孩子接下来走几步会捡到下一个贝壳怎样？各自报一个数字，谁的答案和事实接近，谁就赢了。你赢了的话可以吃掉我，我赢了的话你就放我走。’妖怪很爽快地答应了，但要求由它先猜，随后报出了33这个数字。爷爷很奇怪它怎么得出的这个数字，他凝神细看，发现在小孩子行走的路线前方有一个很不起眼的小黑点，那一定是半个埋在沙土里的贝壳。妖怪的眼力极好，目测出小孩子会走的步数，报出了准确的数字。爷爷即使紧挨着33报一个数字还是有可能会输。”

“但爷爷最后还是赢了吧，他是怎么赢的？”廖天的眼里冒出期待的光，忍不住出声打断母亲的话。

“呵呵，原因很简单。当时你爷爷报了20这个数字，等那孩子走到接近20步的时候，他抓起身边沙土中的一个贝壳，往孩子那里扔了过去。孩子虽然被吓了一跳，但还是停下来捡起了贝壳。于是你爷爷就赢了。”

说到最后，母子二人会心地笑起来。对于廖天来说，不论这是真是假，至少是个好故事。

## 2

周六上午，廖天还是趁母亲出门的时候溜了出来，在约定的车站等候安琳和芮雪。虽然昨晚母亲叮嘱过他，但一觉醒来，还是没什么真实感。他心里明白，妖怪什么的，一定是母亲怕自己游泳发生意外才编出来吓人的。

9点时两个女孩子准时联袂而来。安琳今天穿的是宽松T恤配浅蓝色牛仔短裙，手里拎着放换洗衣物的小号旅行包，长发扎成了马尾，看上去活力十足。远远看到她走来就有心跳加速的感觉。

“喂！你这家伙真的来了啊！”

直到胸口被人用手指戳了一下，廖天才从恍惚中清醒过来。会这样对他动手动脚的必是芮雪无疑。圆脸的芮雪配上童花头的造型，虽然长得不如安琳漂亮，但性格直爽的她在男生中也有着一定的人气，但对于廖天来说她只是哥们儿一样的存在。

“我跟他说好的，他当然会来啊！”没等廖天说话，安琳笑着走来把话接过。

“我们安大美女果然魅力十足，连老实巴交的阿天都一叫就到。嘻嘻嘻……”

“你胡说什么呀！他是知道你要来所以才来的，对不对廖天？”

面对这样的问题，廖天也不知如何回答是好，嗫嚅了半天也没说出一句整话。还好两个女孩子嬉笑着打闹，没人注意他已经窘得通红的脸。

身后传来汽车喇叭声，去海滩的公交车来了。

上车后安琳和芮雪坐在右侧的双人座上，廖天坐在左侧同一排的空座上，隔着身边的乘客，他偷眼看向她们那里。安琳边上的车窗开着，吹入的风带着夏末乡间特有的烧瓜藤的烟味。她的长发在风中拂动，迎着风眯起眼的脸上，似乎带着一丝笑意。

对于安琳安排这次小小旅行的目的，廖天至今想不明白。心里虽然有期待的答案，但也只是一闪而过。明知不可能，心里面却暗自期待着。唉，十四岁的少年！

再次看向暗恋对象时，廖天察觉有另一道目光也汇集向那里。刚上车的一个秃顶中年人也在看安琳。不过他目光的焦点投落在安琳宽大的T恤领口上。同样十四岁的安琳有着比同龄女孩子更曼妙的身材，从宽松的领口能看到她一部分发育良好的胸部。廖天着急地连连咳嗽。安琳并没有因此警觉，倒是那个中年人察觉到自己的失态，装作若无其事地往车子后部挪了过去。

很快又到了下一站，再次启动时，一个和廖天差不多年纪、高大帅气的男生上了车，他毫不迟疑地直奔芮雪、安琳后面刚空出来的座位。安琳则微笑着回头对他招手，又向另一边的廖天招呼："我介绍一下吧。他是4班的邹亦梁，这次也和我们一起去海边。"

邹亦梁也向廖天挥手，笑起来的眼睛眯成了弯月。他是很讨人喜欢的男生类型。

廖天在座位上欠了欠身后，默默闭上眼睛，隐隐察觉到了什么。

车内没有其他人说话，那一侧三个人的说话声很清晰地传过来。

"你倒是挺准时，我还担心你会错过这班车呢。"安琳的声音在问。

"我一早就溜出来了，还多等了一班呢。说来奇怪，奶奶不准我来，说海滩上有妖怪什么的。"邹亦梁说。

"怎么可能？我姐他们上个月还去过呢，还不都平安回来了？"芮雪插嘴说。

"就是啊！真不知道为什么他们要这么骗小孩子。"还是邹亦梁。

"因为你本来就是小孩子嘛！"安琳又笑着说。

听着那三个人的说笑声，廖天的心慢慢冷却下来。他明白了安琳叫上自己同行的原因。

本以为自己是主角，临上场时才得知只是跑龙套。这么般配的安琳和邹亦梁，才是内定的男女主角吧。

注定不幸的开场。随着情节的推进，等一下跑龙套的还要旁观男女主角的感情戏吧……

车厢内突然响起的手机铃声打断了廖天内心的愤懑，芮雪很快把接通的手机递到廖天这边："是伯母找你呢，好像很急的样子。"

廖天不像班上其他同学那样备有手机，母亲找他的话有时会打好友芮雪的手机。

电话那头，母亲的声音听上去很焦急："你去哪儿了？是不是偷跑去了妖怪海滩？不是跟你说不能去吗？你这孩子怎么这么不让人省心？！"

廖天默默听完母亲的责备，把手机还给芮雪后，已经做好了决定。车再次靠站时，他起身离座，对着三个人所在的方向说："家里有急事，我不去海滩了。"说完头也不回地下了车。

直到车子发动，还能听到车窗里传出的安琳和芮雪喊他的声音。廖天在车下一直背对着他们往前走，没有回应。车子远去，安琳的声音还在耳边回荡：

"廖天！不是说好一起去的吗？"

鼻子忽然酸涩起来，有种想哭的冲动。但好像又没有哭的理由。只是不去海滩玩而已，这也值得哭吗？只是不跑这个龙套而已，这也值得哭吗？

空旷的大路上，少年小小的身影高呼狂奔着。

## 3

再次见到安琳，是隔了一天后的周一，她破天荒地迟到了。

早早穿上长袖衣裤的安琳，低着头走进已经开始早自习的教室，轻轻拉出自己的椅子坐下。虽然书本放在桌上，但视线一直没在上面停留过。她看的似乎是空气中某个无形的点。课间的时候，她也不像往常一样出现在人群最集中的地方，而是安静地坐在自己的座位上，就像和这个喧嚣的世界隔离了。

坐在相邻一排的廖天把这一切都看在眼里，尽管早就告诉自己不要再关心她的事情，但心里还是泛起层层疑问。

同学们认为她身体不好或者心情不佳，都没过来打扰，但廖天不这么认为。那天在海滩上，一定有什么事情发生。

午休的时候，廖天在楼梯拐角处拉住芮雪，旁敲侧击问安琳的事。

“阿雪，你们……周六在海边玩得开心吗？”

“开心啊！”一说到这个，芮雪的脸上就泛起笑意，她给了廖天的肩膀一拳，“你怎么搞的啊？突然就下车，我和安琳叫你都不理！”

“我……不是说过了吗，家里有急事，去不了。”

“哼！说话不算话的人！”

“不用为我这点事生气吧！在海滩上，安琳她……没发生什么不开心的事吧？”

“安琳吗？我们没有一直在一起啊，所以不太清楚……安琳她怎么了？”

显而易见，安琳是和邹亦梁在一起，芮雪靠边闪了。而且芮雪今天心情似乎不错，竟然没注意到安琳的异常。廖天摇摇头说没事，跟在几个同学后面，垂头丧气地回了教室。

芮雪不知道的话，那只有去问和安琳在一起的人了。

放学后，廖天拎起早已整理好的书包，第一个冲出了教室。

在一阵嬉笑声中，邹亦梁和几个拿着篮球的高大学生走出4班门口，下楼后直奔校门外，似乎要去哪里打球。他完全没有注意到边上廖天的存在。

廖天没有勇气冲上去叫住一个不熟的人，只能看着他的背影远去。现在的他还不知道，这是他见邹亦梁的最后一面。

回家的路上又见走在前面的安琳。她低着头走得很慢。以往有节奏的脚步，跃动的头发，现在全都不见了。田间沙沙的稻浪声衬托着夕阳下落寞的背影。

明明只要跑上去问一声就能解开心中的疑惑，但廖天就是做不到。经过前天的事情，他觉得两人的距离更加遥远，就像已经在不同的世界。少女的身影最终消失在层层稻浪后，留下身后数十米远处孤身的少年。

邹亦梁的死讯是第二天一大早在班里传开的。他的家人一大早在房间里发现了他倒在血泊中的尸体。因为房间的门锁遭到破坏，家人怀疑有人从外部侵入加害，打电话报了警。

虽然跟邹亦梁不算熟，甚至还有点嫉恨，但昨天还活生生的一个人突然死去，这对廖天实在是个不小的冲击。

身后的惊叫声把发呆的廖天惊醒，竟然是芮雪晕倒在地。乱哄哄的教室炸开了锅，脚步声、呼喊声此起彼伏。幸好有班干部站出来指挥大家抬起芮雪去校医务室。

担心好友安危的廖天跟着同学们出了教室，走了几步后，他察觉到了异样。人流拥出教室的同时，有一个人却如磐石般一动不动地坐在座位上，和人流形成鲜明的对比。走过安琳座位时，廖天扭头看了她一眼，那双空洞的眼神让他后背一阵恶寒。

芮雪经过治疗后很快恢复了意识，校医说她受到的打击太大导致身体虚脱，最好在家休养几天。第二天芮雪果然没来上课，廖天在学校走廊遇到了芮雪的姐姐芮虹，向她问起好友的情况。

身材瘦高的芮虹就读高一，性格比芮雪还像男孩子，但待人亲切。看到廖天担忧的样子，她收起原本的忧色，像对待弟弟一样安慰起廖天：“阿雪在家休养呢，身体还好，不过总是心神不宁的样子，好几次叫出邹亦梁的名字，还提起了什么……营地。”

廖天很清楚“营地”指的是什么。那是某处山坡下一个废弃的防空洞，廖天和芮雪小时候常在里面储藏玩具、图书之类的“宝物”。读中学后他们几乎没去过那里，现在病中的芮雪突然提到，实在让人奇怪。

虽然已经没有秘密可言，但因为两人小时候有过约定，廖天还是没对芮虹说起“营地”的事。确认好友已经不要紧，他放下心，踏着上课铃声跑向自己的教室。

## 4

这一天放学后，廖天没有像往常一样直接回家，而是独自去了那个隐蔽的防空洞。理由他自己也说不清，也许只是来了想旧地重游的冲动。

走过大片秋收后的农田，再穿过一片小树林，那个长满杂草的小山坡就在前方不远处。

拨开垂挂下来的藤蔓，推开防空洞没有上锁的铁门，靠着隐蔽的通风口射入的微光，能大致看清洞内的景物。洞内是个水泥内壁的长方形房间，陈设只有西侧角落的两个大木箱和东侧的一个破旧的铁柜。木箱里曾放过廖天的几样玩具，柜子是芮雪独用的，她禁止廖天打开。

廖天忽然很想看看芮雪小时候的秘密，便走向比自己还高一点的柜子，拨开柜门上的开关探头往里张望。柜子里空荡荡的，只有角落里放着什么东西，由于光照角度的关系看不清。他索性踏进柜子里想把东西拿出来，不巧的是柜子一晃，柜门自动关上了，随着“啪嗒”一声，门上的开关也落下了。廖天做梦也没想到自己会被锁在柜子里，使劲推了几下柜门，但无法脱出。正当他想用力撞门的时候，外面忽然传来“嘎吱吱”的声响。

廖天的心弦一紧：这是开门的声音！但进来时没有把外面的铁门关上，除了这扇门，洞内还连着一个有木门的小房间，难道是那扇门被打开了？如果是的话……就是说防空洞里有人？

廖天首先想到的是芮雪。正要出声呼救，又猛然觉得不对。芮雪不是在家养病吗，怎么可能一个人跑来这里？他下意识地合上张大的嘴，把耳朵贴近门边缝隙，听外面的动静。

“嗒——嗒——嗒——”很缓慢的步调，听上去像趿着鞋走路的声音，正从洞的深处走近。这诡异的脚步声怎么听都不像是芮雪的。

“咔嗒！”从洞内传出轻微的碰撞声，大概是刚才的木门自动关上了。脚步声停了几秒后，又继续走起来，“嗒——嗒——”

脚步声越来越近，廖天的心跳频率也越来越快起来。还好外面的人并没有再停留，经过柜子往洞门口的方向走去。

廖天松了一口气，有种警报解除了的感觉。想象一下当年在这个防空洞里躲避空袭的人应该也没这么紧张过吧。柜子里安静得好像可以听到自己心跳变慢的声音。但是廖天马上察觉到其中的异常——太静了，脚步声没有了！走向门口的那个人停住了！

怎么回事？难道被发现了？但是洞里的东西自己几乎都没动过……

廖天的脑筋急转，很快发现了问题——铁门还是半开状态！这很明显是有人进来过的提示！

脚步声突然再度响起，“嗒嗒嗒”地急速朝柜子这边奔过来！然后“砰”的一声巨响，柜子猛烈地摇晃了一下。廖天的心随着那一撞提到了嗓子眼儿。那个人……似乎把身体贴在了柜门上！

安静地持续了十几秒，然后传来衣服同柜门的摩擦声，那个人终于离开了柜子，似乎在考虑下一步该干什么。廖天靠着柜子的后壁，浑身颤抖不已。虽然不知道外面是谁，但能明显感觉到那股恶意，如果门被打开的话，自己一定不会有好下场。

“嘎吱吱——”这不是打开柜子开关的声音，而是类似粉笔滑过玻璃窗时发出的刺耳声响。声音发自柜门的左上方，然后向右下方延伸。停下后，听到了另一个轻微的声响。那是自鼻腔呼出气体的冷哼声！脚步声很快远去，最后传来“砰”的一声铁门关闭的声音。

足足等了一分多钟，廖天才开始尝试撞柜门。一下，两下，三下，老旧的开关终于被撞折。他踉跄几步跑到外面，看清洞内没别人，才松了口气，弯下腰咳嗽不止。柜子里的灰尘把他呛得半死。

柜门此时已经完全打开，里面只有几件破旧的小女孩的衣服，这已经不再吸引廖天的注意，他注意到的是柜门上刚添上的一道斜向的划痕。划痕的边缘铁质外翻，触目惊心。柜子外面的那个人究竟拿着什么样的利器？竟然可以割开金属的表面！

为了弄清刚才那人在这里干什么，廖天壮着胆朝里侧那扇木门走去。随着推开木门的嘎吱声，门后的景象在他眼前逐渐展现。屋内点燃的蜡烛照亮地面，那里一动不动地躺着一个娇小的身影，身下是一大摊血迹。廖天的心猛地一跳，他冲过去蹲下细看那人的脸。果然，地上的女孩子正是芮雪。

# 013

**妖怪海滩**

“阿雪——”

廖天凄厉的哭叫声在这片狭小的空间里回荡着，但可惜怀中好友的身躯已经开始变冷，不可能给呼唤她的人任何回应。

不知道过了多久，呆坐在地上的廖天才清醒过来。芮雪已经被刚才的人杀死了，这个地方不能久留。他快速地检查了一下芮雪的尸体，除了身上有被利刃刺穿的痕迹，头顶部位另有两个指头大小的血洞。他的心中升起一股不祥的预感。

为什么病中的芮雪会孤身一人来到这里？这里面一定有原因。但是廖天翻遍屋子都没什么收获。看到屋了角落里的那张桌子，他想起芮雪曾经在桌下藏过东西，忙上去把两个抽屉都卸下来，果然在桌肚底下找到了暗格，里面塞了一个鹅黄色封皮的日记本。本子里面都是芮雪的字迹，上面还写着日期和时间。为什么芮雪要把日记藏在这里？这上面写了和凶手相关的东西吗？想到这里，廖天迫不及待地就着烛光把日记翻开细看。

本子被写了一半，前面都是芮雪日常生活中的一些琐事，靠后几页是这几天的日记。

**9月16日　周五**

今天中午安琳约我周六去东岸海滩游泳，还说会叫上廖天和另一位神秘人士。虽然对那个神秘人士有点不放心，但看她笑嘻嘻的样子，我同意了这个提议。我想她一定不会让我失望的。

**9月17日　周六**

从东岸海滩回来了，真是开心的一天！虽然半路上廖天突然离队有点失望，但没想到的是那个神秘人士竟然是邹亦梁！安琳怎么知道我喜欢他的？还做了让我们一同出游的安排，这太让人惊喜了！更令人惊喜的是，邹亦梁在海滩上向我表白了！周一中秋节那天我还对着圆月许过愿，没想到这么快就能实现！原来被喜欢的人同时喜欢上是这样一种感觉！我太幸福了！

我们两个还爬上了海滩边那块大礁石，一起数了上面长得最高大的那株红绡草的叶子，结果是58片，双数！这代表我们的感情会天长地久吧！

嗯，一定会的！

后来还去海边游泳，到那里的时候发现安琳已经换好泳装泡在水里了，没想到她那么喜欢游泳。我还看到了阿梁光着膀子的样子，很有体魄啊。他也看到了我穿泳装的样子，不知道感想如何呢……啊，我想到哪儿去了……

行了，今天太累了，早点睡！

9月18日　周日

今天接到阿梁的电话，说了很久，很开心。就让我在梦里继续回味吧，就这样。

9月19日　周一

新的一周开始了。廖天问起安琳的情况，我才发现她的状态不太好。我问她，她也没跟我细说，只说精神不好。大概是周六游泳累了吧，希望她早点好起来。真感谢有她这样一个朋友。晚上阿梁又打来了电话，嘻嘻。

9月20日　周二

不敢相信昨天的事情是真的。前一天晚上还和我通电话的阿梁，竟然已经……昨晚梦到了小时候常和阿天去的“营地”，忽然很怀念那个让人安心的地方。人要是一直不长大就好了，就不会去经历后面痛苦的事了。好累，我要再去睡一觉，但愿这只是一场噩梦，醒来后就会结束。

9月21日　周三

我终于知道了事情的真相，太可怕了！杀人魔鬼竟然真的存在！我知道随便指认一个人不好，但是至少要警告一下别人，尤其是廖天，告诉他最凶恶的敌人原来就在身边！

门外好像有人？连家里也不安全了，我还是先离开这里。

日记的内容到此为止，后面一片空白。芮雪没有在日记里写下那个凶手的名字，只留下了一点提示。

放下日记，廖天的脑子里乱成一团。最让他在意的不是里面提到了“杀人魔鬼”，而是邹亦梁喜欢的人竟然是芮雪！

虽然未必有什么用，廖天还是把日记本带上，最后看了芮雪的尸体一眼，茫然走出了防空洞。

铁门打开后，外面的光线像针一般刺入双眼，他忙闭上眼以适应亮光。

身旁突然传来轻微的脚步声，眼睛虽然闭着，还是能感觉到有个阴影挡在了面前。

“谁？”廖天大叫着睁眼抬头，防空洞里体验的恐怖感再次笼罩了他。

面前有一个人逆着夕阳的余晖站立着，面部被罩在阴影里。

廖天终于看清来人的脸，没等他张嘴说话，“啪”的一声清脆声响，脸上火辣辣的生疼。

面前的母亲一脸愠怒，巴掌还没收回就训斥起了儿子：“放学了怎么不回家？你知道我有多担心吗？”

耳光虽然不是很痛，但廖天被母亲这突如其来的举动惊呆了。只有父亲在他不听话的时候打过他，母亲只是嘴上骂，从来都没动过手。

正在错愕间，母亲的训斥劈头盖脸而来：“怎么老不听话？现在还到处乱跑，你不知道老邹家的孩子死了吗？尸体头上有两个血洞，那意味着什么你还不懂吗？”

“什么？真、真的吗？”

“警察验过尸，早都传开了！”

这个消息让廖天如同挨了当头一棒。刚才看到芮雪的头部就留下了印象，现在知道邹亦梁的尸体也有同样特征，之前不祥的预感终于应验了。

——海滩上有吸食人脑髓的妖怪。

——妖怪会变成被吸食的人的样子去害那人的亲人、朋友。

——芮雪和邹亦梁在一起，安琳在海滩上落了单。

“不！不会的！”

廖天大叫一声，撇下母亲冲了出去。

“妈！我有点急事要去办，完了马上回家！”

话音未落，儿子的身影已经远去。站立在荒草地里的母亲，脸上再度蒙上阴影。

十几分钟后，廖天拖着木棍般僵硬的双腿走进安琳家的院子，拍响大门。

穿着围裙的安琳妈妈开了门，见到有陌生的小男生问起女儿的行踪，她也不介意，在围裙上擦着手和蔼地告知女儿还没回来，还邀请廖天进屋等。

内向的廖天当然没进屋，他退出院子，在不远处的树荫下坐了下来。无论如何他都想见安琳一面，跟她当面确认一下放学后的行踪。

正值归家时分，小路上不时有路人经过，偶尔也有满脸疲惫的晚归学生，但始终不见安琳的身影。夕阳很快下山，天色越来越暗，头顶上树叶的摩擦声让人感到阵阵凉意。

足足等了两个小时后，廖天撑着麻木的腿站起来。掠过脸颊的风让他觉得一阵阵的冷，比这更冷的，是他绝望的内心。

## 5

次日，芮雪的死讯也像邹亦梁当时那样在班里传开。这都在廖天的预料之中，因为就是他昨晚用投币电话匿名报的警。到现在为止，警察还没有找上他。

不远处的安琳趴在桌上，肩膀和头微微颤动，像是在为芮雪哭泣。但廖天总觉得她不是在哭，想到她朝下的脸庞上因为偷笑而勾起的嘴角，让他如坐针毡。昨夜迟迟未归的原因，廖天也没再问她。他的勇气早在等待的夜风中耗尽。但是对于事件的真相，廖天并没有放弃追寻。因为这关系到好友的死以及自身可能面对的危险。这案子恐怕无法依赖警方来破获，因为凶手的身份超出了一般人的理解范围。要想举报时不被当作神经病取笑，那必须先取得确凿的证据才行。

熬到了午休时间，廖天草草吃完订餐后溜出学校，来到周边的公交车站等车。

目的地，当然是妖怪海滩。

下车后走过一段两旁都是海防林的柏油马路，地势开始下降。沿着一条沙石路走到底就是东岸海滩。站在暗黄色的沙滩上，吹着迎面而来的海风，望着远处灰色云层下褐色的海平面，廖天心里忽然有种被掏空的感觉。

右手边可以看到那块巨大的礁石，石上泥土缝隙里生长着的多株红绡草在风中摇摆。周六芮雪他们去的就是那里。左侧海滩的尽头是大片长着芦苇的滩涂，安琳走的是这边。

这次来的目的很明确。如果妖怪吸食了安琳的脑髓变成了现在的她，那就会留下尸体。抛尸入海的话，去游泳的芮雪他们会发现，要藏尸，海滩边上的芦苇荡最方便。廖天顾不上脚下的泥泞，穿过海滩往长满芦苇的滩涂深处走去。

遮盖过头顶的芦苇随风摇摆，长条的芦叶随着茎秆摆动，刮得手臂阵阵生疼。头顶上不时有芦花飘落，如雪花般在眼前飘飞。如果换个时间地点，这或许是让人感觉浪漫的景象吧，但走在其间的廖天心里却一阵阵发紧，因为他从风里闻到了腐臭的味道。

恶臭的来源就在前方不远处的芦苇脚下，表面包裹着泥沙的突起，但还是可以辨认出人形。

安琳死了。安琳变成眼前这具肮脏发臭的尸体了。

只是想到这一点，廖天就难过得想哭。即使安琳不喜欢自己，即使看到她和别的男孩子在一起会心痛，但还是希望她能够一直活着，自己只要能常看到她就好。但如今，这一切已被无情地摧毁。

心中的悲伤盖过了原先的恐怖感，廖天拖着沉重的脚步走向那具尸体。弯下腰，用颤抖的手缓缓拉开盖在尸体脸上的衣襟。

但是，跳入眼帘的那张人脸让他吓了一跳。不是因为腐败后的人脸太恐怖，而是因为……那根本不是安琳的脸！

本来就饱满的脸颊因为浮肿显得更为肿胀，睁大的眼睛上蒙着一层浑浊的颜色，肥厚的嘴唇像鲇鱼嘴一般耷拉着。最显眼的是头顶中央白惨惨的一片沾着泥浆的头皮。

乍看很陌生的容颜，但廖天很快想起了这是谁。这是在来海滩的车上遇到的那个偷窥安琳的秃顶中年人！

为什么这个不相干的人会死在这里？那安琳是怎么回事？

来不及细想这些问题，廖天开始查看起中年人的尸体。最在意的头顶上没有任何破损，唯一的伤口在头颈部位，左侧头颈被划开了一道大口子，灰白的皮肉外翻着。

在离尸体不远的地方，有一根靠近根部断掉的芦苇，芦茎的断面边缘锐利，划开皮肉应该不成问题。被折断用作凶器的上半截已经不知所终，可能已在涨潮时被海潮带走。

车上偶遇的中年男人，海滩边落单的安琳，折断的芦苇，颈部的伤口，泥浆满地的芦苇丛，日记中早早换好衣服下水的安琳，学校里犹如换了一个人的她……

稍加联想，廖天就意识到发生了什么，他像疯了一样狂踢着中年人的尸体。尸体晃动着，下面的泥水发出“扑哧扑哧”的响声。最后猛踩了一脚后，廖天大叫着转身狂奔。一路上苇叶划过脸颊也感觉不到疼痛。

奔跑中的少年在心里咒骂着自己，后悔不已。如果当初没赌气先走而是陪着安琳一起，她就不会被色狼盯上。如果中年人没有拉她进芦苇荡企图强暴，她也不会为了反抗而杀人。如果这一切没发生，安琳也不会因此变得自闭。

但是如果只能是如果，现实总站在如果的背面。

空无一人的沙滩上，迅速铺上了两行反方向的脚印。此时的廖天归心似箭，他想回到学校，回到安琳身边，想把很多原本不敢开口的话对她说。

此时海面上空积压的云层的颜色加深了不少，天色已接近黄昏。空旷的海滩上海风无阻挡地掠过，吹动滩涂上大片芦苇荡，发出“唰唰”的声响，听得人心里发毛。

前方的沙石路上，不知何时多出一个人影。

逐渐接近后，终于能看清来人。短短的头发，瘦高的身材——那是芮雪的姐姐芮虹。廖天放慢脚步，停下来叫了声：“芮虹姐！你怎么也来……”

话说到一半，后面的卡在了喉咙里。少年意识到了一些事情。

——如果安琳不是妖怪变的，那杀死芮雪和邹亦梁的人是谁？在防空洞里让他胆战心惊的遭遇不可能是幻觉，这一切又怎么来解释？

芮雪日记里的某句话在脑海里闪过。

芮雪说周一中秋节那天曾经许愿，算一下那应该是9月12日。在车上时她还说姐姐芮虹上个月，也就是公历八月去过海滩；既然9月12日是农历八月十五，那公历的8月底已经进入农历八月了。这，正是妖怪上岸的日子。

——最凶恶的敌人原来就在身边。

## 6

终于领悟到这句话含意的时候，已经太晚了。“芮虹”的脚面贴着地面，以一种诡异的步态一步步逼近过来。

“你……现在都知道了吧。”

说话的时候，“她”把一只手放到了额头上，轻轻一抹，一大块带着头发的皮肉就从脸上掉了下来，露出下面暗色的光滑表面。重复几下这样的动作后，“芮虹”本来清秀的五官已全部被剥落，耸立在衬衫领口上的是一个青黑色的鱼类脑袋，上颚前端长着两颗像海象那样的獠牙，颈部变得异常粗大，上面缀满了硬币大小的银灰色鳞片。两只眼睛已经偏移到了梭形面部的两侧，眼珠凸出着，一眨不眨地盯着廖天。

“躲在柜子里的人就是你吧？当时刚饱餐过美食所以放过了你，但是现在……”鱼头人身的怪物从宽大的嘴里发出低沉沙哑的声音，那已经不再是芮虹的音色。

“你、你杀了芮虹姐？为、为什么？”廖天被这妖怪的样子吓得浑身颤抖，咬字也有些不清。

“为什么？嗯……这问题让我很难回答。要是餐桌上的牛羊开口问人类为什么要吃它们，人也会觉得困惑吧？对于我来说人类只是食物，在我想吃的时候，遇到了她，吃了而已。”妖怪的声音瓮声瓮气的，像从腹腔深处发出的一般，语调却平缓得像在和人闲聊。

“那、那为什么还要变成她的样子去她家里？海滩上不是一样有游人来吗？”

妖怪厚厚的嘴唇扁了一下，露出廖天见过的最丑陋的笑容。“为了方便你理解，还是用食物来比方吧。人身上的脑髓是我的最爱，可惜一般情况下吃到的，就像只加过‘恐惧’这一味调料的小菜，味道平淡。但是如果死前得知亲友死亡，脑中混入悲伤、愤怒、后悔这些情感后，那就像在菜里加入了多种调料，才可以称为美味佳肴。其中又以知道心爱的人死去后所产生的哀伤味道最为浓郁。杀死邹亦梁后再品尝芮雪的脑髓……啊！那样的美味我至今印象深刻。”

说到这里，妖怪大嘴的缝隙之间伸出一条鲜红的长舌，把嘴唇舔了一圈后便迅速缩了回去。廖天的胃部开始泛起阵阵隐痛，头上冷汗直冒。这个表示回味的动作同时也预示着要拿自己开刀了吧。

时间已经刻不容缓，他突然一个箭步冲了出去，快速绕过前方的妖怪，朝沙滩外的大路上奔去。

没跑上几步，只见妖怪的身形一闪，廖天的脚下突然被什么东西一绊，一个跟头摔倒在潮湿的沙地上。翻身朝后看去，那妖怪不知何时已经移动到了近前。它裸露的双臂布满了鳞片，手指末端正生长出如利刃般的指甲。

廖天想再次逃跑，但两条发软的腿连站立起来都困难。妖怪没有再给他起身的机会，“忽”地移动到他面前，慢慢伸出曾轻松划破铁柜门的利爪对准廖天的胸膛。

“等一下！”在这生死攸关的时刻，廖天想到了祖父的故事。他咽下一口唾沫，润了润干涩的喉咙，学着爷爷说出了那句话：“敢不敢和我打个赌？”

妖怪停了动作，歪着头一副若有所思的样子：“这句话听起来有点耳熟。好像很多年前也听人说过……”白色的鱼眼里那点黑色的瞳仁颤动了几秒后，它的表情似乎变得柔和起来，“有意思，我和你打这个赌。但是我不赌捡贝壳，哼哼。”

妖怪上钩了！廖天压抑着内心的紧张与兴奋四顾。远处那块巨大礁石上的红绡草进入了他的视线。心中一动，但视线没有停留，他重又看向妖怪说：“这海滩上有一种长了很多叶子的红绡草你知道吧，要不我们来猜一株红绡草的叶片数目怎么样？”

“可以。”妖怪点了一下看似沉重的脑袋，很爽快地答应下来，“但是具体猜哪一株要由我来决定。”

“我同意。你猜对了的话可以吃我，我猜对了的话……你就不能伤害我，还有马上就回到海里去，再也不能回来祸害这里的人！”

“哈哈哈！”妖怪张大嘴仰天大笑起来，两枚长长的獠牙白得瘆人，“你太贪心了。输了的话我只答应放你走。”说完妖怪瞪着大眼环视四周，最终指了指那块大礁石说，“就以那块石头上最高大的那一株来打赌吧。”

妖怪不肯从此罢手让廖天有些失望，但看到它决定以那株红绡草打赌，不禁在心里暗自欢呼了一声。这是他预料之中的选择。从这个方位能看到的只有礁石上的那片红绡草，而最高大的那株特征最明显，被选中的概率很大。

不知道是不是内心的喜悦无意间表现在了脸上，妖怪突然伸长脑袋，逼近廖天问：“你是不是来过这里？”

“我吗？没有啊。”这并不是谎话。廖天没有来过海滩，但他知道那株红绡草的叶数，那数据来自于芮雪的日记。芮雪和邹亦梁数过那株红绡草有58片叶子，那么重要的时刻，他们一定不会数错。

“嗯，看来也是如此。”妖怪最终相信了廖天的话，收回凶狠的眼神后说，“但是我不和你猜叶片的数目，我们猜单双数。”

“没问题。既然你选定了那株，那就由我先猜。”

“可以。”

听到妖怪同意让自己先猜，廖天几乎要兴奋地跳起来。先机已经掌握在手中，胜券在握。他抬头望向海面的上空，层层密布的乌云中存在着一缕缝隙，一道微弱的光线从云层里漏了出来，黑水涌动的海面上，多了几分光亮。

## 7

太阳在东岸海滩再次升起时，已是这一周的周五。放学后，安琳像前几天一样没在学校多停留，她只想回家后一个人待在自己的小房间里，埋头在作业中，疲累后倒头便睡，这样就不会做梦，不会见到秃顶中年人那张丑陋的脸。

正要摇头挥去这恐怖的记忆时，身后突然有脚步声快速逼近，安琳吓得急忙转过身来。

出现在面前的是一张熟悉的脸庞。廖天边调整粗重的呼吸边盯着她。

“你……有什么事？”情形似乎和以前倒过来了，安琳被看得局促起来。

“呼——呼，我、我想对你说，事情，我都知道了。”

“啊？都知道什么了？”

“我知道你安排出游是为了多点时间和我相处。还有，你在沙滩上的遭遇我也知道了。那都不要紧，我会陪你去面对的。因为，我也喜欢你。”

面对突然的表白，安琳不知该如何反应才好，只是嗫嚅着说：“你、你是怎么知道的？是……说真的吗？”

少年挺直胸膛，坚定的神情表明了他的心意。

“怎么知道的你就别管了，反正……我一定会做到的！”

安琳脸上的疑惑转为喜悦，低头自言自语般轻声说：“难道，真是那个起了作用？”

“嗯？什么起作用？”

“是这个，”她从书包里掏出一本厚厚的课本，翻到中间部分，抽出一枚夹在页面间的圆形叶片，“红绡草的叶片。前天放学后我去东岸海滩采来的，因为这个那天回家很晚，还挨了骂呢。传说这种叶片会给有情人带来祝福，虽然害怕那个地方，但我还是去了，因为如果什么都不做的话，我怕……怕你从此都不和我说话了。这是从礁石上最高大的那株红绡草上摘下来的，没想到真能应验，你这么快就来和我说话了。”

廖天捻起那一枚叶片，脸上露出豁然明了的神色。他笑了笑交还叶片，一把握住安琳的手，轻声问：“明天是周六，再去一次东岸海滩好吗？只有我们两个。”

两人站立的位置原本有些距离，因为这一个小小的举动，夕阳下的两个影子连接在了一起，橙色的阳光似乎在帮忙掩饰少女脸上的羞涩。

等待回答的这一刻，整个世界似乎都寂静了下来。

安琳没有抽回被握得生疼的手，脸上挂着幸福的微笑，红着脸点头说：“好的。”

# 死亡转轴

文/姻合

# 一、暗里有个要命的

寒风呼啸，系着一行人的绳索在风中绷得笔直。巴掌大的冰片一块接一块地砸在人的脸上，根本睁不开眼睛。忽然一声凄厉的惨叫，又有人坠入了无底的深渊。

离珠穆朗玛峰的峰顶还有三百米，智者无奈地看了看头顶。今天这短短的三百米已经成了不可逾越的天堑。天色渐黑，如果不想全部死在这已经历经千辛万苦、终于接近顶峰的地方，必须赶紧找一处能歇脚的岩缝。

幸运的是半小时后，剩下的人在一个能容身的岩洞会合了。从山脚下出发的11人，自从登上峰腰起就不断有人遇难，现在还剩5名，分别是领队的智者、向导噶猛、智者的女儿陈玲、陈玲的未婚夫（也是智者的得意门生徐明）以及智者的另一名学生张民。

张民擦去眼角的泪水，用随身携带的油筒燃起了火。一行人围着火筒坐好，寒风时时侵入岩洞，智者看着跳动的火苗陷入了沉思：在几百年前，智者曾被人们称为教授，然而随着黄金世纪的消失，被称为科技的古知识因为失去了实用性再没有教导传授下去的必要，也就没有了“教授”这个名词。

曾经，科技知识是人类驾驭自然、征服地球的法宝。但突然有一天全世界建于科技基础之上的机器全部瘫痪，成了钢铁的残骸。残骸中科技的信息也渐渐被人们抛弃，只有一些异常执着的学者还在坚持搜集记录逐渐遗失的科技知识。智者就是这一代学者的领头人，也是正常人眼里的疯子，被通缉的异论领袖。

但过去的并不重要，重要的是未来。过了今天，智者的团队再也不必隐藏，再也不会被鄙视，他们将成为新的救世主带领人类开创新纪元。这一切还得感谢女儿的那个恶作剧。如果不是因为那件事凑巧让自己打开了失落的手卷检查破损情况，就永远不会知道死亡转轴的存在，也不会知道在这珠穆朗玛峰的峰顶竟然隐藏着有关人类未来的关键钥匙。

现在眼前却有着比登顶更重要的事情，智者聆听着周围的鼾声，确定所有人都睡着了，才悄悄地推醒女儿陈玲，低声道：“别说话，看这里。”

陈玲睡眼惺忪地瞥见智者手里的绳索后，立刻清醒过来。绳索的两头切面都很光滑，有一面较为粗糙。智者按了按自己腰间那把不太锋利的割刀示意，显然这粗糙的一面就是割刀造成的，而光滑的另一面是——

断了的登山绳上从中腰画着一个红圈，陈玲立刻认出正是晚上坠崖的师姐的绳索。陈玲的目光落在了自己对面的向导噶猛脸上。这个苍髯如戟的汉子睡梦中翻了一个身，让陈玲只能看到他的后脑勺。除了这个外人，陈玲想不出还有什么人会对总爱说笑、有着胖圆脸的师姐下毒手，割断她的绳索。陈玲看着噶猛的后脑勺，手悄悄地摸向了地上的一块石头。

智者沉默着不说话。说实话，智者并不确定对自己的学生下毒手的就是向导噶猛。但智者早就开始后悔请向导了。先不说花费了巨额的向导费，可恨的是噶猛显然骗了自己，这个人根本不可能是他自己吹嘘的那样，是几个世纪以来唯一一个曾和峰顶只有一步之遥的杰出登山者，这个无知蹩脚的向导在途中早已暴露无遗。这个令人厌恶的欺骗者……

“不是我！”噶猛忽然转过头来，盯着陈玲和教授低声说。陈玲吓得手里的石头差点跌落在地，强笑道：“向导你还没睡？”噶猛慢慢地坐起来：“哪里睡得着，我也怕得要命呢，看——”噶猛从背包里抖出三四根被切断的绳索：“我早就知道了，你们这群人里，暗里有个要命的。”

## 二、朋友与未婚妻

“那你为什么不早说出来？”陈玲惊讶地低声问。噶猛苦笑一声：“我和谁说？我是外人，说出来就第一个被怀疑，人都到顶上了被你们赶下去，向导费我找谁要？”噶猛的脸有些阴沉，“再说要是说出来，你们不肯往上爬了怎么办？我去哪儿收说好的钱？反正我爬的时候都离你们远远的，没人割得到我的绳子，等事情出来也不会冤枉我。”

陈玲啐了一口，却相信了噶猛几分。一个人这么无耻的话都说得出来，也就没必要再遮掩什么了。依稀记得听到师姐惨叫的时候，噶猛确实是一个人远远地在攀行。智者的想法和女儿差不多，他低声追问噶猛："既然你早就发现了异常，可知道谁的嫌疑最大？"

噶猛摇摇头："爬这魔鬼峰，自己都来不及照顾，哪有空去看别人的举动？再说风雪这么大，谁能看得清？我要真下手，把你们的绳子全割了，你们一样也不知道。只是今天……"噶猛的声音有些犹豫，"那个女的掉下去那会儿，我抬头往上看，好像看到他……"

噶猛指的是哭过以后脸色潮红、开始昏沉沉发烧的张民："好像他离那女的最近。"陈玲叫了起来："你胡说，不然就是看错了。张民和我师姐有婚约你知道吗？他怎么会割断师姐的绳子？！没看到师姐死后他那么伤心吗？"

噶猛再次犹豫了一下："看错也不是没可能。反正我看见的就是一高个子背影，肯定不会是你。这里除了我，男人都是瘦高个，没准也有可能我把别人当成了他。到底怎么回事，你们问他吧。"

噶猛指的他，是已经惊醒坐起，一声不吭地抱膝坐着的徐明。陈玲愣住了，此刻她倒宁愿噶猛看见的是张民，而不是自己最心爱的未婚夫，更不知道如何开口询问。智者咳嗽一声，代替女儿开了口："徐明，你是我最心爱的学生，我相信你的人品。但此时此刻，你还是说说吧。"

徐明低声道："张民现在这个样子，我如果说他是凶手他也没法反驳，这不公平。但是，我只想问你——"徐明抽走了垫在张民头下的登山包，翻出了一个小小的香囊，死死地盯着未婚妻陈玲："你绣的香囊，怎么会在他的包里？如果张民真的像你说的那样爱着师姐，一个月前的夜里，你又和他偷偷地在藏书阁禁地里做了什么？"

陈玲的脸色立刻变得和死人一样苍白，颤声道："你怎么知道的？"徐明不说话，看向智者。智者恍然大悟："一个月前，那不是我让你帮我找回失落手卷的那段时间吗？难道……"

徐明点点头："对，那时候为了完成老师的嘱咐，我在夜里偷偷进了藏书阁，不料……"徐明的牙齿在嘴唇上咬出了血印，"不料看见我最爱的女人和我最好的朋友……我本想让这段秘密永远埋藏心底腐烂遗忘，但是今天……"

智者目光严厉地看向女儿，陈玲却眼神慌乱不敢回应父亲的视线，不顾一切地叫了起来："就那一次，就那一次，我跟张民根本没有感情，你知道我只爱你只爱你，我和他发生关系，也是为了完成父亲的嘱咐！"

"撒谎！"智者怒喝。陈玲急道："你们听我说听我说。那时候您让我们一起寻找失落的手卷，说谁得到了就有资格继承智者的衣钵。那时候，那时候我交给你的手卷，徐明，我交给你的手卷，就是后来你转交给我父亲的手卷，是我从张民那……就是那次……"

陈玲的声音越说越低，但是听到的人都明白了。徐明脸色苍白，喃喃道："早知道是这样，我拿到手卷的时候一把火烧了也不会留着脏了手。"

智者悲哀地摇头："为了让心爱的男人能得传智者衣钵，你就愿意这样被人要挟作践？"陈玲低声道："不，张民没有要挟我。是他主动找我说要把手卷让给徐明，他说徐明做人正直，一定不肯接受这个人情。所以让我悄悄地……他说他最爱的人是我，为了我的幸福才要让徐明……我那是感动下的一时糊涂……香囊只是我为表示感谢给他的一个礼物。"

智者无奈地看向晕迷中的张民，叹息了一声："都怪我心软，没有说出真相。其实，你们可知道，这份手卷并不是张民辛苦找到的。它本来就是我们智者一脉相传下来，由每一代智者秘密锁在密柜里。我让你们去寻找，只是因为两个月前有人撬开密柜偷走了手卷。我知道只有我们团队里的人才会对这份手卷产生兴趣，所以，为了不让那人在追查下出于情急毁坏手卷，我才会在你们面前宣誓说找到手卷的人就是可以传承智者衣钵的人，没想到……"

## 三、死亡转轴的真相

陈玲的眼睛几欲喷出火来，她死死地盯着地上的张民，掏出自己包里的割索刀："原来他是要嫁祸于人，还欺骗了我的……"智者点点头："对，当徐明将手卷交给我的时候，已经说明了是你给他的。我就以为这只是你为了帮助徐明而使的小性子、小手段，自然也就不去追问了，没想到背后还有着这样的曲折。"

噶猛嘟囔了一句："看你们这些人说话客客气气、诚诚恳恳的，没想到和你们比起来，我都不好意思说自己会骗人。"这句话无疑是火上浇油，智者冷冷道："现在我明白了，虽然张民将手卷交给你们，看似放弃了继承智者衣钵的权利。但只要他在这次登山中，将除了玲玲和我之外的人全部暗中除去，那他依然可以得到衣钵的唯一继承权，更可以得到玲玲，这就叫一箭双雕。"

徐明揪起地上的张民摇晃，但高烧中的张民就像烂泥一样有气无力地恢复不了神志，只是喃喃地念着："老师……死亡转轴……峰顶……老师会杀了我们全部……霞快跑，老师会杀了我们……手卷，死亡转轴……包给我，把包还我……"

众人的脸色变了，一起看向智者。张民口中的霞正是早前被割断绳子坠崖的女友。噶猛悄悄地往后挪动身子，拉开了和智者的距离。陈玲叫道："别听他胡说，他这是高烧说胡话。"噶猛脸上的肌肉抽动了一下，算是做了一个笑容："就怕是胡话才不会骗人。我刚不是说了吗，剩下三个男人的背影都差不多。你父亲从正面看肯定比他们两个老，但从后面看也是和他们一样的瘦高个儿。"

智者只是轻轻咳嗽两声又沉默了。陈玲觉得天旋地转，呻吟道："父亲，请您给我们一个解释吧。张民说的死亡转轴到底是什么？为什么他说到峰顶你会杀了我们所有人？"

智者爱怜地朝女儿招了招手，让女儿在身边坐下，轻轻地抚摩着女儿的秀发："不是这样的。张民一定是在偷走手卷后偷看过了它。但手卷的真正含义并不是他想的那样。徐明，你把他放下，我现在要告诉你们这次攀峰的真正目的，那就是为了停止张民刚才所说到的死亡转轴的运转。"

一股寒风掠过岩缝，陈玲只觉得身上发寒，忍不住也咳嗽了两声。智者轻轻道："根据失落手卷里的记载，死亡转轴是贯穿地球南北两轴的一种类似电磁波的放射线，但它并不像张民所想的那样会带来肉体的死亡，之所以叫它死亡转轴，是因为它曾经带给人们希望的破灭。它从产生开始就高速地在地球表面不停地转动，所有使用科技能源驱动的机械都在触及放射线后瞬间瘫痪，最终造成了科技时代的终结。"

"坏了的东西重新再造就是。"噶猛忍不住插嘴。智者叹了口气，看了一眼徐明。徐明咳嗽了一声："我想老师所说的死亡转轴不停地转动的意思，是指到今天都没停止过。所以就算重建了机械，也会很快被循环的放射线再次摧毁。”

“是啊。”智者轻叹，“那些无法重建机器社会的人们，却将根源迁怒于机器本身，认为科技社会的毁灭是因为机器产生了意识，因而与制造者产生了不可调和的矛盾。为了避免矛盾扩大导致人类毁灭，人们最终决定放弃对科学技术的运用，导致几百年里整个社会不停倒退。只有一些像我们这一派孜孜以求的探索者，才在坚持中找到了根源，发现了隐藏的真相，却因为无法找到停止转轴的方法，几百年来一直被视为威胁人类社会的异端论者而受到迫害。但到了明天……”

## 四、禁屋与手卷

亢奋让智者身体发热说不出话来。陈玲连忙轻轻地帮父亲捶背，却被智者推开：“到了明天，攀上峰顶就能打开手卷里记载的由陨石建成的禁屋。禁屋是世上唯一不受死亡转轴影响的建筑。被保护在里面的机关，可以停止死亡转轴的运转，重建科技社会，洗刷智者一脉的耻辱，那时候掌握古老科技知识的我们将成为救世主……”

“可是老师，”徐明担忧地问，“如果真的有禁屋存在，为什么将它记录在手卷上的那一代智者不亲自登上峰顶停止死亡转轴呢？”智者摇头道：“这么久远的秘密就不得而知了。也许他来过，但半途出了意外。也许他想将荣光留到合适的时候由后代来实现。可以肯定的是，在传达遗言的过程中出了差错，手卷虽然被当作继承智者思想的信物代代流传，却被加上了不得打开观看的禁令。如果不是这次手卷被窃……也许这就是大意吧，虽然张民品行恶劣，但对全人类来说，他倒是无意间做了一件能够改变历史进程的好事。”

“包，我的包，香囊还我。”站不起来的张民徒劳地伸出手在空中抓挠。徐明拿起张民的登山包和香囊扔出了岩洞，愤愤道：“我只恨不能把他像这包一样从岩洞里丢下去。”“不要这样，”智者劝道，“徐明，你是要做大事的人，不要因为这种事情给人生留下污点。你知道为什么张民以为我会杀死登山队里其他人吗？”

“因为他偷看了手卷，知道根据手卷里的规定，禁屋只准一个人进去，只有进去的这个人才可以操作机关。他以小人之心，自然以为……其实从开始我就没有准备进禁屋。”智者微笑着看徐明，徐明愕然问道：“老师你的意思是……”

智者点头道：“对，我来之前就想好了。我岁数大了，停止死亡转轴的荣誉应该留给年轻人。徐明，你是我最中意的学生，也是下一代智者的继承者。我相信以你大公无私的心地、渊博的才学，进入禁屋关闭死亡转轴成为救世主之后，肯定能领导人们重新进入黄金世纪……”

智者的话又被自己因兴奋而引起的咳嗽中断了。徐明说不出话来，在火光的映照下，他的脸忽明忽暗，头上青筋暴起。智者以为这只是心爱的学生内心激动的表现，却没有发现身边女儿的脸慢慢变得苍白，他低声问道：“当然，如果你能原谅玲玲的过错，我希望你们两个人以后能……”

“老师。”徐明忽然打断了智者的话。陈玲心里狂呼了一声。她太清楚自己男友的为人了。徐明的心，深得就像一潭水一样，绝不可能因为智者的褒奖而起波澜。如果之前登山队里死去的人不是因为意外，洞里的五个人有一个是凶手的话，自己当然不可能，智者和向导已经澄清了自己，而最有嫌疑的张民虽然心术不正，但是既然在他内心深处最怕的事是智者是凶手，反而证明了他本人的清白，那么唯一可能是凶手的就是……

像是验证了陈玲的想法，地上张民的脸开始溃烂，一阵痉挛后停止了呼吸。智者、陈玲、噶猛都惊愕地看着张民的脸，只有徐明盯着智者的脸缓缓道：“老师，你一直在说要再现黄金世纪，可是黄金世纪除了文明、富足、自由、发达，就没有什么缺陷吗？如果真是那样，死亡转轴又怎会出现？”

智者惊骇得喘不过气来：“你，你也偷看了失落的手卷？”徐明低声道：“是的，那些禁忌的知识是每一个好学者都无法拒绝的诱惑。所以我知道，黄金世纪的快速发展取决于对后世资源的透支，对弱国财富的抢夺，最终造成了地球的满目疮痍。当时人类灭亡迫在眉睫，所以才有最顶尖的人文学者秘密结社，研究并释放了死亡转轴，才有了地球这么多年的休养生息。为什么您看不到，现在的人类虽然艰苦，但是却能平安稳定地活着，死亡转轴就像一把锋利的手术刀，根治了人类已经腐朽不堪的贪婪本性。它才是真正的救世主。

“而一旦死亡转轴被停止，人类必然将会重新随心所欲地主宰地球，最终会导致星球不堪负荷与人类同归于尽。我尊敬您，但对您为了得到人们对智者一脉的肯定而不顾后果的做法绝对无法赞同。”

## 五、高尚与卑鄙

徐明的声音越说越大，脸色渐渐变得潮红。陈玲挣扎着问道：“所以、所以张民是被冤枉的，一路上割断绳索的人就是你？也是你给张民下了毒？”徐明指指停止呼吸的张民：“是，为了不让大家登上峰顶发现禁屋，是我割断了绳索。但你们中的毒不是我下的，是张民在进入岩洞的时候将随身携带的毒药放进了火筒中挥发，想害死剩下的人，自己攀上峰顶成为救世主。但他做梦也想不到的是，我一直在盯着他，抢走了他的登山包，拿走了装着解药的香囊。”

智者喝道：“除了香囊里的，还有没有其他的解药？快拿出来！”徐明惨笑道：“老师，您是了解我的。在对大家做出那样的事情后，我还会有脸活着走下山峰吗？解药，除了香囊里已经随风吹到岩洞外的那份外，再也没有了。”

岩洞里的人脸越来越红，体内的温度越来越高。徐明抓起陈玲的手，温柔地抚摩：“临死前我只想让你知道，我从来没有恨过你，我只恨张民，恨他为什么要偷走手卷又交给你，才会让我面临这种两难的抉择。我，我始终没法割断你的绳索，如果张民没有释放毒药，我……我……”

陈玲哭着用另一只手将割索刀用力插进了自己的胸口：“你不恨我，我也不恨你。我只恨自己为什么不够坚定……我，我不想让你看到我的脸变成那样，我先走了，等你……”徐明微笑着拔出刀也插进自己的胸口：“不用等，一起……一起走。原谅我没能给你留下解药，我，我不能冒险让任何人登上峰顶……”两人几乎同时停止了呼吸，只剩下奄奄一息的智者和体格最强健的噶猛还在苦苦支撑。

忽然眼见就要停止呼吸的智者慢慢坐了起来，颤抖着双手向自己的登山包爬去。喘息中的噶猛惊讶得瞪大了眼睛。智者朝噶猛笑了笑，叹息道：“在黄金世纪有句名言，卑鄙是卑鄙者的通行证，高尚是高尚者的墓志铭。没想到到了今天，这句话依然适用。我真没看错徐明这孩子，可惜他太高尚，太无私了，但是他过犹不及，害了别人也害了自己，不是成大事的料。”

智者够到了包，冷笑一声：“所以这个世界上，谁也不能相信谁。张民那点本事我还不知道吗？他能配出来毒药，我自然也会有解药。”

噶猛嘶声道：“那你为什么不救自己的女儿？”智者黯然翻找着登山包：“因为我算错了一步。我一直以为玲玲既然和张民有纠葛，就会帮着他对付自己的父亲。所以解药，我只带了一份。给了她，我怎么办？登顶在即，我不是徐明那样食古不化的蠢材，为了智者一脉的荣光传承。我当然不能功亏一篑地死在这里……奇怪，夹层里的盒子呢？”

“你错了，你会死在这里。”噶猛一把抱过身边自己的登山包翻找，“我忘了告诉你，昨天夜里你们都睡着的时候，我怕今天到了峰顶你会跟我在向导费的问题上反悔，所以，决定先在你的登山包里找点贵重的东西做抵押，就把你藏在夹层里的盒子拿走了。我记得里面好像是有包药粉，你看，我没记错。”噶猛匆忙把找到的一包药粉吞了下去。

智者的表情就像刚刚吃下了一百只苍蝇。噶猛充满歉意道：“不好意思，真的只有一份解药，不然我肯定会考虑分你的。毕竟，能留着你付完向导费是最好的结局了。”

智者慌乱地摆手：“不，不，你听我说。这还不是结局。你，你拿走解药我不怪你。你更不要相信徐明的话，已经走到了这一步就一定要登上峰顶。你听我说，在峰顶有一个黑色的屋子，里面有一根黄色的杠杆。你要将它推向左边，记住，一定要推向左边。

“那样死亡转轴就会停止。在我的登山包里，有各个时代智者留下来的关于科技知识的记录，死亡转轴停止后，这些记录将不再是无用的废纸。你可以把这些拿去换取巨额的财富，保证远远会高于你应得的向导费。人们掌握这些知识的时候会记住我们智者一脉的。但是，千万，千万，不要把杠杆推向右边。那样会使电磁波的振幅增强到足以摧毁人类大脑，而且再也无法停止。那样你必死无疑，整个地球的人都会给你陪葬……千万，千万……”

## 六、历史的终结

智者的声音越说越小，终于痉挛着死去，噶猛愣愣地坐在躺着四具尸体的岩洞里，陷入了沉思。第二天出乎意料的是一个月来罕见的晴天，中午时分背着智者登山包的噶猛终于登上了峰顶，峰顶果然有一间孤零零的屋子。噶猛大步流星地推门走入，握住智者所说的黄色杠杆用力想往左边推……

忽然噶猛顿住手腕，脸上露出了一丝冷笑，想着智者最后的那句话：千万，千万，不要将杠杆推向右边。那样你必死无疑，而且整个地球的人都会给你陪葬——是啊，陪葬，你以为我不知道你就是想让我给你陪葬？死了还想报仇，老东西，不要把我想得这么蠢，你让我向左我就向右！

噶猛狞笑着用力将杠杆推向右边，立刻一道剧烈的激光从喜马拉雅山顶射出，瞬间横射地球南北两极。几乎与此同时，一圈强烈到肉眼可见的电磁波绕着南北两极的两轴疯狂地旋转不息。

卑鄙，也终将是卑鄙者的死亡通行证。

# 局内人

文/王雨辰

## 1.吴浩、李太太

我拿出一根烟，叼在嘴里的时候还在发抖，寻遍身上才想起今天换了裤子，打火机没有带出来。

我跨过美亚的身体，在屋里到处寻找，希望可以找到能够点烟的东西。我应该有留下打火机吧，那么长的时间，总会遗漏下来几个。

我找了好久，终于在她的梳妆台里翻到一个包装精美的盒子，盒子被包得好好的，上面写着生日快乐。我打开盒子，里面是个精致的打火机，Zippo的。我有点想哭，明天就是我的生日，她却来不及把礼物送给我。

我用打火机点燃香烟，闻着烟草被点着散发出的味道，稍稍掩盖了一下屋子里的血腥味。叼着烟，我开始擦拭房间里的指纹，收拾被打碎的玻璃杯和弄翻的桌椅。

门铃突然响了起来。我吓了一跳，赶紧将美亚拖到卫生间，然后走过去从猫眼里一看，原来是对门的李太太。

一个烦人的中年女人。上星期我来这里还被她儿子的恶作剧弄了一身泥，虽然在我的要求下，她勉强道了歉却一脸的不高兴。

我打开门，瞬间变成笑脸。

"哟，吵架啦！"李太太穿着宽大的睡衣，趿拉着拖鞋站在我面前。

"没，没什么。"我赔笑道。

"好好相处嘛，声音太大，吵到我们家孩子读书了。女人嘛，得哄，你看我每次吵架都说要回娘家，我老公求我两下我就不走了，你这样一吵架就冷战不好的。"

你老公，呵呵！那个没事就喜欢假装抽烟、在阳台上偷看美亚晾衣服时伸起手露出腰和衣服间缝隙的人吗？

"我明白了，我会好好哄她的。"我点点头，准备关门。李太太还想说点什么，我忽然觉得，她可以利用。

"对了，李太太，刚几点？"

李太太望着我，一副有些不耐烦的神情。

“问这个做什么？”

“钟摔坏了，我收拾下就去买绿豆酥赔罪，去晚了怕那家店关门了，你也知道美亚最喜欢吃绿豆酥。”

她点点头，冲着对面家里敞开的大门吼道。

“死鬼，几点了？”

“四点半！”过了数秒，里面传来一个更加不耐烦的沙哑男声。

我要的就是这种效果，稍微寒暄了几句，我关上了门。反锁，准备继续处理。

弄到一半，我看到刚才找了好久的戒指掉在了墙角，我赶紧捡起来擦干净，想戴在无名指上，但上面的血迹怎么擦也擦不掉。我站起来给家里打了个电话。

几声忙音，电话无人接听，我有些烦躁不安。

也许她还没回家吧，也许路上比较堵。我自我安慰着，尽量不去想那些让人烦躁和担忧的糟糕情况。

我挂断电话，望着躺在卫生间里的美亚，没有任何头绪，但我还是擦干净了地。血不算太多，但很黏，还好天气不热，还好当时租房子的时候美亚坚持选了这间客厅铺着瓷砖而非地板的屋子。

砸中脑袋的烟灰缸我也洗了，实在不行我就包起来待会儿扔掉。现在是四点半，再过两个多小时天就黑了。

我有两个选择：一是毁灭尸体；二是延长美亚的死亡时间，让人觉得她是在外面死去或者入室抢劫。

第一种选择显然很愚蠢，对门的“三八”对我太熟悉了，一旦有警察来盘问，恐怕她会说得比当事人还清楚。

但是我必须制造不在场的证据，尸体解剖断定时间大概也有一到两个小时的误差，只要天黑了，就没人注意楼道的人进出了。

我打开了空调，有点冷。我把美亚拖进卧室扶到了床上，准备耐心地等待天黑。

房间里安静极了，我找了条毛毯披在身上，重新望着这间屋子。半年来的情形像一部剪辑失败的电影，画面东拼西凑地在我脑子里回放，有时候重复好几遍。

在这个房间里，我和那个躺在床上、头上流着血的女人有过那么多美好的回忆，但现在全部化为乌有了。我以为自己很成功，其实我不过是个失败透顶的家伙。

门外再次响起了敲门声。

我根本没想到门铃会再次响起，吓了一跳。又是那个死三八吧，烦不烦？这次是送那些难吃的点心还是来唠叨她老公窝囊无能？

我走到了门口从猫眼里望去，看到一张熟悉的脸。

手心开始哆嗦起来，连脚底板都针刺般疼痛着，我有一种感觉，自己的所有生活和未来也许就会在这一天之内全部坍塌。

## 2.王雪、常美亚

路过小区门卫的时候，我被拦了下来。

“有您家的邮包。”看门人将包好的东西递到我手上。我的心冷了一截，早上走的时候还没呢，很明显他还没回家，或者说又不打算回家了。

邮包包得很仔细，不像是从外地邮局寄来的，倒更像是同城快递直接送来的，看上去像是礼物之类的东西，我很奇怪。

拿着包裹回到家，果然，房间里冷冰冰的，几乎和我早上走的时候一个样子。这种日子已经不算短了。虽然我不愿意相信，但很明显我的丈夫可能真的有外遇了，而且不是那种出于生理上的一夜情，也许是真的身心都完全离开我了。

不知道为什么，结婚几年来我们开始变得过于熟悉，熟悉得把对方当空气了。可惜，我依然是没了空气不能活，他却已然背着氧气筒离开我潜入海底去寻找另一番景致了。

我握着礼物，出乎意料地平静，可能我早就隐约地有了心理准备。可是我又很不甘心，我不喜欢像其他女人一样去哭，去闹，去抓小三。我觉得那是另外一种窝囊，但我觉得我这样做其实更窝囊。

我就这样假装不知道，还是去找那个女人？

双手握着紫色的礼品盒，我感觉好累。我抱着盒子在沙发上躺了下来。

后天就是他的生日了，我还打算陪他好好过个生日，缓解一下我们的关系。看来没必要了，他一定早就和那个女人计划好了吧。

突然之间我有一种强烈的好奇心，我想拆开礼盒看看是什么东西。但是我又很害怕，万一这都是我的猜疑，里面只是些普通东西会不会彻底激怒他？私自拆对方的东西和信件确实很伤人，甚至也是犯法的吧？

我该怎么做，我仿佛在和一个看不见的敌人作战。

我们之间没有孩子，只剩下爱情，若爱情都没了的话，靠什么去维系？

电话突然响起让我措手不及，我看了看号码却并不熟悉。

“是吴太太吗？”电话那头是个中年男人的声音。我“嗯”了一声，他干笑了几下。

“是这样的，你别管我是谁，总之我看到你老公有了别的女人，不是约会，而是住在一起。”

我感到一阵头晕，还好，我还能保持声音正常，并没有太慌乱。

“这种无聊的电话就算了吧！”

“就知道你不敢相信，反正你有兴趣自己去看看吧，腾来小区3栋4单元502室，你运气好的话能抓到他们都在。”

说完电话便挂断了。

我立即把地址抄下来，走到门口却又犹豫了：如果是真的，我过去以后该怎么办。他会在那里吗，还是只有那个女人？我该哭，还是该打架？我的丈夫会帮我还是会和第三者一起辱骂我？

以前看到的、听来的，电视里的、书上的，各种婚外恋的情节不停地在我脑子里闪过。但是当我回过神来时，我已经走到楼下了。

我必须得去，不管愿不愿意，作为妻子我必须得去。

那地方离这里有点远，几乎横穿了半个城市，我坐在出租车上心神恍惚，只是手里紧紧地捏着那张字条。临出门时我拿了一顶鸭舌帽，戴了墨镜。我不知道为什么要这么做，总之我不想让人认出我来。

我穿的是一件紫色的丝绸外套，这还是两个月前结婚纪念日那天他送给我的，我很喜欢紫色。那时候我还以为我们又回到五年前了，现在想想，原来他眼睛里的不是爱意，而是歉意吧！

终于来到了腾来小区，这里的房子好像建得挺不错，就算租也应该价格不菲吧。找到那个单元后，我站在楼道口深吸一口气，艰难地爬上了五楼。走到大门前，我犹豫了好久，甚至想抽身离去。

有用吗？打开门如果看到自己的老公抱着别的女人站在我面前，我真不知道该怎么办。我是不是太软弱了？但有什么办法呢？这世界就是有各种不同性格的人，我天生就是这样的又能怎么办？

等一下吵起架来，我该先动手吗？邻居们会出来看热闹吗？这里会不会恰好有单位的熟人在？

我的手僵在半空中，但还是慢慢地朝着门铃按了过去。

门铃发出了音乐声，我根本没意识到自己按动了门铃。里面似乎听不到什么响动，我站在门前的那几秒格外漫长。

门依旧没开。

我叹了一口气，觉得自己像是一个所谓的疑心病太重的妻子，转身刚想下楼，门突然打开了。

“王雪？”

我扶着楼梯，看到门框里站着的女人。米黄色的门框像画框一般，僵立在画框中的女人犹如画上去的一样，如此不真实。

“常美亚？”

为什么，为什么我根本就没想起她来？姓常的不多啊，何况这个看上去和我如此相似，一直被外人开玩笑说我们是亲姐妹的女人。

她扶着门框呆呆地望着我，我看到她穿了一件紫色的外套，光着脚穿着拖鞋。

那颜色和式样让我恶心，刺着我的眼睛。

“这是我从法国带来的，全国不说，市里我敢夸口，只有你这一件！”

那天他把礼物给我时说的那些信誓旦旦的话语仿佛还在耳边。

我拼命望着那件衣服，试图找出点什么不同，但却无能为力。

“好，好久不见！”美亚忽然穿着拖鞋跑了出来，几乎是扑到我身上紧紧地抱着我。

好恶心，好恶心。

我的手不知道该放在哪里，我的嘴也不知道说了些什么。

“你从哪里知道我住这里啊？是小华还是阿木啊？我本来打算过些日子去联系你好好聚聚呢，大学毕业这么多年了我好想你啊！”

声音没有变，语气也没变，甚至她身上的体香也没有变，那时候我好喜欢抱着她一起睡。

“我们是好姐妹哦，以后一辈子都要在一起。”

“嗯。”我回答道。

“有了老公也不能把我们分开！”

“你们两个干脆共用一个男人算了！”旁边的室友起哄道。

现在真的是共用一个男人了。

“我，听说你在这里，顺路来看看你。”我敷衍了一句，她热情地拉着我走了进去。

房间还算干净，但我觉得很脏。

这沙发、这电视、这家具、这电脑，还有卧室里的化妆品、衣服，都是他买的吧？！

他们一般在哪里做？沙发、地上、床，还是到处都试过了？好恶心，我想赶快离开，我快受不了了。

我的脸色一定很难看，但美亚似乎一点都没发现，只是热情地招待我。

她到底是在演戏，还是真的很高兴？她真的不知道那个男人的老婆是我吗？

一瞬间我有种奇怪的感觉，不知道到底是我变了还是她变了。如果今天我们只是在街上偶遇，我会像她现在这样高兴吗？

“喝茶，喝茶，上好的普洱，可以减肥哦。”她给我泡了一杯茶。

“我云南的朋友给了我一些普洱。”他递给我的时候这样说。

你还真是有心啊，什么东西都预备双份吗？我含着一口茶，心里一阵苦笑。

“美亚你结婚了吗？”这个女人在我面前不停地叙述着我们多年前的友情，我突然打断她。

“没呢，单着呢，你有好的介绍吗？对了，你结婚了吗？”美亚问我。

我想起来了，自己毕业后基本上就不和她们联系了，这个城市里也没有任何一个学生时代的旧友，我结婚好像也没告诉过她们任何一个人。我是个从来都不愿意主动和别人分享感情的人，无论是高兴的还是悲伤的，我觉得那些东西就像我身上长着的皮肤，给别人看，我会不舒服。

“结了，好几年了。”我放下茶杯，眼睛却四处瞟着，我好想找到些关键性的东西，我不想靠猜，我受不了。

“我也有个男朋友，不过他很忙。”美亚笑嘻嘻地说。

“哦？有他的照片吗？我帮你看看。”我一阵激动，就是这样，是的，我只想看看照片，看看是不是他。

“你等一下，我去找找，最近大扫除，他又不太爱照相，不像我们以前那么爱自拍臭美。”

她站起身趿拉着拖鞋朝卧室跑去，我听到一阵翻东西的声音，却一直不见她出来。

“天又不热，你还穿拖鞋啊！”我问道。

“嗯，血气旺，穿袜子坐不住。”

“要我帮忙吗？”我探着身子问。

“你等等，我家里乱。”她还是和以前一样。那时候都是我帮她收拾，她总是不记得带课本或者作业，要么是运动服。

我有种错觉，我其实不是来抓奸、来勇斗小三、来做怨妇骂街的，我只是来看望我人生之中最好的朋友，我从高中一直玩到大学的好姐妹的。

“美亚，等下我带你去吃绿豆酥，这里有一家很好吃的绿豆酥。”我站起身朝房间走去，推了推门却发现打不开，这时候我才想到这门可能是拉开的那种，由于做得太像推门而没注意。我试着拉动了下，果然打开了，但我没看到美亚。

“美亚？”我望着空空的房间。

“我还真的找这东西找了好久。”我转过头，看到美亚站在我身后举起了什么东西。

一阵烟雾喷到我脸上，我的眼睛好疼，我下意识地朝后退去，却脚下一乱摔倒在地上。

那东西在眼睛里越来越疼了，我什么都看不到，我好怕。

“美亚！美亚你喷了什么啊？”

“防狼喷雾剂，看来还蛮有用的。”我听到美亚的声音在我的头顶移动，似乎在绕着我打转。

“给我水，我求你了，给我水，我的眼睛好痛，我会瞎的。”我哭了出来，但疼痛感越发厉害。

“放心，没那么容易瞎，这东西还是你老公买给我的。”她用脚踢了我的腹部一下。

“你们，你们两个……”我的喉咙好像被堵住了，什么也说不出来。我太天真了。

“你老公对我还真的很好，什么东西都买双份，你一份我一份，他是不是很得意呀！做人公平公正，可惜就是不能公开，但我不想和你平起平坐，我要全部。”

美亚好像凑到了我脸上，我能感到她喷出来的热气。

我想骂她，但刚才的喷雾剂还喷到了我的嘴里。

美亚拽着我的头发把我拖到客厅，我的头皮好疼，她似乎在摸索什么。

“刚才你来我还真是吓了一跳，还好你这傻×和以前一样蠢，我和你是好朋友？也许吧，反正我也没朋友，你也没朋友，你是拒绝别人，别人则拒绝我，我们俩真是天生一对啊！王雪。”

她还在说着，似乎很激动。

“为什么你总是那么命好呢，家境好，学习好，毕业后父母安排工作，嫁了个有钱男人对你好，我呢？什么都没有，就算我也能每年拿到奖学金，我走出去工作依然四处碰壁，那些男人只想和我上床，听到我家里的情况都跑得比兔子还快。”

她停止翻找了，她到底在找什么？

“本来我也是要去找你的，既然你提前来了，就干脆提前干吧！”她一边说一边用什么东西把我的脚捆了起来。我不停地胡乱踹着她，猛地脸上被扇了几个耳光。

“我要钱，我要钱！王雪，反正你也不喜欢花钱，你不是说过你的东西就是我的吗？我帮你花掉吧，也帮你照顾你老公。”美亚笑了起来。

她依然在绑着我的脚踝，我的手胡乱摸着，突然触碰到一个冷冰冰的东西，我一把抓了起来，猛地坐起身体。

“别乱动！”美亚吼道。

声音很大，我抓着那东西朝着脚边声音来源的地方猛地拍下去。我听到美亚沉闷地“哼”了一声，倒了下去。我立即将自己脚上的绳子松开，摸索着墙壁跑到卫生间洗眼睛。

不知道洗了多久，视力才慢慢恢复过来。我望着镜子里的自己根本不认识那是谁，头发蓬松，眼睛红肿得像核桃，脸颊也肿了，嘴角还有血。

我擦着脸走出卫生间，看到美亚缩着身体倒在地上，长发下有一摊暗红色的液体，头发浸在里面。

我吓坏了，这才看到美亚边上是一个烟灰缸，上面的一角还沾着血。

“美亚？美亚？”我喊了几句，然后跪在她面前，推了她几下，但她一动不动。我将手放在美亚的鼻子下，发现她已经没有呼吸了。

我杀人了？

恐惧感爬满我全身，我抱着腿坐在墙角半天回不过神。等到眼睛没那么难受了，我抓起包想离开这里。

不能待在这儿了，我杀人了，警察很快就会找上我吧？也许等美亚的尸体腐烂被邻居发现？

我刚走到门边，门外响起了开锁声，我就那样僵立在原地一动不动，就好像大学时候逃课在寝室被老师抓住一样。

就这样了吗，我的人生就这样了？

门慢慢地被打开。我看到了那个男人，他错愕地看着我。

“王雪？你，你……”他手里提着一包东西，我瞧了下，是一包绿豆酥。

我张着嘴，像一条快死的鱼，想要说点什么却一个字都说不出来。我急促地呼吸着，喘不过气，只是用手指了指地上的美亚。

他望着地上，脸色都变了，立即走进来关上门，将绿豆酥扔在桌子上，扶着我的肩膀坐在沙发上。

“没事，没事的老婆，你告诉我，到底发生了什么好吗？”

我突然好想哭，我扑到他的怀里不停地哭起来。他没有不耐烦，只是像以前一样抱着我，摸着我的头发，拍着我的背。

“怎么会搞成这样……”他轻声说。我把事情经过大致告诉了他。

过了一会儿，他站起身走到美亚面前，摸了摸她的脉搏，接着望着我摇了摇头。

我不明白，他真的是出奇的冷静。

“谁都能做这种事，但我没想到你能做。”他望着我苦笑了一下，又干又涩。

“你们两个，到底什么时候开始的？”我抹干眼泪问道。

“现在说这个没有意义了。”他叹了口气，看了看手表。

“有！就算坐牢，就算我要被枪毙我也得死个明白！”我喊了起来。他冲过来按住我，对着我做了个“嘘”的手势。

“你疯了？我会让你去坐牢？你是我老婆！现在你听我的，戴好帽子、墨镜，嗯，正好你穿了这件紫色外套，低着头打开门大大方方地走出去，什么人都别理，赶快回家，听明白了吗？一切我会处理，我绝对不会让你被警察抓起来。”

他给我戴上帽子、墨镜，然后把我推到门口。我望着这个男人，感情复杂又有些莫名。

他又交代了我很多事，并且拿了一个红色皮包给我背上。

“你爱我多过她对吗？”我摸着他的脸。

“和一个死人争还有意义吗？我会保护你的，放心！”他握着我的手，打开门把我轻轻地推了出去。

他冲我点点头，然后咽了口唾沫。

“常美亚，你走了就别回来！老子伺候不起你这种女人！”他高声喊道，吓了我一跳，然后他大力地冲我挥了挥手。我立即跑下楼，身后的他还在喊，接着是重重的关门声。

我跑到楼下，感觉到身后的阳台有人在看着我，我不敢回头，一直走出大门才借机回头望了下。果然对面五楼的阳台有一对中年夫妇冲着我指指点点。

我走出小区几十米后，上了辆出租车，这也是他交代的，我让出租车开了二十分钟去了一个市内的百货店。下车后我进了厕所，脱去外套，把帽子、眼镜包好，然后买了另外一套衣服穿上，立即赶回家里。在出租车上，我故意留下了那只皮包，皮包里有一些化妆品。

一回到家，我发现有一个未接来电，车子堵了一会儿，不然那时候我应该到了。我打了过去，但他的电话却无人接听。

坐在冰冷的大房子里，看着外面明媚的阳光，我不知所以。我在房间里晃来晃去，还是一下无法接受这一切。

为什么老天爷非要给我这种脆弱的人安排这种生活?

我好累，趴在沙发上睡着了。梦里我看到了美亚，看到她和我的丈夫在一起，看到她满脸是血朝我扑过来卡住我的脖子，而他则在一边冷眼观看。

电话铃声吵醒了我，我拿起来一看却吓了一跳。

手机上显示是“常美亚”。

原来这么多年来她一直没换过号码，但结婚后我也只是和她电话联系过几次，因为父母工作调动而搬了家，我和所有人都失去了联系。

我望着电话却不敢接，终于下定决心接起来时电话却挂断了。等我回拨过去的时候，电话已经关机了。

到底出什么事了？他在那里干什么？分尸吗？我觉得一阵恶心，以前看过的恐怖片画面又想了起来。可是他干吗要用美亚的手机打给我?

“王雪，可以设置自动拨号快捷键啊，你看我把你设置成1就行了，我按下数字1拨过去就直接是你了。”我记得常美亚以前看我不会用手机，笨手笨脚找电话号码的时候说过，将常用的号码设置快捷拨号就行了。

阴影从我心头划过，外面的太阳也暗淡了下去。

我得回去，我不能再像以前一样做个只会靠别人保护的小动物了。我是他的妻子，不要说是我干的，就算是他做的我也要帮他一起处理，一起面对。我们是夫妻，无论如何都是，我要在他身边，我不要一个人等着事情降临。

半个多小时后，我又赶回了腾来小区。我依旧穿着那套紫色外套，天已经接近黄昏，进出的人很多，还好我没看到那个多事眼花的老人。

我跑上楼梯，急切地按动了门铃，门却毫无反应。我又按了几下，过了好久，门打开了。

“老公！”我着急地喊道。

厚实的防盗门慢慢地被打开，我看到门里站着的却是另外一个男人。

## 3.吴浩、林畅

“看样子气色不错啊！”林畅笑嘻嘻地从门外走进来，穿着休闲西装。

“还好吧，准备去吃晚饭。”我随便敷衍着，注意力却全在卧室里。

那里有一具头上还在流血的女人尸体。

其实我也不想放这个家伙进来，但他实在不是那种可以随便被骗过去的傻子，而且他也知道我来了这里。

林畅一下坐在了沙发上，摸着后脑勺。

“虽然知道你在这里金屋藏娇，不过没想到还真是挺不错的房子啊！你这家伙，以前上学的时候那么老实，竟然也能干出这种事。”

“人嘛，总是会变的，就算自己不变，别人也会变。”我站在卧室门口下意识地挡住，盘算着如何把他弄出去，“你怎么来了，也没打电话？”

“说什么呢，昨天不是你叫我把资料带过来给你吗？还特意打个电话给你老婆说在外地谈生意。”他一脸的奇怪，我这才想起来。

“嗯，你那位呢？还没见过呢，我倒想看看是什么样的女人把我们吴总迷成这个样子。”他探头探脑地朝四周望去。

“出去了，女人嘛，一定要我陪她上街，我说太忙了，本来来这里也是放松休息下。”

“这可是你的不对了，本来她就在和另一个女人分享你。不，至少你老婆可以名正言顺在任何时候打你的电话吧，她难得看到你自然会希望多亲近。你要知道，绝大多数女人都会将真实的想法隐藏在表面下，她们不仅脸上化妆，连说出来的话也带着粉底。”

这家伙，果然和我是两个世界的人。他也说过，只要自己还能穿着衣服，就算空着钱包也能让女人爱上他。

“啊，先上个厕所。”他着急地朝着卫生间跑去，我有些担心，也跟了过去。

“喂，想干吗啊，又不是以前，难不成你对男人也感兴趣了？”他冲我笑道，我只能尴尬地干笑几声回到沙发上。

没问题的，不要多想，这家伙的聪明只是用在女人身上而已。地上的血迹和东西都收拾干净了，连擦拭的拖把也洗干净晾在阳台上了。

门被带上，过了会儿便响起了马桶的抽水声。

“吴浩，这是什么？”门慢慢打开，我看到林畅蹲在地上。

真的留下什么了？难道像电影里一样无论做得怎样都不够好吗？

“好像是头发，而且被粘在地上了。”林畅使劲将地上的两根长发拉起来，其中一根还断掉了。

不会的，只是一两根头发应该看不出上面的血迹吧！

“可能是她掉下来的吧，女人掉头发也很常见的。”

“地上是无所谓，老兄你的身上可千万别粘上了，我记得你那位可是短发吧。”

我只能勉强地笑笑，然后赶紧走到厕所将头发除去，再对着镜子仔细看看身上的衣服上有没有飞溅到的细小血点。

“我去阳台上抽根烟，你房间里怎么连烟灰缸都没有，她是不是不喜欢你抽烟啊！”

林畅的声音从外面传来，我整个人猛地一沉，几乎是跳着跑出了卫生间。

要去阳台一定会穿过卧室。

那个卧室里可有一具尸体啊！

等我赶到门口，林畅已经走进卧室了。

“装修得挺不错，这个柜子挺大啊，你还真花了不少钱。”林畅指了指那个巨大的衣柜，这是我特意给美亚买的，她喜欢这种带欧式风格的家具。

“是啊！是啊！”我站在衣柜门口，轻轻地靠在上面。

薄薄的木板后面，躺着美亚的尸体，刚才来不及了，只能将她放到里面。

“我去抽根烟，到底有没有烟灰缸啊？”他抱怨道。

我正在担心，是不是真的要给他，烟灰缸被我擦干净放在客厅的角落了。

应该没事吧，我是不是太高估他了，他又不是福尔摩斯！这时候表现太古怪反而会引起怀疑，赶快让他抽完打发他走吧，时候也差不多了。

“我给你拿。”我走出了卧室，感觉后背一阵冷汗。我找出烟灰缸递给林畅。

林畅看了看。

“怎么好像裂开了。”他指着其中一个角给我看。

确实裂开了，像发丝般的裂纹，应该是之前砸在美亚头上产生的吧！

“嗯，可能摔在地上了吧！刚才吵架，所以她跑出去了。”我赶快顺嘴说。

“哦？吵架扔扔茶杯、枕头就是了啊，拿这种东西乱扔，砸到这里的话，”林畅夹着烟的手指点了点自己的头，冲我微微笑着，“那可是会死人的。”

我咽了口唾沫：“不会的，又不是小孩子。”

林畅也笑了笑，然后偏着头朝我后面看着。

“衣柜的门好像夹着什么。”

我朝后看去，果然有一小块衣角从门板之间露出来了，那是美亚的衣服，之前太紧张了没有放好吗？还是因为尸体滑落掉出来了？

我脑袋里一片混乱。

“干什么呢，不弄好吗？衣服这样夹着很容易坏掉吧！”林畅一边说一边走过去。

林畅的手已经快碰到衣柜把手了。

赶快做点什么！做点什么啊！衣柜一打开那尸体就掉出来了！

我想喊，可是却无济于事，一切都完了。我是不是该主动认罪，替自己的妻子将杀人案顶下来？毕竟一切都是我的错啊，有那么好的妻子还要去搞什么婚外恋，对方还是妻子的大学好友。

门铃突然响了起来，平时刺耳的声音现在听着格外舒服。

“是她回来了？”林畅望向大门。

“不会的，她估计去很远的商场购物吧！我不方便开门，你帮我去开下吧，我来整理一下衣柜。”我作势走过去，我说的话一点儿都没错，林畅毫不怀疑地走向门口。

我立即打开衣柜门，美亚歪着脑袋望着我。

她的眼睛睁开了？

我明明记得她是闭上的啊！而且我看到美亚的一只手还握着手机，我拿起手机看了看，居然接了一个电话！

号码很陌生，我来不及思考到底是谁打来的或者美亚临死前说了什么。

之前没有死？话说回来，刚才王雪吓成那样，我也没有仔细检查过美亚，如果是因为脑部受创昏死过去，也确实有可能。

但现在她好像真的死了，可是美亚却在临死前接通了一个号码。我立即关上衣柜门，将手机放进口袋里。

那边的大门已经打开了，林畅似乎在和谁说话。

“您是？”

“你是谁？”我听到李太太的声音，她怎么这么烦啊！

“哦，李太太，他是我公司的同事。”我立即走过去。李太太看了看我们两个，似乎想说什么却又碍于林畅。

“你们聊。”林畅很识趣地拿着烟灰缸走到客厅的角落里坐下。

“嗯，是这样的，我看到常小姐今天好忙啊，买了两箱方便面，还有矿泉水和好多速食食品。我是想和你说一下，不要老吃那种东西啊！女人嘛，还是要学点厨艺，我今天做了些小菜，你和常小姐说一下，如果觉得好吃我可以教教她。”李太太端着一个碗，里面有一些家常菜，每样都有一些，我立即接了过来。

不出意外，她肯定还有别的话说。

“那个，我当你是邻居才告诉你，你可千万别嫌我多嘴，你来家里少，常小姐她漂亮，漂亮就容易招惹男人，你可要多关心她啊！”

李太太说完就颠着屁股走回去了，我端着菜很莫名其妙。

关上门，我看到林畅正在抽烟，他看了看我，手里握着一个打火机。

“对了，我还想跟你说下，明天我来不了。”我没有关注他，只是望着那个打火机。

那是Zippo的打火机，我怎么忘了呢，他最喜欢这个类型的打火机，而我从来都没用过，也没和美亚谈过，我倒是说过我比较喜欢手表。

“怎么了？”

“明天生日，你忘了吗？我和你的生日只差一天。好久没回家了，爸妈要我一定过去，过三十岁生日。”林畅站了起来。

我的视线穿过他的身体，看到墙角堆积的方便面和一大堆矿泉水，上面罩着一块帆布。

美亚从来不吃这种东西。

“吴浩，我刚才就想问你了。”看见我不说话，林畅指了指空调。

“天气这么凉快，你却开着空调又没关卧室的门，电费很贵的。”

我沉默了一下，走到沙发前拿起空调遥控器，还没转过身就感觉到背后挨了一下。我还没有丧失意识，转手想反击，却挥空了。

脚底下一阵发软，我看到林畅手里提着那只烟灰缸。

“烟灰缸可不只是用来装烟灰的，就像人一样，每个人都有各种不同的用途。”林畅抽着烟，烟灰掉在了地上。

我脚一滑倒在地上，脑后一阵热乎乎的感觉。我将手伸进裤袋握着手机，想要拨通号码。

林畅走过来踩住我的手。

“那衣柜挺大，也是我建议她买的。选衣柜的时候我脑袋里就闪过一个念头，那东西装尸体也挺好。”

我昏了过去。

## 4.林畅、王雪

“你是嫂子吧？”他有些面熟，我却想不起来在哪里见过。

“我叫林畅，是吴浩的老同学，正在公司工作——他也是，从来不和我们介绍家里的情况，没想到嫂子这么年轻漂亮。”林畅打开门让我进去，我犹豫了一下还是进去了。

“吴浩呢？”

“他有点事接了电话就出去了，我也是第一次来，他让我把公司的文件送到这里来处理，对了，嫂子你怎么来了？”林畅站在房间中央，他的脚正好在之前美亚倒下去的地方，但现在这里没有尸体，也没有吴浩。

他去哪里了？把尸体转移走了吗？不可能，这还是白天，以他的性格不会冒风险做这种事，但是他如此信任这个男人？将他一个人留在有尸体的房子里？

对了，这个家伙知不知道这里是吴浩和常美亚在一起幽会的地方？

尸体呢？尸体究竟去哪里了？

“嫂子要不要吃点绿豆酥？是浩哥买的。”他指了指桌子上的糕点，那是吴浩买来的吧。

他从来都不知道我喜欢吃什么，当然他自己也从来不吃绿豆酥，而我当年也是因为美亚喜欢吃这个才爱上的。

心头一阵刺痛，我摇了摇头把手举起来，这是吴浩交代我买的，说这样可以给卖绿豆酥的小贩留下印象。我专门挑在天色较暗人多的时候，还好我和常美亚很像，我记得那小贩还说了句照“老样子来一斤”。

“那嫂子喝杯茶吧！”他递过来一杯绿茶，自己也喝起来。我喝了几口，反而更加烦躁起来。

“他有说什么时候回来吗？”

“不太清楚，但他出去前让我把这个大旅行箱拖到楼下等他。”林畅指着一边的棕色旅行箱。

常美亚在里面，我第一个反应就是如此，箱子很大，装她进去绰绰有余，难道吴浩打算用箱子把常美亚运走吗？

毁尸灭迹真的有用吗？不是经常有尸体残骸被发现结果抓到了凶手吗？

“你看到的只是被抓到的，没抓到的和尸体没被发现的你知道有多少吗？”

我记得那时候吴浩是这样回答我的，确实如此，很多时候人只能从得来的部分信息里做判断，冰山一角的道理谁都懂，但都无法避免犯错。

“箱子里都是私人物品，你没打开吧？”我忍不住问道，忽然觉得有些多余，如果他看过箱子也不会这样站在我面前了。

“上锁了，再说我怎么会做这种事。”林畅笑了笑，接着朝卧室走去。

“你是第一次来？”我望着他的背影。

“嗯，浩哥告诉我地址，我就赶来送东西了。”他把手放在卧室的门把手上。

“我也是第一次来。”我看着他拉开卧室的门走了进去。

内心有些不安起来，我再次拨通了吴浩的电话。电话通了却无人接听，我刚想挂断却听到一阵熟悉的声音。

是手机铃声，是吴浩的手机铃声。那是我开玩笑给他录的一段话。

“老公接电话啦！”

我放下手机，那声音是从箱子里传出来的。

“嫂子我去阳台抽根烟，顺便看看浩哥来了没有？”

“嗯，好的！”我朝着皮箱走过去慢慢蹲下来，把手伸了过去。就快碰到的时候，皮箱突然震动了一下，接着又不动了。

箱子里面确实是人，而且很可能是我的丈夫。

“嫂子对那箱子感兴趣吗？”林畅的声音突然响起，他如同猫一样悄无声息地出现在我身后。我回过头来，看到他似笑非笑的脸。

“箱子给我吧，我现在就拿下去，没你的事了。”我含糊地答应着，想拖着箱子打开门。

林畅抢先一步挡在我面前。

“箱子这么重，还是等下我帮嫂子拿下去吧！”

他离我太近了，近到让我浑身都不舒服，这男人很危险，我的直觉这样告诉我。

如果我现在大叫，对面那个多事的女人会跑来吧，但这样所有的事都败露了。也许我暂时会得救，但我和我丈夫的人生就全部毁掉了。

反正两边都是毁灭，倒不如搏一搏。

“实话说吧，我恨透了这对狗男女。”我背靠着门，仰起头来看着他，林畅似乎有些惊讶，然后意味深长地笑了笑。

## 053

### 局内人

“没想到嫂子早就知道了。”

也许他还不知道我来过，也不知道杀死美亚的是我，这是个机会。

“我又不是傻子，我本来觉得吴浩只是逢场作戏，但没想到居然勾搭的是常美亚，而且还特意租了套房子两人好做露水夫妻，我实在受不了。”

我的愤怒不是装的，有时候我真的恨不得吴浩死了算了。

林畅点点头，他的样子似乎放松了些，但他伸出手穿过我的腰，把大门反锁然后坐在我不远处的沙发上。

“林畅，你该不会平时也帮着他欺瞒我吧，我记得和你通过几次电话找他，都被你推脱了。”

现在想起，难怪觉得他的声音很熟悉。

林畅的脸色有些变化。

“我比你更加痛苦，因为我是男人。”林畅这样说道，“在昔日同学手下打工，对方却是以前完全不如自己的人，自己的女友还变成了他的情妇，我还得觍着脸帮他们安排房子、旅游，帮他圆谎。”

他说的不是假话，但我不太明白他到底想干什么。

“嫂子，实话告诉你吧，常美亚可不只是想做小三，她正在计划骗你来这里然后绑架你，敲到吴浩一笔钱后再把你撕票。”林畅的话让我心中一跳。

我想起了美亚那时候的话——

本来我也是要去找你的，既然你提前来了，就干脆提前干吧！

“她一个人能做到这么多事？”我忍不住问道。林畅看着我，却欲言又止，最后还是开了口。

“本来我不想告诉你，实际上这是常美亚和吴浩商量好的，假装绑架你，这样两人可以名正言顺地在一起，而且可以转移一大笔资金。她有天寂寞找我喝酒，喝醉了无意间泄露出来的。”

我浑身哆嗦了一下。

这是真的？等等，那个男人我太了解了，他不会做出这种事啊！否则他干吗留下来帮我处理尸体，为我承担这种罪名？

我有些绝望起来。

“嫂子你一定很奇怪吧，为什么吴浩杀了美亚？你也看到了这些方便面和水，他们打算就在这里软禁你，演一出自抢自赎的戏。如果我没猜错，其实打伤美亚的是嫂子你吧，回到这里吴浩则叫你离开自己留下来处理对吗？”

确实如此，等等，他说打伤？

“你走的时候美亚没有死，你真的觉得以你这样的气力用烟灰缸打死一个人那么容易？来到这里的吴浩是为了支走你然后将美亚灭口，再名正言顺地将杀死情妇的罪名推到你身上。如果你当时直接报警，最多只是防卫过当，但是你假装美亚离开，制造不在场证据，那就是犯罪了。”

林畅一句一句地说着，仿佛亲眼所见。

“人是会变的。”

毕业的时候，当我紧抱着常美亚不肯分开，常美亚拍着我的脑袋这样说。

是啊，当年那个情同姐妹的女孩都变了，那个所谓的丈夫我真的可以相信吗？

“美亚在我来的时候曾经醒过来，想拨通电话求助，不过可惜她还是死了。”林畅继续说着。

“你到底想要什么？”我望着林畅。

“这样说吧，我和你都已经犯罪，不管你是离开还是报警，都无法从里面抽身了。现在的情况是，这里有一具女人的尸体，而且至少我和吴浩是被证明来过案发房间的，所以必须要有一个凶手，但我和吴浩都可以指责对方是凶手，所以我们需要一个证人。”

我望着林畅，突然明白了，只有我可以说是在常美亚死后才来到这里的。

我的证词决定了林畅和吴浩谁才是打死常美亚的人。

“明说吧嫂子，我不会杀你，处理三具尸体是断然没有逃脱的希望的。但是如果你指认我，你觉得可以这么轻易脱身吗？别忘了，身处三角关系中的可是你们三个。”

我望着箱子，痛苦地点点头。

林畅笑了笑。

“我愿意和我老公一起坐牢。”我突然大声对着林畅喊道。林畅呆住了。

“你疯了吗？你到现在还相信他？”

我摇摇头。

“你错了，我当然没法怀疑你的话，但我相信的是自己对常美亚的了解，她如果想做这种事是不会和吴浩联手的。吴浩的心理素质太差，常美亚则相反，如果我是她，应该找一个看上去和这件事毫无瓜葛，但又和吴浩关系亲近，在他大乱阵脚的时候可以左右他思想的人，比如你——”我指着林畅。

林畅舔了舔嘴唇。

“我其实真的不想杀你，不只是因为要多处理一具尸体，而是我有些喜欢你了，不过——”林畅戴上手套从口袋里拿出绳子。

“我现在就大喊，至少坐牢总好过暴尸荒野。”我伸出手去抓门锁，却感到脚下一软。

“你还真以为我在央求你同我联手吗？不过是在等药效发作而已。”林畅笑了起来。

我感觉自己像一杯热水被慢慢蒸发了。林畅端着茶杯吃着绿豆酥，走到卧室前靠着门框得意地看着我。

“我现在不会杀你，吴浩也没死，在这里杀你会被判断成第一案发现场的。待会儿夜深了，我把你们一起拖到郊外吧，虽然麻烦了点，但是反正这大半年都是我在打理公司，慢慢过渡就是了。”

他很得意，但我总觉得他的脸色有些奇怪。

手中的绿豆酥掉了下来，林畅捂着脖子跪在地上，他开始口吐白沫抽搐着，最后慢慢不动了。

他吃的绿豆酥是吴浩买来的。

## 5.王雪、吴浩、李太太

“现在怎么办？”我用冷毛巾敷着后脑，还有点疼，王雪发呆般地看着躺在客厅里的两具尸体。

“死了两个人，我们站到同一战线了。”王雪冷笑起来。

“我本来是打算毒死美亚的，她逼我和你离婚，我不同意，她就说自有办法让你消失。我有些害怕了，这个女人不是开玩笑的，她真的做得到，我不想伤害你。”

我抬起头看着王雪，她脸上没有任何表情变化，是林畅和她说了什么吗？我不敢肯定。我本来打算明天带着常美亚出去玩的时候，让她吃下去毒死她再埋在荒地里的。反正她深居简出也不会有多少人注意，这个女人也不太爱和朋友亲戚来往，我和她之间的事只有林畅清楚。

“本身我们就打算延长美亚的死亡时间，也就是说正好我假装成她离开坐出租车的时候，她都还活着，就算尸检也无所谓吧。我去买过绿豆酥，只要拿走我那袋，也会让人以为是美亚买来下好毒的。烟灰缸应该残留着美亚的血迹，也有林畅的指纹，等下我把你绑在卫生间里，假装你在这里被林畅打晕绑架。对了，你把剩下的毒药放在房间里，到时候应该能被搜查出来，反正只要咬定自己被打晕了什么都不知道就可以了。”

没想到平时一直温柔胆小的妻子居然提出这种办法，我突然有些吃惊起来。这确实是个好办法，但也是没办法的办法，因为我已经不可能脱身而去了。对门的家伙是看着我进来的，现在的问题是如何让王雪远离这件事。

“我会跟他们说，我接到了勒索电话，这件事就更加可信点。本来也是如此，他们打算绑架我，一定也做过不少准备，真话和谎言混在一起最方便了。掺了水的酒是假酒，但掺了酒的水到底算什么呢？”

王雪的话让我有些害怕起来，我一时看不太懂自己的妻子了。

“等到再晚点，我就回家。我们收拾好这里，擦掉我的指纹，然后美亚还是放在柜子里没关系，装成两人分赃不均的样子就行了。”她一反常态地果断。

我同意了王雪的提议，假装成林畅杀了美亚把她放入衣柜，而他自己则吃了绿豆酥身亡。王雪还将我绑在卫生间旁边，绳子很紧，无论怎样都没法挣开了。

“行了，我委屈点没关系，大概过一天后你打电话报警，以后的事交给警察就行了。”我冲王雪点点头，她慢慢地站起来走到门口看着我。

“饿死一个人要多久。”她突然问，我觉得有些不对劲起来。

“不对，应该说渴死吧，如果你愿意的话，也可以舔舔地上的脏水，这里的尸体会慢慢腐烂，这里很快就有臭味了。不过我走之后会打开空调，你可别冻死了。”

我太蠢了。

从头到尾王雪只是在杀人的阴影下，不是说她原谅了我，只是那种愤怒被盖住了而已，现在她爆发了。

“老婆，你听我说……”

“我听你说得太多了，现在该你听我说了。”王雪没有丝毫的柔软，背着光的脸线条清晰起来。

“你放心，我没打算杀你，不过我们没法回到以前了，就算我不报警，对门那个李太太也会注意到。”王雪叹了口气，我这才放下心来，脊背上全是冷汗。王雪走到我面前蹲下来，看了我半天，抽了我一耳光。

“我是真想就这样饿死你，你能杀了常美亚，谁能担保你以后怎么对我？”

我的头摇得像拨浪鼓。

门铃响起，王雪站起来走过去从猫眼里看了看。

“又是她！”王雪做了个无可奈何的表情，接着马上过来为我松绑，我活动了下手腕抱了抱王雪，然后走了过去。王雪则从我的口袋里拿出了美亚的手机。

林畅倒在卧室门前，我只是打开了一半门，还好当时在家里做了屏风，遮住了。

“李太太又有事吗？”

“其实一直都想找你聊聊，听常小姐说你很有本事。我家那小子成绩不好，想请你帮帮忙，为他的高考帮帮忙。”李太太的语气有些奇怪，慢条斯理起来。

“我能帮什么忙！我又不是教育局的。”我有些好笑起来，想关上门。李太太的笑脸慢慢奇怪起来：“吴先生，今天你家可真是进进出出好多人呢，对了，我记得常小姐前两天和我学做糖稀烫到脚了，没想到今天就能穿着高跟鞋跑得那么欢哦。”李太太捂着嘴笑起来。

我一句话也没说。

“吴先生我开玩笑啦，我儿子的事还请你多上心，我们是邻居嘛。女人啊，再聪明孤单起来也是要找人说话的，常小姐可是好人，你要好好待她哦。”

她说完便转身回去了。

如果我有镜子，此刻看到自己的脸一定非常惨白。我回过头，看到王雪拿着常美亚的手机一脸的疑惑。

“美亚的手机在出事后拨了两个电话。”王雪看着号码一脸的疑惑，“这个号码好像在哪里看过。”

“快速拨号是我和林畅搏斗时候不小心按到的吧？”我顺手将门关上。

“那另外一个号码我打打看。”

门即将带上的时候，我听到身后传来一阵铃声。

我转过身来，大门依然关着，我从猫眼里看到李太太那肥胖扭曲的背影正举着手机。

# 捉迷藏

文/姻合

小孩子不要在晚上捉迷藏，因为你不知道你找到的是不是人。

小孩子不要在雾里捉迷藏，因为你不知道找到你的是不是人。

## 1

捉迷藏，负责寻找大家的那个孩子被称为“鬼”，一个不祥而隐晦的称呼。

被找到的孩子会作为下一轮游戏里的“鬼”，再去寻找别人，一种隐晦而不祥的安排。

雾都卫星城里的捉迷藏规则也是这样。

雾都的卫星城建于房产大开发热潮的早期，在城市边远的外围立起了庞大的住宅区。然而期望中的繁荣鼎盛没有出现，没有人愿意选择购买离市区有近一个小时车程的房子。

破产的房产商、建筑商都逃走了，物业撤了，个别买了房子的居民也不敢住在这与世隔绝、荒凉无助的地方。卖不出去的庞大住宅区成了死城，成百座已经建好的楼群还没有安装上窗户玻璃，像一尊尊被剪去眼睑的巨人雕像，默默而痛苦地看着卫星城围墙外的荒田。

没建好的楼群裸露着钢筋，拖着零落的电缆，像被折断手臂，削去皮肤，将一根根血管暴露在空气中的病人，等着被感染腐烂。除了零散寄居在楼群里的民工家庭，你无法看到其他任何一点人气。

只有这些想讨回被拖欠工钱的穷困民工，才会拖家带口住在卫星城没水没电的无主空房里，幻想着有天在这里等到来还工钱的老板。

老板们没有回来，大人们还得想办法到遥远的重庆城里打工，卫星城荒废的房子里只留下了众多没成年的孩子和够吃一段时期的粮食。

有的时候，离开不是因为不爱，而是无奈。

但大人们不知道，有些别的东西会在他们不在的时候悄悄地溜进孩子中间。

佳佳的父母也不知道。

## 2

佳佳十一岁，本该上学的年龄，却被留在了这个荒凉又孤独的城堡里照顾自己。每天早上他都要爬到楼顶从蓄水箱里打水，在高处呆呆地看着城里的一切。然而只能看到雾，一团团的雾。即便下雨，也冲不散这卫星城里的雾气。

这是一个别名叫雾都的城市。第二天出现的雾会叠加在第一天还没有消失的雾上面，雾气浓得让你终日看不见对面的人影。况且，在这么大片安静得有些肆无忌惮的地方，还有着那么多可以隐蔽到天黑，再到天亮的无人楼群。

没有比这里更适合玩捉迷藏的地方了，事实上这里的孩子也只玩捉迷藏。不一样的是，卫星城的孩子们都在夜里捉迷藏。

城里多的是一些野狗、野猫，夜里总有些影子在雾里一闪而过。躲藏的时候，佳佳听见身边有些响动，以为是藏在附近的同伴，循声望去却发现有双绿油油的眼睛瞪着自己。

也有听到了声响，但什么都看不到的时候。这让佳佳觉得浓雾后面有东西闭着眼睛在窥听自己。

卫星城太大了，佳佳可以躲藏到天明，也不让寻找自己的“鬼”找到。

如果躲进家里，佳佳还会听到门外有响动，有喘息声，甚至还会有敲门声。

有什么东西在门外轻轻地呼唤佳佳的名字。诱惑的呼唤声，在怂恿佳佳打开门，放门外的某种危险进来。

屋子里没有灯，床上的佳佳悄悄地蒙上了头，在被窝里的黑暗中惊恐地转着黑漆漆的眼珠。

门外喧闹的集合游戏声一起，佳佳总要走出门，进入孩子们中间。

夜里庞大的卫星城早被断电，到处是黑漆漆的雾水。

看不见彼此，这让佳佳怀疑和自己玩耍的，是白天的孩子们，还是一些别的什么东西。

但他不敢走回屋子，拒绝这场游戏。他不会忘了小铁和他说过的话。

卫星城太大了，不是每个玩游戏的孩子彼此都认识的。

佳佳刚来城里不久，觉得周围的孩子都有些怪怪的不爱说话。只有一个叫小铁的孩子是他最好的朋友。在佳佳来到卫星城之前很早，小铁就已经住在这里，他说父母已经出去打工很久了。

小铁比佳佳大一岁。有时候佳佳觉得小铁也有些怪怪的，好像总是在警惕什么东西，像一只紧紧闪躲背后看不见的黑猫的老鼠。

有的时候他会突然出现，有的时候他会突然消失。

没办法，城里的雾太大了。

佳佳第一次见到小铁的时候，是初次和城里的孩子在夜里玩捉迷藏。

佳佳躲好不久，就看见当“鬼”的那个大块头的孩子慢慢朝自己的方向走来，边走还边喊着：“出来吧，我看见你了。”

佳佳正要笑着站起来，突然小铁从雾中出现在他的身边，捂住了佳佳的嘴，低声说：“别说话，他在哄你呢。”

果然，大块头慢慢地从小铁不远处走了过去，又对着另一个方向喊：“出来吧，我看见你了。”

就这样他喊着，走着，远去了。佳佳佩服地看着小铁，小铁却低声告诉他：“记住，千万不要在夜里捉迷藏的时候被抓住，不然……”

“不然怎样？”佳佳忍不住问。小铁看着不远处的浓雾，脸上的神色更奇怪了，“不然……现在你不会信的。”

“反正你捉迷藏时千万不要被‘鬼’捉到。”

佳佳觉得小铁说话也和捉迷藏一样让人摸不透。

但不久佳佳明白了小铁说的“不然……”是什么意思。

## 3

每次捉迷藏选谁做“鬼”的时候，小铁都显得特别紧张，然而总没有选到小铁和佳佳。每次躲藏的时候，小铁总是带着佳佳躲在不同而隐蔽的地方，自己再躲在离佳佳不远的地方。

在小铁的帮助下，佳佳从来没有被找到过。但渐渐地佳佳发现这样失去了游戏的乐趣，也没办法交上新的朋友。

终于有一天躲好后，佳佳忽然站起来拼命地跑，拼命地跑，一直跑到觉得小铁再也找不到自己，才大口大口地喘气，等着“鬼”来找自己。

终于，做“鬼”的孩子走到了佳佳附近，然而他的注意力却放在了离佳佳不远的草丛中。

佳佳屏住呼吸，准备在他要捉到自己前大叫一声吓他一跳，却隐约在孩子的脸上看到了一丝诡异的笑容。

忽然孩子朝草丛里扑了过去，里面传来野鼠的叽叽惨叫和撕开皮毛大口吞吃的声音。

片刻后，孩子慢慢地从佳佳躲着的附近走了过去，近得佳佳能看到孩子的嘴角还挂着血丝。

“出来吧，我看见你了。”

他就这样边喊，边远去了。

佳佳全身冰凉。小铁不知道什么时候出现在佳佳不远处，默默地看着佳佳。

佳佳突然觉得惊惶而羞愧。

小铁带佳佳看了一些地方。

在大树下，小铁刨开浮土，下面有一件女孩子的衣服。

另一块石头下，有孩子的骸骨，上面还有牙印。

“这些是什么？”佳佳惊恐地问。

“这就是你在夜里捉迷藏时被‘鬼’找到以后的秘密。”小铁静静地说。

小铁是最早居住在卫星城里的孩子，从城里大人们都走了以后，他发现周围的孩子变了。

变得越来越热衷于捉迷藏的游戏，也不知道什么时候起有了夜里捉迷藏的习惯。

开始的时候参加夜里捉迷藏的人还很少，后来却越来越多。

最后变成了全城的孩子都在夜里捉迷藏。

小铁来城里最早，最熟悉城里的一草一木，他每次都能隐藏得不被任何人找到。也能不被任何东西找到。

因为他发现，夜里捉迷藏时所有被“鬼”找到的朋友都变了。

他们也都变得热衷在夜里溜出来，继续玩着捉迷藏的游戏。

一直玩到天明。

夜里城中经常听见野狗野猫的哀嚎，有的时候白天能发现猫狗零星的骨头，像是被什么啃吃过。

骨头上留的牙印就像石头下孩子骸骨上的牙印一样。

“你记得第一次夜里看见的那个做‘鬼’找你的大块头吗？”小铁嘴里不知道嚼着什么问。

佳佳点点头。

小铁狠狠吐出了嘴里的东西，说：“他是我一个乡里从小到大的玩伴，可现在我问他我小名叫什么他都不知道。有东西在大人们不在的时候混进城里了。有的时候，我看着它们，就像看着这些东西披着朋友们的皮，在人皮下阴森森地打量着我。”

佳佳结结巴巴地追问：“你，你说的是什么东西？”

小铁轻轻地说：“不知道啊。不过听我爸爸说，围墙外那些荒田，以前不是麦田，而是坟场。”

## 4

“我再也不会在夜里出来玩捉迷藏的游戏了，我要逃出这里，你帮帮我好不好？”佳佳哀求小铁。

“没用的，”小铁摇摇头，“能逃出去我还会在这里吗？从你第一次参加游戏，就再也停止不了了。如果你不去，它们会在更深的夜里去你家找你。要逃，没等你逃到城边，你就消失了。”

“你怎么知道的？”佳佳问。

“刚才树下埋的衣服，就是我最好的朋友的。她和你一样不想在夜里捉迷藏，想离开这个地方。不久大家都说她真的离开了，去了别的地方。直到我在城里发现了她离开那天穿的衣服。”

佳佳打了个寒噤：“为什么你不告诉大人们？”

“大人们？”小铁轻轻笑了，“有些大人回来了，然后又出去了。”

“只是你怎么知道再次出去的是他们，还是它们？”

“除了那些没有在它们潜入城里的时候就已经离开城里的大人才是可信的。就像我的父母，他们已经半年多没回来了。半年多前城里的夜里还没有开始捉迷藏。

“我好怕，真的好怕。我想看到我的父母，但又怕他们回到城里会变得和它们一样。我真的希望他们永远也不要回来。”

佳佳咬牙道：“我的父母没有变成它们，我肯定！我还记得他们走的时候，和我说过我小时候的事情。”

小铁轻轻一笑，“是吗？那你就希望你父母不要回来吧。否则再踏进这个城，你就再也没机会听他们讲过去的事情了。”

佳佳忽然也希望自己的父母永远不要回来，永远。

“没有别的办法了吗？”佳佳问小铁。

“有，你可以希望游戏的时候自己能一直躲着它们，永远不会被它们找到。”小铁说。

“那我以后都和你躲在一起。”佳佳央求小铁。

小铁摇摇头，“我帮不了你多久了，我的父母已经太久没有回来。我好怕第二天睁开眼睛发现他们已经进城站在我面前。我已经决定在明天晚上主动提出在捉迷藏里当‘鬼’，然后找全所有孩子。”

“在捉迷藏里找全所有人？”佳佳问，“全找到了，会怎样？”

“在没有变成和它们一样之前，这是唯一逃离这里的办法。”小铁告诉佳佳，“这是城里捉迷藏游戏的一个规则。找全所有人的孩子，按游戏规则它们会默认你离开这里。”

“那你为什么到现在也没有尝试过？”佳佳问小铁。

## 5

“不到迫不得已我不敢。”小铁看着佳佳说，“如果自愿当‘鬼’，但在天亮前还找不全所有的人，它们就要盛餐一顿了。”

“盛餐？吃什么？”佳佳问。小铁不说话，只看着佳佳，佳佳忽然明白了，一股彻骨的寒意让他颤抖了起来。

小铁轻轻地说：“曾经我有一个好朋友，我们都是最早来到这里的，都熟悉这座城，在发现了捉迷藏的孩子不对劲后，都能躲着不让它们找到。

但是他为了能出城阻止要回来的父母，选择了主动做‘鬼’，但是他输了，没找全所有孩子的他，你看到的，就在那块石头下。我亲手把他埋在了那里，就是那些骨头，他只剩那么多了。”

颤抖的佳佳忽然想到了什么：“在捉迷藏里找全所有人？那你当‘鬼’后，是不是也要找到我？那我被你找到会怎么样？”

小铁没有回答。佳佳慢慢地和小铁拉开了距离。

“我被你找到后就会变成它们对不对？你成功了就能离开这里去救你的父母，可我的父母怎么办？他们还会回到这里，被变得和它们一样——我明白了，刚才你说你的朋友没能找到所有人。是的，你说他和你一样熟悉这里，他却没有能找到所有人。他没能找到的那个人就是你对不对？是你，只有你能比他更熟悉这里。就是你害他惨死的，就是你在那次捉迷藏中躲藏得让他找不到的，对不对？！”

小铁冷冷地说：“是我。可如果是你，你会怎么做？如果明天我提出在捉迷藏里当‘鬼’，你会站在那里让我找吗？”

佳佳愣住了。

“既然知道必然会有这样的结果，你为什么开始还要帮助我躲藏？既然反正最后都会变成它们那样，被你找到和被它们找到又有什么不同？”佳佳喃喃地问。

“因为你来之前，城里只剩我一个正常的人了。没有人陪我说话，孤单得让我想发疯。有时候我倒羡慕那个死去的朋友，他躺在石头下面再也不会受这种没完没了的折磨了。每天想的都是今天该躲在哪里，什么时候天亮。好在你来了，有你陪着，我真不介意一直在城里捉迷藏下去。但我担心我父母就要回城了。”

“我也担心，担心我的父母。”佳佳痴痴地说，“你不告诉我还好，一告诉我真相，我都不知道该怎么办了。可我没办法做‘鬼’，做了也没用，我永远也捉不到你，走不出这个城的。”

“不一定。”小铁慢慢抬起头来，“这么多天来，我已经带你躲遍了城里所有的地方，你已经是除了我之外最熟悉这个城的孩子了。当然你还不如我，但我给你一个机会。明天晚上，我会主动要求在捉迷藏的时候当‘鬼’，你尽自己的努力躲好。我发誓一定在找全其他孩子以后再去找你。”

“那时候离太阳升起的时间不会很多，就看你躲得够不够好吧。那么短的时间里，找到你，你不要怨我，找不到你，我也不会怨你，好不好？只要你能躲过我，你就可以在下一场捉迷藏里提出做‘鬼’了。相信我，你将是唯一一个能够走出这个城的孩子。”

## 6

佳佳看不到雾，也看不到外面的夜色，他只觉得好冷好冷，却不敢从寒冷中走出去。楼顶的水箱里一片漆黑，佳佳含着草管躲在水里。他不知道比起永远就这么躲藏下去，是不是被找到更好一些。

也许当年小铁在躲他朋友的时候也是这种心情吧。佳佳有点想哭，但在水里却流不出泪来。

时间不知道过去了多久，忽然佳佳有了一种奇怪的感觉，就像洗澡的时候赤身裸体被很多人看着。佳佳慢慢地站起来掀开水箱的盖子，惊恐地看见夜色下的浓雾里，城里所有的孩子都站在楼顶，静静地盯着自己藏身的水箱。

太阳还没有升起，卫星城还笼罩在夜色中，小铁站在所有孩子的前面，轻轻走上前搂着佳佳在他耳边低语："你还记不记得我跟你说过，有些大人离开这里的时候已经不是他们，而是它们？

"你有没有想过有它们存在的城外，会是什么样子？我知道，城外是一个我不熟悉的世界，在那里我藏不好。只有在我最熟悉的城里我才能在捉迷藏时躲过它们。

"所以，其实我从来就没有想过要出城。但我也知道不会有人在捉迷藏里永远不被找到。所以，我和它们做了一个交易：如果新来的孩子里有它们轮流一圈还找不到的，就让我做'鬼'帮它们找出来。

"这就是我一直藏好你不让它们找到的原因。只要有它们无法找到的孩子存在，我在城里才有活下去的价值。被我找到的，你不是第一个，也不是最后一个。

"树下和石头下的孩子都和你一样。对了，我骗你的，我来到城里的时候就是个流浪的孤儿，根本没有城外的父母。"

# 都市奇谭

夜泳
文/傅汛

非常突然
文/阿难

另一面镜子
文/夏阳

弥补
文/猫郎君

# 夜泳

文/傅汛

初见那个男子是在一个雨夜。他站在中医诊所的门口，浑身被瓢泼大雨浇透，却浑然未觉。明明是早春，他却面色潮红，大口喘气，像是站在三伏天的烈日下一般。

“你……是医生吗？”

吃惊中的骆辰忙说“是”，并把他请进门：“你哪里不舒服吗？”

“热。”

靠近他身旁就能感受到一股蒸腾的热气。

男子名叫褚良，41岁，是一个建材商人。就诊的原因就如他所说——浑身燥热，感觉要被烤干了一般，从两周前开始，每天夜里都会发作约半小时。在各大医院都没查出病因，给出的诊断多数是神经官能症，没有器质性疾病。

量过体温，只有点低热。望、闻、问、切过后，除了一些轻微内热的症状，并未发现明确的异常。体表摸上去很热，但明显不是皮肤病。骆辰只能先对症施治，给他进行针灸治疗。

“针灸吗？我试过，没用的。”

“不，我的和别人的不同。”

骆辰针对这类热症使用的是祖传的“冰针雪灸”：把毫针放在寒冰中冷冻一昼夜以上，用雪代替艾绒装在针尾。雪融时冷气下降，加上冰针本身的低温，把寒气输入经络解热。现代有了冰箱后，这祖传的特殊技艺施展起来显然方便了许多。骆辰在褚良背部的5条经络上扎下了40余枚冰针，雪灸融化后，建材商身上的热感渐渐退去。

这次以后，褚良成了骆辰诊所的常客，熟络后便经常预约骆辰晚上到自己家里出诊。

那晚骆辰带着保温药箱按时出门，走过褚良所在小区河浜上横跨的石桥，来到他家。开门的是个20多岁的年轻女子，她把骆辰请进门后便匆匆离去。骆辰来到下针的卧室，只见墙上挂着的大幅结婚照上，年轻的褚良和一个年纪相若的女子幸福地依偎在一起。只是年代久远，和床边梳妆台上花瓶中的郁金香相比，照片显得暗淡许多。

骆辰见到照片后不禁感到奇怪，问男主人：“刚才出去的那位……不是你太太吗？”

“哦……不是。我老婆半个多月前回了娘家。”褚良回答时脸色难看，骆辰心里明白了几分。

因为施治及时，这次褚良的热感只持续了几分钟。赤裸着上身趴在床上的他正要起身，突然一阵抽搐，额头冒汗，大叫起热来。这突然的反复把骆辰也吓了一跳，慌乱中手碰倒梳妆台上的花瓶，里面的水泼到了褚良的背上。他很快冷静下来，正要用毛巾擦去褚良脊背上的水时，却遭到了阻止。

“骆医生，这是什么药水？浇到的地方一点都不热了，很凉快。”

骆辰一呆，反问起褚良花瓶里是什么水。

得知原委的褚良不禁笑了，说：“那是我女人从小区河浜里取来的水，她说对花有营养。”

骆辰试着把花瓶里剩下的水倒在褚良的背上，效果竟比冰针雪灸还好，手摸上去也能感受到表皮温度的降低。

“褚先生，不介意的话，和我说说你和你妻子的事情吧。”骆辰轻轻放下手中的花瓶，神色诚恳地提出请求，“你妻子回娘家半个月，你发病是在两周前，我总觉得两者之间有什么联系。”

褚良最终说起了他和妻子纪梅的陈年往事。两人结合于13年前，最初他只有个小作坊，纪梅嫁过来后，跟着他前后忙活，丝毫没机会享福，这让他愧疚不已。那时候家里条件简陋，洗澡的话要挑日子烧一大桶热水。每次洗澡他都让纪梅先洗完，自己再泡上半小时，这是他感激妻子的唯一方式。后来生意做大，买了带浴室的新房，他还依旧保持着这样的习惯。

听完褚良的叙述，骆辰说出一套有些玄乎的理论。

他说褚良每次在妻子后面泡澡，水里面混入的纪梅身上的一些汗液、表皮碎屑等物质，通过毛孔进入了他的体内。时间久了，他的身体习惯了在晚上10点左右吸收妻子身体里的成分。纪梅离家后，机体的渴求得不到满足，导致发病。纪梅可能用花瓶里的水洗过手，水里残留了来自她身体的物质，这正是褚良身体所需的，所以，水泼在他身上后能退热。

“真的会有这种事？”褚良苦笑着发问，显然是不信。

“你有没有听说过‘夫妻相’这种说法？婚后两夫妇耳鬓厮磨、肌肤相亲，多年后连外貌都会长得越来越像，这不正是互相渗透的结果吗？”

望着墙上的结婚照，褚良沉默了。直到骆辰临走，他才问了一句：“也就是说，我只要在发作的时候把身体浸入妻子泡过的水中，病就能好？”

“我认为是这样的。所以，你还是早点把你妻子找回来的好。”说完骆辰就关门离去。路上回想起刚才的事情，一种违和感忽然一闪而过，但他又想不起是哪里不对头，只好摇头作罢。

那天以后，褚良就没再来就过诊，骆辰不禁为自己让一对夫妇重归于好而欣喜。

一周后骆辰打了个电话给褚良，询问他们夫妇的近况。奇怪的是，褚良说纪梅并没有回来，至于身体状况，他笑着说还好。因为现在常做运动，热症已经不发作了。

骆辰在困惑中挂上电话，目光落到楼下花坛里的鲜花上，上次那种违和感的来由终于被他捕捉到了。

纪梅在半个月前离家，这么久没换水的郁金香怎么可能保持鲜艳？难道褚良口中的“我女人”是指那个年轻女子？这样的话，那水就跟纪梅没有任何联系，又怎会对他的身体有效？

为了解开心中的困惑，骆辰决定在工作结束后再次造访褚良。

进入小区时已是晚上10点多，夜色笼罩下，路上鲜有行人。走到河浜上的那座石桥上时，骆辰听到了桥下传来的哗哗水声。他不自觉地停下脚步，把身体隐在暗影中往河面上探看。

那是一个人在小河浜里游泳。当那人爬上岸边的石阶时，借着月光的映照，骆辰看清那正是穿着泳裤的褚良。上岸后他弯腰踢腿，做起了舒展运动。这原本是他病症发作的时刻，但现在看似已经毫无不适。

这就是他所说的运动？夜里在小河浜里游泳？会对热症有效？

就在骆辰满是疑惑的时候，褚良已经做完运动准备离开。走之前，他回头望向台阶下的河面，表情隐没在暗淡夜色中的他，对着幽暗的水底轻声说：“梅，对不起。”

# 非常突然

文/阿难

# 一、陈文丁

陈文丁发现自己并不是这个高考补习班里年龄最大的，这让他之前的担忧稍微减少了一些。这里没有人会在意你的过去，你尽可隐没其中并享受随之产生的安全感——一种在人群里谁也不注意的安全感。这年，陈文丁20岁，青春年少。

但如果把陈文丁的岁数放在这里进行横向比较，就会发现他已经老了。这里都是十八九岁的孩子，是一朵朵的花，花期在明年6月。高考补习班是那种收留人生闪失和意外的地方，当然，也收留豪情万丈与咬紧牙关。补习班教学楼的楼顶挂着一面巨大的红色横幅，上面写着“从头再来”。可时间从不倒转，始终平稳流淌，你还要再继续前行。

不过，陈文丁的情况在补习班里还真是有点特殊。他18岁那年考过了重本线，超得不多，只10分，选了一所重点大学的公共事业管理专业，鬼知道那是什么专业，可这也不能怪陈文丁——不是他选的，或者说他是在各种莫名其妙的建议与父母假意民主的胁迫下填上的，父母认为重点本科院校的冷门系都要好过普通本科院校的热门专业。于是，陈文丁理所当然也必须这样认为，这里甚至都不关什么兴趣爱好的事儿。

大学同寝室的人对陈文丁的评价是孤僻，甚至有些怪异。他们在网吧夜战的时候，陈文丁一如往常地在自习室里拼命学习，但你看奖学金的名单里，从没见到过“陈文丁”这三个字，反而有时会出现在挂科通知上。这种反差使得陈文丁失去了标榜孤僻的最后机会，他成了旁人口中彻底的怪异者。

不过，也有人发现了陈文丁的某种才能——某次，班长付长青拿着成绩单无聊乱翻时，赫然发现英语得最高分的竟然是陈文丁，而专业课的成绩近乎惨不忍睹，不过付长青并不关心原因，他只关心这样一个事实，就是陈文丁的英语好极了。于是他找到陈文丁，在一个无风的夜晚，拉他出来在街边的小摊前吃烧烤。

“文丁，想不到你英语这么好。”付长青说这话的时候，嘴里的五花肉正油水飞溅。

陈文丁不说话，低着头。

“过两天四级考试你替我吧。”付长青嚼得正香。

陈文丁仍旧不说话。

“就这么定了。”付长青替陈文丁做了主，语气就像地主老爷。

“不行吧？”陈文丁终于说了句话，还不是一个肯定句，而是疑问的语气。

付长青看了陈文丁一眼，眼睛里没有任何情绪，不暖也不冷。

陈文丁知道这是个狠角色，不敢再说什么了。他拿起一串牛肉，吃得极为小心。

四级考试那天，陈文丁被监考发现。接下来，校园广播喇叭为全校隆重介绍了一下陈文丁这个人，当然还有付长青，校方态度坚决，要严肃处理。

教务处在四级考试过后总要站上一干人等，并且这些人会按照考试作弊的方式不同，自动分组：墙角那一群人头低得都要掉在地上，一望便知都是些采取老式传统方式——纸式小抄抄袭的；桌子旁那一群公子哥、大小姐时不时地挤眉弄眼，摆弄的都是高科技手段——埋个耳机，带个无线，弄几块电子表，足见都是些谍战剧的玩意儿。此次这群人里只有陈文丁和付长青是因为替考被抓住的。付长青瞪着陈文丁，意思很明显，这么多替考的，怎么偏偏就把你给逮出来了？！一副所托非人的表情。陈文丁也不看他，在那儿绕手指，他现在不哆嗦了。在进考场的时候，他哆嗦得像是得了癫痫，监考老师是因为担心他才对他过多关注的，结果反倒发现陈文丁是替考生。

教务处主任张显扫了这些人一眼，把手中的烟狠抽了一口：“都不想念了，是吧？”

有人搭话：“没，主任，我们错了。”

“知道校里规定吧？”

“留级。”有人小声说。

主任点了点头：“那就行了，还有什么话要说吗？没有就散了吧。”

有女生开始哭泣，这群人死赖在办公室里不走，就站着，无声地诉说着自己的悔恨，但不知道是悔恨作弊，还是悔恨自己怎么就不小心，竟被逮到了。当然也有人立刻离场，哗啦哗啦悉数出门，这些人要不就是务实。知道留不留级不在主任一句话，他的权力范围只在对抗弱势时才会显现，他们需要寻求另外的势力；要不就是乐天知命，懒得留一副狼狈模样给旁人看，留不留级也不在乎，日子可过可混。

付长青拉了一把陈文丁，示意：走吧，站着干吗？陈文丁甩开他的手，还想和张主任解释两句。张主任已经十分不耐烦了，斜眼看着陈文丁。

他的眼神深深地伤害了陈文丁。自己怎么能和这些人一样呢？陈文丁想，他是被胁迫的，就像是人质等待营救，却被告知自己将同绑匪一起被击毙。陈文丁有些激动，他的嗓门越来越大，直到张主任狠狠地拍了一下桌子。

一屋子的人，顷刻间全都安静了。

"付长青，是你逼迫陈文丁替考的吗？"张主任问。

付长青小声骂了句，他保证这个音量只有身旁的陈文丁能听到，而主任是听不到的。然后，他摇了摇头。

张主任乜斜着陈文丁，意思是对质结束，你还有什么话要说？

陈文丁发现自己已经完全暴露在付长青面前，但与此同时他又得不到来自教务处或者说来自某种规则下应有的保护，没有人去关注一个简简单单替考背后的各种曲折，这就是一个事实放在那儿，双方各打五十大板，然后你们内部矛盾要自己解决的事。

陈文丁骂了句，声音不大，但屋子里的每个人都听得清清楚楚。他很无奈，但他也无所谓了。

于是，对陈文丁的处分从留级变成了开除，他背包回家了。走之前，付长青请他去馆子吃火锅，说没看出来，你还是条汉子。

陈文丁的选择并没有得到除付长青之外的人的理解，而唯一理解他的人还是这场变故的始作俑者。陈文丁的父母都是机关要员，这归来的儿子让他们都无法和同僚去解释。他们就傻在那儿，看着背着包的儿子站在门前，在互相对视足足一分钟之后，陈文丁的母亲哭天抢地，父亲勃然大怒。

陈文丁的父亲叫陈武，武是开疆扩土的意思，也应了他早些年喜欢动武。对儿子、对妻子、对旁的不理解他的人，武力是他表现强势的方式之一。年轻那会儿他当城管，媒体铺天盖地的负面报道已使所有人听到这个名词，无不感到风声鹤唳，似乎他们去哪儿，哪儿便是一场民生浩劫。可陈文丁小时听他父亲说："那些小吃摊位的卫生大多惨不忍睹，你去执法，人家拿菜刀出来，你不比他们狠，怎么执法？对，媒体报道永远都是老头儿、老太太的小菜摊被踢翻，你让我们怎么办？我们规劝来规劝去，他们仍旧每天出现在那儿，我们明白那是一份生计，可我们也有生计。"陈文丁渐渐才弄明白，父亲的无奈，是因为这个矛盾问题寻求错了解答人，这首先是一个社会问题，然后才是城管队的问题。后来，陈武被领导赏识提拔进了班子，他反而收敛武力，学会了隐忍不发，沉默不语。人是很奇怪的动物，都有变色龙的本领，这关系到生存质量。再后来，陈武成了局里的班子成员，他觉得仕途已经到头，人便松弛了起来，体重也骤然增加，他最后一次全方面大范围地动用自身资源就是为了儿子陈文丁能进省重点高中，为将来进大学之门铺路。可现在，他的儿子竟然把当初铺好的路全都给刨了，又回到了行程的起点。“你是不是傻呀？”他对着儿子大吼，他本来想说你是不是傻×。

陈文丁报了高考补习班，没人反对，因为没人在意，或者说没人有更好的办法，陈文丁就这样自己给自己做了主，他在大学那两年找到了那么一点所谓的人生意义，不多，但足够后几年享用。母亲听闻他想考某大学法律系时很惊讶，第一句说的竟是咱家检察院认识的人不多啊。这就是母亲的逻辑，现实又让人无奈的逻辑。

补习班里有位老大哥，其实岁数也不大，21岁，姓牟。这是个并不多见的姓氏，他全名牟天生，天生天养。陈文丁和他不熟，但因为这个名字起得韵味十足，陈文丁对他有了先入为主的好感。牟天生总是坐在课堂最后一排的角落，安安静静的，听闻他已经连续考了3年，每次都会在第一志愿栏里填上北京大学，对他来说，或许那就是圣地，是耶路撒冷，是必须要去朝圣的地方。这种执着在旁人看来是偏执，但陈文丁很敬重这位大哥，因为他坚定地选择了自己想要的东西。可陈文丁没料到，6月的初夏，他会与牟天生的人生轨迹产生交集。

## 二、何忠义

何忠义从劳教所出来的时候，发现天下已经变了。这天下其实也不大，就像坐井观天，那已是青蛙理想的全部了。他回到曾经的东家——银都夜总会，发现曾经的弟兄大多都不在了，人散得像是水滴落在炎热的沙地，无影无踪。新来的黄毛、红毛小子斜着眼望着他，陈四叔笑脸迎出来，露出满嘴黄牙：“小何回来了，好！”

何忠义是在19岁那年跟的陈四叔。他当时来到省城打工，受人欺负，他能打，一拳一脚，打到人服，也惹了帮派人物，是陈四叔帮他摆平了那些事儿，他就因此跟了陈四叔。何忠义开始在银都夜总会学做酒保，亦充当打手。他讲义气，罩得住自己名字中的“忠义”二字。可名字不代表其人。古时有个魏忠贤，看名字都觉得是善类，其实是大奸大恶之人。

两年前，陈四叔的儿子陈阿宝聚众斗殴，下手狠了，需要个交代。何忠义说我去，陈四叔说你放心，等你回来，没有人敢亏待你。自此，何忠义的档案也就瞎了。劳改前，他得知陈四叔拿了5万块钱给自己老家送了过去，他觉得，这大哥，自己就是把命给他都行。

眼前的陈四叔不断说着小何回来了，好！要接风洗尘，一桌子人坐得满满登登的，陈四叔不断地回忆往昔，可何忠义发现桌上这些人没几个自己能叫出名字的，而对于他们，何忠义想，也多半不会知道自己。这天下，终究是变了。

不过很快，何忠义就从感慨中恢复了冷静。他发现，陈阿宝没有出现，四叔不提，何忠义也不问，这是自上到下的默契。但何忠义心里掂量，陈阿宝不在，肯定是有事情发生。这酒喝得闷，喝得让人思量，除去这些，何忠义心里惦记的，还有一个女人——秦露露。

秦露露是银都夜总会的花魁，她比何忠义大两岁，他们都有遥远的故乡，都是只身一人，飘无定所。他们在一起的缘由也简单，秦露露遇到难缠的客人，何忠义出面帮忙，一来二去这几年，竟也有了温情依靠。秦露露知道退一步还有何忠义，何忠义知道回头便能看到秦露露，他们彼此是对方的港湾。

在劳教所这两年，秦露露来看过他几次，每次来她都带着情绪。当初陈阿宝的事情秦露露不同意，她问何忠义，她怎么办？何忠义说没想过，又补充了一句，你能过得很好。就是这句“你能过得很好”，伤了秦露露的心。他毫不避讳地指出秦露露在生活中的本质：左右逢源，左右躲闪。弱女子的那个“弱”字，有时候反而是保障，甚至可以无往不利。秦露露就是这么走过来的，这一点，何忠义看得清晰明白，而这明白却不给对方留有退路和台阶。

后来，秦露露不来了，何忠义就默默地惦念着她。他是拿女人换的兄弟义气，不说后悔，但他惦念这个女人，控制不住。有年冬天，有醉酒的客人纠缠秦露露，何忠义上去拉扯，那客人指着秦露露对何忠义喊：“这他妈是个婊子你知道吗？”

何忠义愣了那么一瞬间，他望了秦露露一眼，她脸上面无表情，冷冷的。何忠义憋红了脸，半天才说出一句话：“她不愿意。”结果被对方抡了酒瓶。在省医院缝针的时候，医生说位置不好，不能打麻药。结果缝了18针，何忠义就跟关公似的，喝了二锅头，一脸的煞气，眼珠子都要瞪出来了。秦露露在他旁边都要哭碎了，何忠义反倒安慰她，说自己没事。

“你就是个傻×。”秦露露哭都带着火药星子，何忠义第一次看这女人哭，好看，媚。他的思念就在那个时候种下了。

在推杯换盏的空当，何忠义问了陈四叔一句：“秦露露呢？”

陈四叔一怔，像是在回想，转而说了句：“走了，不做了。”

有些女人离开时，是不会给你留下任何线索的，但秦露露的手机一直没有变成空号，说明她仍在这个过往的圈子之中，何忠义继续问：“她去哪儿了？”

陈四叔皱了皱眉头：“小何啊，有些话，四叔不想瞒你。”

何忠义不傻，他琢磨出了点什么。

“去年她生了个儿子，现在住在郊外。”陈四叔说到这儿犹豫了一下，“你知道我那儿子，他……”

何忠义明白了，秦露露跟了陈阿宝，并且他们有了一个孩子。可他并不惊讶，秦露露就像是狮群里的母狮，只和最强的公狮欢好，这就是她的生存方式。而这天下终归是要变的，谁都可风云际会，谁都能转瞬即逝。

“小何，女人嘛，四叔给你介绍更好的……”陈四叔抱着他的肩膀，使劲抓着。

何忠义也跟着四叔笑，他想起当年四叔说等你回来没人敢亏待你。他借口去洗手间，却在门外听到酒桌上的人在议论，那孙子是从哪儿回来的？

何忠义觉得这两年在劳教所里自己唯一学会的就是忍耐，他发现这样会避免很多麻烦，劳教所或者监狱可能并不是对你进行所谓的人生改造，而是让时间的河水在你身上不断地洗刷，等你变成了鹅卵石，他们就会放你出来。

何忠义站在洗手间外，顿了那么一下，然后转身离开了。

秦露露现在的住处，是郊外的一座精致别墅。何忠义站在门前犹豫了好久，等

## 081

**非常突然**

他要离开时，门自己开了，秦露露走出来说：“进来吧，我知道你早晚会来。”

何忠义拘谨地换上拖鞋，像是第一次去幼时玩伴的家，他站在门廊四处打量：“陈阿宝不在？”

秦露露背对着他，他没听清她说什么，但他确定陈阿宝不在。

“我还是改天再来吧。”何忠义转身。

“你怕他？”秦露露的语气带着轻蔑。

何忠义觉得秦露露还是那个秦露露，知道怎样去安放话里的狠。

两个人在客厅里对视，何忠义觉得说什么话都特没劲、特苍白、特可笑。秦露露身体向后靠，手环抱在胸前，眼睛转向了窗外。

“孩子呢？”

“在屋里睡午觉呢。”

“带我去看看。”

秦露露起身，把婴儿室的门打开。何忠义不喜欢孩子，从来就不喜欢，他觉得那是个拖累、负担，是个你无法对付的小东西。可他却被眼前这个孩子吸引，他不时去对照秦露露和这个孩子的相貌，不断地寻找着共同点。他发现自己对这个孩子竟然倾注了爱。

“离开‘银都’，去找个正经工作。”秦露露的语气很淡。

何忠义反倒笑了：“我能做什么？在‘银都’还能混口饭吃。”

“那里还有你的位置？”

秦露露的话一点也没错。何忠义在“银都”天天都是飘着，没有人关注他，也没有人公开得罪他，他们给予何忠义的，是不熟识的冷漠。

他不说话，伸出手去摸那孩子的小手。

这次见面的一周后，何忠义接到了秦露露的电话。秦露露告诉他，她在某中学保安部为他谋了个差事，是正式的编制，薪水虽不高，但至少不愁温饱。

“为什么？”何忠义问她。

“你想永远这么下去？”

“为什么帮我？”

"你永远做不了大哥。"秦露露笑得很大声，"不是我安排的，是陈阿宝给你安排的。"

何忠义一下子就全明白了，陈阿宝不露面，却把"请"字说得低调平常——请离开、请自便、请珍重，请字后面的诸多搭配，有敬，也有井水、河水再不互犯的宣告。

何忠义离开"银都"，穿上保安服，成了一所中学的守护神。每日清晨到黄昏，他都寻找着闲杂人等并把他们拒之门外，女学生因为他长得帅都会多看他几眼，谁也不知道他的左手臂上，文着一只蝎子，毒刺张扬着蜿蜒到后颈。而他偶尔会在空闲之余，想起那个曾经为自己哭得天昏地暗的女人。

## 三、高广义

高广义今年34岁，他有着一张娃娃脸，所以看上去要比实际年龄年轻许多。他有一个女儿，今年7岁，上小学一年级，至于他的妻子，他并不常提起。

高广义是一名人民教师，教语文，是初二（1）班的班主任。班上的学生都很喜欢他，因为他开明，从不对学生进行整齐划一的规划，他认为每个人都不同，每个孩子都可爱。但这些学生的家长却对此有着截然相反的态度，他们鼓励划分帮派，以成绩排座，早恋即是罪恶，他们认为他不适合现今的教育体制。注意，不适合，有时候不是好与坏的区分。对高广义有着同样看法的，还有他的那些同事，各级校领导最开始还会亲切地找他谈话，开始总是这样几句，小高，你看，接着后面是各种殷切的指导。后来他们发现高广义是块石头，就放弃了把他同质化的努力，换之以冷漠。这些年，冷漠都集中体现在了工资条上。

所以，当高广义第一眼看到宋佳瑶的时候，他感觉生命的混沌之中有一束光照了进来，所有灰暗在这亮光面前全部退让。这一年，宋佳瑶26岁，研究生刚毕业，来校任职初二（1）班的英语老师。

宋佳瑶对英语的态度，与其他同事不同，她不认为英语只是一种工具，她觉得语言是文化传承的一部分，她总把课上得有点像艺术写生，尽管学生们用分数证明这种方式不利于成绩突围，但欣慰的是，班上有那么几个同学从敌视英语的阵营里跳出来，转变了态度。可是这种改变，无法通过现行的方式表现出来，而且就算能显示出来，也不会有人去注意。于是，宋佳瑶在最开始的日子里，经常是教务处的常客。她从开始的据理力争，到后来的哭哭啼啼。高广义看着她，就像看到了另一个自己，他不敢上去安慰她。他羞怯、胆小，他只能这么看着。

直到有一天，高广义经过初二（1）班时，听到里面的宋佳瑶正在念着完形填空的答案，他从那声音里听出她的沮丧和挣扎以及梦碎了一地的绝望。他没走，就站在门外等着下课。宋佳瑶出来时，高广义说：“下午我们找个地方聊聊？”

宋佳瑶有点惊讶，高广义看着教室里由于看到班主任而显得拘谨的学生们道：“聊聊学生们，聊聊这些孩子。”

宋佳瑶从高广义的话里听得出一种谦恭，她点头答应了。两个人并肩走下了楼梯，身后是孩子们疯闹的声音。

高广义知道伍尔夫、知道茨威格，知道英语系的女孩子们当年热捧的作品，而且他读的也是英文原著。这是他和宋佳瑶之间的一座桥，最开始那桥被安静地架起，然后是车水马龙，他们共享的信息越来越多，进而发现彼此认同的地方一致并且集中，这是两个仍旧说梦的人。

宋佳瑶的眼角有些微微上挑，因为鼻梁高耸，她的眼光流动总能引起旁人的注意，高广义有意无意地掩饰着他的关注，对美的关注。

成年之后的爱恋都喜欢单刀直入，因为知道没有时间可以荒废。宋佳瑶有一天和高广义说，她没有男朋友，有也是几年前的事情了。她的语气像是在宣告一件事情，然后等着台下观众的反应，像女王一样，飒爽，直接。

高广义的家庭，和这片土地上其他人的家庭没有什么不同，谈不上幸福，也谈不上不幸福，他甚至缺少形容词去描述自己的家。他早年的女友，父母拼死反对，家里天天上演“哪吒闹海”，女友知难而退，他们在疲惫之余只得好聚好散。父母为高广义指定的女友是教育局高官的女儿，在婚姻解决之前，他的工作起码先解决了。

一个人总会在年轻时相信有些东西是金钱无法衡量的，但当他有一天成为父母，他便认为，天下没有东西是不能用钱去衡量的。如果所有父母都要经过这种转变，那或许就不是父母的问题，而是整个社会出了问题。

高广义觉得自己发现了问题所在，对此他无能为力，但起码他因此不再怨恨父母，他也不怨恨自己的妻子，他表现得像个好儿子，也像个好丈夫。但他心里清楚，在某天全家出游时，当他坐在湖边回头看着帐篷里的妻子和女儿的时候，他感到无比陌生。

爱情的模式有很多，受虐式、互殴式、平等式等，但宋佳瑶对高广义说："你懂我，我大概也是懂你的。"高广义一下子就被这句话带到了少年时光里，带到了现在想来可笑但那时信奉的高尚追求里，这是读了点书的人的通病，他们不会过日子，他们认为有更重要的事情需要摆放在人生的首位。而宋佳瑶在高广义回忆的边角里一铲子铲下去，他便无法控制地开始松动。

某天晚课结束后，办公室里只剩下高广义和宋佳瑶，当高广义发现这点时，他迅速收拾东西准备离开，宋佳瑶猛地站起身，径直走向高广义。他退她就进，两个人一直只有一脚的距离，高广义被逼到角落一处的办公桌前，他显得有点狼狈，脸上通红，心脏从左胸跳到右胸，后来干脆都不知道心脏跳到哪儿去了，浑身都在发颤。

宋佳瑶看着看着反倒笑了，弦一松，高广义在一片空白里向前探了一步，他吻了宋佳瑶。他不抖了，但感觉耳边声音轰鸣。

第二天，高广义吻宋佳瑶的照片传遍了整个学校。手机照片的像素不高，但却能辨认出其中的角色，是有学生在放学后偶尔撞到，留下了这个纪念。

高广义看到照片传到自己手机上的时候，他在惊愕的同时反而觉得，那晚的一切反而因为这张照片有了线索，不再像是个梦。

舆论像暴风骤雨，高广义和宋佳瑶在这风雨里被道德抛离。当他们处在世俗的道德下游时，便失去了某种保护和维系，学生可以随意地嘲笑他们，甚至在他们的课上起哄、喧嚣、尖叫、辱骂。高广义失去了做班主任的资格，相信不久他也会失去做教师的资格，校方领导对此表现出严肃与审慎的态度，他们找高广义谈话，并给予他最后的体面，让他提出辞职。在高广义犹豫不决时，宋佳瑶表现出过人的坚强，在校方领导找她之前就把辞职书递了上去，她说："这是多大的事儿？"她这句话说给高广义听时，语气是冷的，高广义明白，这是对他在事后踌躇、犹豫、懦弱与退让的失望。

父母、妻子、孩子以及自己、学校、学生们，高广义觉得累了。

校方的处理结果在5月末公布了，宋佳瑶辞职，高广义则被调离到另一所中学任职。两人都不知道，他们的命运还需要和某些事情牵扯上，才能最后分开。

## 四、牟天生

牟天生能念到高中，全依赖他姑姑的坚持。他的姑姑叫牟艳梅，结婚后发现无法生育，这在农村来看，是一件大事，是断了绝孙的事儿。她回了娘家，把牟天生——她哥哥的孩子，当成了自己的孩子。

牟天生的家乡在山里，穷。你甚至不需要过多形容与比喻来修饰这个“穷”字，因为这里的穷足够生硬、干脆。村里很少有孩子能念完初中，大多在小学便辍学，只有牟天生，念完了初中，去县里念高中，然后去考大学。他知道，这些是姑姑拿着刀架在脖子上说“不让娃去念书，我就死在这儿”换来的，父母碍于她的狠，只得从了。于是，姑姑把自己仅有的那点家产都散了，供牟天生去读书。

牟天生曾问牟艳梅：“姑姑，你喜欢哪所大学？”

“北大，都说北大好。”

“那我就去北大。”

“中。”

牟艳梅在牟天生第一次高考那年走了，长期的营养不良和贫血令她最终得了败血症。她躺在那儿，睁着眼，睁得大大的，等着牟天生的成绩。村里人说你走吧，她仍旧睁着眼睛。

牟天生那年考了587分，如果他是北京户口，那他就真的上北大了，可现实是他离北大的录取分数还要努力至少30分。他哭着跑到牟艳梅的床前，说：“姑姑我考上了，我考上了。”

牟艳梅嘘了一口气，闭上眼，走了。

牟天生第二天就收拾行李，说是去县里上补习班，所需的学费，也不用家里操心，他自己打工去赚。

牟天生的同学都说他脑子坏了，重点大学那么多，一个也不考虑，就一门心思地准备重考，这不是神经病是什么？牟天生不说话，他只知道，自己一定要去北大。

半工半读的第二年，牟天生考了621分，结果那年北大对牟天生所在地区的录取分数线的最低分是625分。第三年教材更换，牟天生的往届身份优势变小，只得了617分，止步不前。

高中的老同学给他打电话，说："你个死脑筋，你他妈的就算考上，我们都毕业了，你拼个啥子劲？你不知道，现在这学校都一个德行，去哪儿还不都是上，你就非得认准北大？"

牟天生说："嗯。"

"你死去得了！"对方那边干脆把电话都给挂了。

今年牟天生的模拟成绩都在630分以上，是补习班里重点培养的苗子，连整年的学费都给免了，就要靠他给补习班打出名气。牟天生有种预感，这次他能去上北大，因为他在考试前一天梦到了姑姑牟艳梅，他领着牟艳梅在北大的教学楼之间穿梭，牟艳梅说，这就是北大啊。

6月初夏的那几天，是全国学子梦醒来的时候，牟天生真的一如所想，语文、数学都答得极为理想，他甚至关注每一个逗点是否整齐，他在修饰一种完美。第二天综合考试完毕后，便剩下牟天生最擅长的英语。可以说，姑姑已经在梦里提前告诉了他结果，他现在只剩下等待，等待考试结束，等待成绩出来，等待北大的录取通知书。他的嘴角已经开始不自主地上扬，他要提前慰劳自己。在综合考试结束后，他去了一家平日绝对不会去的大一点的饭店解决午餐，他坐在窗口位置，看着菜单上平均菜价都在20元以上的标价，他将那菜谱翻了两遍，然后对服务员说："给我一盘地三鲜，二两米饭。"

这是牟天生最喜欢吃的菜。

有时候人生的轨迹总是很奇怪，你看似是清晰地伸向远方，实际都是在你每一个抉择之后骤然变向，都是你做了A选择，然后人生就在A之后开始了新的开始。

牟天生在等待他的地三鲜的时候，旁边一个公子哥打扮的人给了服务员一记耳光，那声音清脆响亮，牟天生和其他人都循声看去。那个被打的服务员大概40岁，此刻左脸通红，嘴唇紧咬，她的太阳穴上有一颗黑痣。牟天生觉得那黑痣眼熟得很，他想起，他的姑姑牟艳梅在那个位置，也有一颗同样的痣。那个打人者似乎还没有结束他的情绪，破口大骂，指着自己的衣服，那上面有一块油渍，事情的经过于是明了，是侍者端菜不小心溅到了。

“还他妈是个哑巴。”

被打的侍者唯唯诺诺地说：“对不起，先生，我不是故意的。”

“那你他妈就是有意的了！”这人说着起身就是一脚，那女人被踹倒在地，她就那么傻坐着，一时不知如何是好。

经理立刻过来解劝，那男人指着自己的衣服：“你知道这衣服多少钱吗？瞎了眼的。”

侍者被旁人扶起，那男人见此景上去又是一脚，那女人再次被踹倒在地上。牟天生看着，他觉得这个女人就是牟艳梅，她在人生的各种际遇里被人粗暴地踹倒。牟天生站起身，他阻拦住了随后的那几脚。

“呀，还他妈有热心人！”

牟天生有膀子力气，那是庄稼人和土地互相试炼的结果，他已经很多年不站在田地里去磨炼它，但它仍然力大无比。牟天生一推，那男人就跟风筝似的，一起一滑，和落地窗户的玻璃碎片一起倒了下去。

人群鼎沸，那男人起身像疯狗一样扑过来，牟天生不断防挡，这时他才猛然想起一会儿的高考。有人一早就报了案，他们觉得这个飞扬跋扈的男人需要制止，但自己又不想卷入其中。牟天生想走，但他被眼前这个男人死死地纠缠住，等他好不容易找到机会跑出饭店，却被迎面而来的警察逮了个正着。

无论牟天生怎么解释，警察就是不放他走，他甚至拿出了准考证给他们看。他们传阅之后把牟天生的年龄当作笑谈，说：“哎哟，还有这么大龄的考生呢？”而那个打人的男子拨了个电话，片刻就被放了出去。

牟天生急了，问为什么他可以走，自己就不能走。

派出所里两个警察，一个在玩连连看，一个在看视频网站。看视频网站的那个抬起头说，人家是被打的，正当防卫。

牟天生更急了，说怎么可能他是被打的?

那个玩连连看的不耐烦了，说有话等所长回来再说。

牟天生哪里坐得住，他先是恳求，进而情绪越来越激动，他说走，咱回去，听饭店人怎么说。

两个警察看了他一眼，其中一人喝道：“老实点，当派出所是你家呢？”

牟天生坐在那儿看着表中的分针嘀嘀嗒嗒，问：“所长什么时候回来？”

“不知道。”

牟天生忽然一个纵身，从门里冲了出去，两个警察半天才反应过来，等追出去，牟天生只在街角留给他们一个背影，转瞬就消失了。

待牟天生跑回考场，入场的时间已经过了，门卫说什么也不让他进。牟天生赶紧去掏准考证，却发现，准考证竟然落在了派出所。他拼命地解释，由于激动眼泪噼里啪啦地往下掉，那门卫仍然不允，并警告他赶紧离开，英语听力马上开始，考场周围不许大声讲话。牟天生还想往里冲，但却被门卫死死拉住，门卫甚至扬言要报警。

等牟天生听到考场英语听力测试题放出的时候，他知道，这一切都结束了。他忽然恍惚了那么一下，眼泪已经不掉了，他发现，原来眼睛已经干了。

## 五、所有人的交集

何忠义站在教学楼的大门前看着安静肃穆的走廊，嘈杂在这一刻被空间驱赶出整栋大楼，所有人都在聚精会神，等待着高考英语听力的声音响起。就在此时，何忠义看到不远处一个年轻人向这边跑来，近了，才看清他上衣、裤子上满是扬起的尘土，何忠义赶忙阻拦，提示这里是高考考场，闲杂人等不许进入。

年轻人说自己也是考生，何忠义看了看手表，示意已经过了入场时间。那年轻人说自己有准考证，却见他翻遍了全身也没有找到。何忠义不敢大意，这人从年龄看并不像是考生，他之前也在网上看到过有人故意扰乱考场秩序的文章，何忠义觉得要对里面更多的考生负责，不能冒险。那年轻人显得十分激动，竟然要闯进去，这更加验证了何忠义之前的怀疑。两人纠缠在一起，何忠义扬言报警，这时，教学楼里的广播忽然响起，英语考试的听力测试开始了。这个年轻人忽然不再挣扎，垂着头，离开了。

这是何忠义这次监考的一个小插曲，他回到教学楼的门卫室里，也跟着听起广播里的英语。他听不懂，但摆出认真的样子，像是同样在为了大学梦而努力的考生。他没有料到那个年轻人竟会再次回来，他摆手示意对方赶紧离开，可那人走着，安安静静的，像是一条蝮蛇，何忠义觉得眼前这个场景有些熟悉，但他猛然间却想不起来，直到那年轻人走近了，何忠义还在皱着眉头回忆。忽然他感到腰间冰凉，他恍然大悟，那场景的感觉，是死神的脚步，对，是自己那么多年带给别人，也是别人带给他的——暴戾的杀气。何忠义还想自己怎么就大意了。晚了，那腰间的冰凉在不同位置重复体会，他感觉自己像是被扎漏了的米袋控制不住地往下倒。

英语听力一结束，陈文丁就举起手来示意要去洗手间。他没想到自己竟然会紧张。在这个最擅长的科目上，听力开始的3分钟，他的注意力不知道集中到了哪里，总之脑子一片空白，他迅速地调整收复失地，精神耗损极为厉害，他需要一点水，在喉咙里，也在脸上。监考的老师是一个戴着宽边眼镜的中年男人，他看到老师脖子上挂着的监考名牌，上面写着“高广义”三个字。

就是这位叫高广义的监考老师陪陈文丁一同去的洗手间，陈文丁走得很慢，除了要在监考老师的视线范围内这一缘由，也因为他走的每一步都是在让自己尽快平复，他需要重新聚集精神然后回到考场厮杀。他让自己的动作尽可能地缓慢，不停地在做深呼吸，内心不断地告诫自己，这就是崭新人生的开始。他没料到会在洗手间里看到牟天生，陈文丁说了声“嗨”，却又忽然发觉不妥，这样的亲密举动可能会造成身后监考老师的误会。可这种困扰并没有持续太久，因为陈文丁看到了牟天生身上的血迹和手上紧握的尖刀。

陈文丁本能地退后一步，刚想回头喊监考老师，牟天生便像一只蝙蝠扑了上来，陈文丁哽咽了几声，他看到自己的肠子原来是灰绿色的，他放不回去，只能用手托着。

这应该是高广义在这所学校里最后的工作——6月高考的监考。他坐在教室里看着这些考生低着头奋笔疾书，有风吹进来，窗帘起伏，偶尔还会有几声咳嗽。他看着他们，他知道自己也曾有一天坐在下面，可从下面到上面的十几年里，高广义仍然很迷茫——自己到底想过怎样的日子，想成为怎样的人，想做怎样的事。正在他思索间，有个学生举手示意要去洗手间，他叹了一口气，结束了自己的胡思乱想。

在洗手间里，高广义还没搞清是怎么回事的时候，就看到与他一起出来的考生倒在了血泊中，而那个持刀的年轻人正狠狠地盯着自己，两个人有那么零点几秒的对视。高广义往后撤的瞬间，他听到了熟悉的声音，是宋佳瑶，她小声地讲着话，寻找着不打扰旁人的地方。声音逐渐靠近，似乎就在洗手间外，而那持刀的青年此时已冲了上来。高广义知道自己不能退，他脑海里忽然浮现出宋佳瑶眼波流转时的样子，他曾偷偷感叹那是多美的一个女子，他要保护住这份美。高广义用手去抵住那刀，却没想对方有如此之大的力量，轻易将他的防御摧毁，他的前胸顺势被捅穿，高广义此时却不知是哪儿来的力量，双手狠狠地攥住那已经没入身体的长刀，用尽全身力气大喝了一声，之后他便感觉自己身上所有的力气都被抽干了。他本想回过头再看宋佳瑶一眼，告诉她快跑，可是他没有力气了。

那些关于人生的疑问，高广义想，都没有必要去琢磨了。

牟天生想起他的姑姑牟艳梅，想起他曾经问她的话。北大好，可他去不了了，当自己站在考场外看着天空飘荡的云朵时，他就决定，他哪儿都不去了。他去农贸市场买了一把刀，狭长并且尖锐，他把它藏在了腰间。

他回考场时那名门卫仍然还在，不过这次他阻拦不住他了，牟天生带着死神的镰刀狂奔而去，他浑身都是那名门卫的血。他跑去洗手间想把手洗干净，他觉得被这种黏稠的、湿漉漉的液体裹挟住双手，有种说不出的难受。然后牟天生看到了陈文丁，他记得这么一个人，好像是和自己上过同一个补习班。而陈文丁身后的那个监考老师，他竟然没有跑反而迎上来，在他倒下时，牟天生看到了原来他身后站着一位女子，紧接着她的尖叫引出了所有人。

牟天生把刀从那倒下的监考老师胸口抽出来。他想起他同学的话，“你考上了，我们都他妈毕业了”。牟天生想：我死了，你们还活着。想完，嘴角一挑，自己迎向了那把尖刀。

# 另一面镜子

文/夏阳

郊外忽然变了天，乌云像灰丝绒一样从天边铺卷过来，暴雨肆虐，敲打着河滩边的植被，风从林间穿过，发出低沉的呜咽，只有当雷声停下来的时候，才听得见那栋孤立的别墅里传出的哀号声。

从外表上看，这栋别墅并没有任何特别之处，深灰色的砖墙让它看起来更像是一座废弃的监狱，但是它的内部却华丽得令人难以置信，典雅的吊灯和晶莹斑斓的酒柜显示着房主与众不同的品味。

但是此刻，这里已是狼藉一片。

头发蓬乱的作家赤着脚站在地板上，在闪电转瞬即逝的光亮中，他的眼神充满戒备，身上布满血痕，手里紧紧握着一把锋利的匕首。

“我知道是你干的。”他的声音颤抖。

“你想毁了我，对不对？但是你做不到，在那之前，我会亲手杀了你。”

## 1.作家

新书就要完稿了，对于结尾，冷萧依然拿不定主意，在写这本书的过程中他曾多次被干涉，出版商也就算了，至少还会客气一点，他担心的是那些激进的读者。

冷萧的作品总是弥漫着恐惧和绝望，这种独树一帜的风格让他很快名扬四海，但随后却麻烦不断，在作品大为畅销的同时，他所面对的质疑和声讨也与日俱增。就在上个月，一名读者因为看了他的书内心压抑而最终自杀，把这种矛盾推向了极点。

桌上的电话发出刺耳的铃声，冷萧皱着眉头接起来，是他的出版商，他敷衍了几句便挂断了，对方说的话却萦绕在他的心里挥之不去。

那是不知道重复了多少遍的一句话：“一定要有个光明的结局。”

他愣愣地盯着显示器，忽然扬起手凶猛地砸在退格键上，屏幕上的空白越来越多，刚刚写好的两页一字不落地被删掉了。

他叹了口气，想到当年库布里克的《发条橙》上映以后，因为影响极坏，甚至收到了恐吓信，他害怕同样的事情发生在自己身上。

他决定妥协。

这本叫作《彼岸之外》的作品成功出版，但他内心的结局却永远没有出现，取而代之的是一个给人以希望的结尾。

然而这件事情导致的另一个结果是，它让那些原本忠实的读者大失所望，他们认为冷萧投降是无耻并狡猾的，现在换成了他们整日想方设法地骚扰他。

无论怎样都让他极为疲惫。

他倒了一杯酒，看到窗外天气晴朗。自从新书出版以后，他就很少走出这扇房门，外面的世界让他难以理解。酒很快喝完，再次倒满，除此之外，他不知道自己还能做些什么，他失去了灵感。

## 2.彼岸之外

C城破败的月台上，夏冉隔着火车车窗挥手送别去读大学的哥哥，他以为自己会非常难过，但到了最后却发现他只是急着等火车开走。

回到家，看到有关哥哥的一切都被打包带走，仿佛这个人从来就没有存在过，所有的情绪才在瞬间猛烈地砸在他的胸口，他跪倒在冰凉的地板上迟迟没有起来。

哥哥只留下一本书，他曾对夏冉说这本书会带来希望。尽管自己从不相信，但无事可做的夏冉还是随手翻开，他立刻被一种神奇的力量吸引过去。这本书讲述了一个和他一样的底层人的故事，主人公经历了很多磨难，内心却燃烧着伟大的梦想。夏冉的心跟书中的人物紧紧纠缠在了一起，他仿佛在看着另一个自己，越到后来越紧张。如果主人公遭遇了打击，他的心也跟着剧烈地疼痛，他屏着气一页一页地向后翻着。

当他最后看到主人公像涅槃的凤凰一样挣脱现实，终于长舒了一口气，心情豁然开朗。

合上书才发现已经到了深夜，他脱掉满是汗水的脏衣服，冲了个凉水澡。他脑中反复回想着书里的情节，从此记住了一个叫作冷萧的名字。

夏冉把湿漉漉的头发拨开，不让它遮挡住视线，他身上挂着密密麻麻的水珠，站在浴室的镜子前，透过镜中自己的眼神，就像故事的结局一样，他也找到了自己光明的未来。

## 3.镜子

酒精正在陪伴冷萧度过一段完全封闭的日子。

在某种程度上，他赞成那些极端粉丝的态度，他也认为自己的妥协是不应被原谅的。

孤独的生活让他产生了一个奇怪的习惯，就是自言自语，而且不经意地，有时甚至会一个人说很久。

当冷萧意识到这个习惯后，他并不觉得有什么问题，相反却感到非常兴奋，他认为自己不需要借助外界也可以摆脱孤独，既然外面那么可怕，不如自己来制造一个世界。

他打开购物网站，选了很久终于下单，一周后两个工人按响了别墅的门铃。

“是您订购的镜子吗？”工人问。

“是的，请进。”

工人并不知道冷萧是谁，但是看到房内的装修也能盘算出这是一个特殊的人家，他们抬着比自己还要高的镜子蹒跚地走进客厅，问道：“请问您想要放在哪儿？”

冷萧指着写作的桌子旁：“这里。”

“您确定？”工人疑惑地看着那个尴尬的位置，没有人会选择把镜子放在这样一个地方，“等我们走了您再想移动可就难了。”

“就放在那儿。”冷萧坚定地说。

工人走后，他解开镜子上的布套。光洁的镜面上出现一个干瘦的男人，灰白相间的格子衬衫，一副黑框眼镜，手指的关节因为常年打字已经变形。冷萧对着自己看了一会儿，还是感觉有些陌生。他没想到自己竟然老了很多。

他对着镜子挥了挥手：“你好。”镜子里的自己还以同样的礼节。

“从今天开始，就由你来陪我生活了。”他把脸凑过去展开笑容，“我们要一起写新的作品。”

“没问题。”镜中人回答。

## 4.作品

夏冉确认了一下手机上的日历并记录下来，他确信以后会有很多人谈论这一天。

他要动笔写自己人生的第一部作品。

他永远忘不了那天深夜被一部叫作《彼岸之外》的作品深深震撼，后来他站在浴室的镜子前暗自发誓，要成为一个比肩冷萧的作家。那一夜，冷水冷却了他的身体却冷却不了沸腾的血液。

和很多人一样，他的第一部作品也难逃自己的影子，但是当真正写起来，才发现自己的人生是如此平庸，写着写着便言语匮乏，他愤怒地抓着头发，绞尽脑汁地去构造吸引人的情节，又一次想起了《彼岸之外》里精彩的段落。

这部小说写了三个月，这段时间夏冉所吸的香烟相当于以往一年的量。他欣慰地看着手稿，仿佛已经看见了美好的未来。

他在认真地祈祷之后，将打印的手稿寄给了一家出版社。

接下来就是漫长的等待。

# 5.镜中人

自从有了新的住户，冷萧更加滔滔不绝，他把镜子里的自己想象成一个真正理解他的人。

镜子的位置就在桌旁，冷萧写作的时候，镜中人同样也盯着显示器不停地敲打键盘，他偶尔瞟一眼对方，这种感觉非常奇妙。他记得自己曾看过一张照片，是萨特和波伏瓦共处一室分别写作的状态，就像现在一样。

然而灵感却没有回来，他急需一部作品来为自己正名，可是，写什么呢？

显示器惨白的光照在他脸上，转过头，镜子中一个黑乎乎的影子也同样看着他，忽然冷萧脑中“嗡”的一声响起了警报声，这是灵感到来的声音。

“就写你。”他指着对面的镜子，对面的镜中人也指着他，他们同时笑了起来。

熟悉的感觉回归，一个新的故事悄然展开。这部叫作《镜中人》的小说塑造了一个叫作X的作家，X饱受各方压力却写不出作品，决定结束自己的生命。他拿起刀站在镜子前准备了断，可就在最后一刻忽然灵感迸发，很快X就完成了一部描述人格分裂的作品，震惊业界。

然而X没能逃掉命运的玩笑，在完成这部作品之后，他的神志出现问题，终日恍恍惚惚，他时常回到那个给他灵感的镜子前，疑惑地看着自己，不知道今天得到的这一切究竟是谁创造的——是X自己，还是镜子里的人？

X被这个问题折磨得痛不欲生，他开始痛恨镜子里的人，想要杀掉他，于是再次捡起那把扔掉的刀子，站在镜子前，将刀子狠狠地扎进自己的身体。看着镜中人因痛苦而扭曲的脸，他感到前所未有的兴奋和满足。

就在他轰然倒下的那一刻，出人意料的事发生了，当喷在镜子上的血迹滑落，本该同样倒下的镜中人，却仍然站在那里。他缓缓地从镜子里走出来，从容地收拾掉X的尸体，站在水池旁洗掉手上的血迹，抬起头，镜子里再次出现一个一模一样的人。

他伏在案前，写起X没能写完的作品。

《镜中人》阴郁的氛围征服了读者，这次冷萧没有在乎外界的干扰，反倒收获奇效，赞美不绝。他开心地看着给他灵感的另一个自己，对方也坐在桌子旁，脸上浮起一丝微笑，这是冷萧第一次看到自己完成一部作品后满足的样子。

他疑惑地盯着镜子很久，脑子里全是那个笑容，忽然，这笑容猛烈地炸开，在他的头脑里横冲直撞。

他捂着头倒下。

## 6.哥哥

“我明天就走。”这是哥哥下火车后说的第一句话，他们已经四年没见了。

夏冉反倒因此松了口气。

打开家门，一股难闻的味道扑面而来，哥哥皱着眉头看着满地的垃圾，犹豫了一下，回头看到夏冉正面无表情地盯着他。

夏冉粗鲁地收拾了一下地面，清理出一条勉强可以走人的过道。哥哥尴尬地笑了笑，又迅速收回表情，他后悔回来。

四年的时间真的好长。哥哥心里这样想着，让厌恶和疲惫代替了原本的亲情。

曾经的卧室里积满灰尘，哥哥站在那里感到既熟悉又陌生，这间屋子现在冷冰冰的，像是他死后应该住进的墓穴。

“自从你走以后，我就没进过这屋。”夏冉站在他身后说。

“想喝点酒吗？”

酒精成功地化解了冷漠，他们终于开始肆无忌惮地聊天。夏冉发现，即使是在情绪最高涨的时刻，哥哥依然谈吐文雅，他甩掉了这个小城的粗俗和市侩，成了一个让人好奇的外地人。

从小夏冉就羡慕哥哥，虽然他从未表现出来。哥哥人长得帅气成绩又好，永远都带着让人敬畏的光环，听他说起自己永远没有机会经历的一切，宿舍里的怪人、追了两个月的女朋友、面试过的公司……这种感觉就像是多年的顽疾一样在心底复发。

哥哥的语速越来越快，像是上了发条一样停不下来，夏冉一直睁大眼睛听着，哥哥忽然停顿了一下，然后毫无预兆地哭了起来。

“你怎么了？”

“我活得没意思。”哥哥忽然冒出这样一句话，“我知道我要去读书，我知道我要恋爱，要毕业去工作，可是我不知道我真正爱的是什么。有时候我希望自己能追求和创造一些东西，却悲哀地发现我对一切都不感兴趣，我的生活只有轨迹没有惊喜。明天我离开这里就要去上班了，从一种身份变成另一种身份，周而复始，我无法拒绝，像是写好的程序一样，按下开始键就没有改变的可能了。”

这是夏冉完全没有想到的画面。

“有时候我想死，可是我对死也没有兴趣，当我看到一个同学因为失恋从17楼跳下，我是那么羡慕他，他有自己想做的事情，而这件事是不被现实安排的。”

夏冉猛地站起，走进卧室拿出一沓皱巴巴的手稿放在哥哥面前，第一次承认了一件事。“我一直羡慕你。”他说，“你备受宠爱，无须努力就拥有一切，而我拼了命折腾，换来的就是这样一沓废纸。就在几天前，这份手稿又一次被退了回来，我为它耗尽了心血，我希望能有人告诉我，夏冉，你永远都不可能成为作家，放弃吧。如果能听到这句话，我会立刻烧掉手稿，去过没有欲望的生活，可是在那之前，我真的不甘心。”

哥哥没有想到夏冉竟然还藏着这样一个秘密，他就像是自己内心的投影，可是当他翻看这些文字的时候，却不由得心生一股寒意。即使自己只是一个普通的大学毕业生，也看得出来这些稚嫩的文字永无出头之日。他抬起头，看见夏冉迫切的目光，他在等着那句话，让他从此放弃梦想的话。

哥哥什么都没说，钻进冰冷的卧室蜷着身子睡了。

闹钟在第二天早晨六点响起，哥哥迅速起身关掉，坐在床边写下一张字条：我走了，不想吵醒你，下次再见不知道是何时。另，我有义务告诉你，放弃写作，好好生活。

他准备把这张字条放在昨天喝酒的桌子上，刚走进客厅却看到昨晚狼藉一片的屋子被彻底收拾过。夏冉听到声音从厨房走出来，露出纯真的笑容，完全看不出宿醉的迹象，他身上系着一条围裙，擦了擦手说："起来了，早餐马上就好，不能饿着肚子上车。"

哥哥笑了一下，一股陌生的力量在身体里燃烧起来，他意识到某些渴望的感觉正在降临，右手用力握紧，把字条揉成一团塞进了口袋。

## 7.又见镜中人

冷萧将两粒白色的药片倒在手心，抓起身旁的半瓶酒急切地服下。

自《镜中人》之后，他已经很久没有作品问世了，长期以来，头痛折磨得他痛不欲生，去了很多医院都查不出问题，只能依靠致幻药物，这种药是他托关系找来的，冒了很大的风险。

现在他的感觉很好，不知不觉地趴在桌上睡着了，可一阵时有时无的声响打断了他的安宁，他艰难地抬起头，揉了揉蒙眬的眼睛，看到一个干枯的身体坐在他旁边不停地打字，眼睛兴奋地盯着屏幕，神色时而紧张时而轻松。

"在写什么？"冷萧问。

"一部小说，关于你的。"那人回答。

"能给我看看吗？"

"现在不行。"

冷萧好奇地望向显示器，那人迅速关掉，愤怒地瞪着他。冷萧有些不好意思，尴尬地赔了个笑脸，忽然，他意识到了什么，笑容戛然而止。

"不对，应该是我来写你。"冷萧紧张地盯着那张和自己一模一样的脸说，"谁叫你出来的，你赶快回去。"

"已经晚了。"那人说话的同时，狠狠地推了冷萧一把，冷萧踉踉跄跄地向镜子栽去，并努力在镜子前停了下来。他感到镜子里传来强大的吸力，他抓着桌子，艰难地挪动着。

身后的吸力越来越大，抓着桌腿的手已经渐渐没了力气，这时那人走过来，露出邪恶的笑容，正当他起脚踢来的瞬间，桌上的电话响了。

一切顿时烟消云散，冷萧再次醒来。

“请问是冷萧老师吗？”电话里传来一个年轻的陌生声音。

握着听筒，冷萧还有些恍惚，怀疑这又是一个梦。打电话的是一个编辑，他先是给冷萧讲了一个故事：一名少年因崇拜他而投身写作，放弃了很多可以养活自己的工作，可是手稿却一遍遍被退回。当他决定劝说少年放弃时，少年纯洁的笑容却令他改变了主意，那个少年是他弟弟。

冷萧感到一种莫名的亲切，他知道这就是曾经的自己，曾经的被某一种热爱绑架了的生活。他曾是那么迷恋这种追逐的感觉，可是当自己跑到尽头，所有能得到的全部收入囊中，竞争者全部中途阵亡，他再次一无所有。

现在，新的机会来了，看着身旁的镜子，镜子里一张坚毅的脸同时在看着他，空气紧张凝重。

我在外面，冷萧想，这本书由我来写，你永远没有机会取代我。

他再次陷入彻夜写作，头痛变本加厉地折磨他，每隔几小时就得服一次药，药物让他陷入快感，并同时产生色彩斑斓的幻觉和纷至沓来的梦境。

然而这些东西并没有影响他的写作，相反，冷萧意外地发现，他所有的梦境都与镜中人有关，这为他提供了活生生的素材和灵感，让创作如水银泻地般流畅。

在《镜中人》第二部中，X发现自己并没有死去，他醒来时被禁锢在镜子中，外面是一个与自己一模一样的人在埋头写作。

正当他满腹疑云的时候，一个更诡异的事情再次让他震惊：他发现他的身体年轻了很多，就是十七八岁的样子，可他清楚地记得自己早就过了不惑之年。

原来，镜子里不止他一个人，这里有很多个不同年纪的自己！

有一天，镜子外的那个人在不停地写作中毫无征兆地死掉了，唯一一个和死者年纪相同的人便沉默地走出镜子，清理他的尸体，然后继续开始漫无止境的写作。

X明白了，原来他只是不停被替换的零件之一。当他在外面死掉后，就会变回自己第一次写作时的年龄被送进镜子中，长大后便等着外面的人死掉，走出去代替他。到了外面，年龄便不再增长，只会在无尽的写作中身亡，永远地轮回着。

X决心打破这可怕的一切，他想到一个方法，就是偷偷写作，他知道外面的那个人在写什么，就先写出来，然后想办法将其弄到真实的世界出版。

在最初的设定中，X迫使镜子外的人因抄袭的罪名身败名裂，一切被瞬间打破，可是在接近这个结尾的时候，冷萧忽然紧张起来，他意识到，现实中镜子外的这个人正是他自己。

如果我写的是一个预言，将会怎样?

汗水从冷萧的额头渗出，他最终留下一个空白的结局。

## 8.少年

那天夏冉以为哥哥会劝他放弃写作，可是哥哥没有，不过他还是从哥哥的眼睛里读出了一些暗示，他明白那代表着什么，于是当哥哥借口说醉了去睡觉的时候，他没再追问，他已经得到了答案。

第二天，他决定与过去写作的日子说再见。他起得很早，手脚麻利地收拾了前一天晚上的残局，又下厨做了丰盛的早餐，他知道自己是一个非常有天赋的厨师，已经有好几个饭馆想请他了。他准备等哥哥走后就去其中的一家上班。

可是哥哥临走的时候却说："坚持下去，你会写出无与伦比的作品。"

他站在饭馆门口犹豫了一个上午，最后终于还是回了家。

就再赌最后一次吧，他心里想。

这以后，哥哥每天都打电话过来询问他的状况，一个月的联络超过了过去四年，他们总聊起写作，夏冉也渐渐地不再对自己的作品感到害羞，有了新的想法就兴奋地告诉哥哥，而哥哥似乎总是能点醒他的思路，他们经常商讨到深夜。

自从《镜中人》出版以后，冷萧已经几年没出新作了，夏冉也在怀疑是否天才也有枯竭的一天。他依然记得《镜中人》对自己的震撼，和很多人一样，他对那个结局念念不忘，总想要看到后来的发展。

他等不及了。

## 9. “是你”

《镜中人》第二部的出现是这些年最轰动的一件事。

冷萧再次看到了万人膜拜的场面，他庆幸自己没有放弃，现在他与镜子里的自己又回到了当初友好的状态。

这个状态却被一个电话打破了，打来电话的还是那个编辑。

“冷萧老师，您看新闻了吗？”编辑声音颤抖，冷萧一瞬间产生了不祥的预感，在听到后面的话之前，他已经开始紧张地盯着镜子。

后来那个编辑说的话虽然难以置信，但冷萧却没有感到意外，他背上了抄袭的罪名，这一次没人支持他。

《镜中人》第二部的情节还是发生在自己身上了。事情源于一个本来钟爱他的读者，他发现《镜中人》第二部和自己曾经看过的一部小说惊人的相似，不同的是，那部小说的笔触稚嫩，文字上完全无法和冷萧相比，但情节却如出一辙，且早于《镜中人》两年半出版。

冷萧在网上看到了那部小说，在这之前那部小说因为销量极低而鲜为人知，现在却已是家喻户晓。

他越看越怕，事实证明这个罪状是成立的，可怕的轮回终于到来。

他看着镜子里的脸，对面那个人狰狞的面孔带着嘲讽，本来晴朗的天忽然阴沉下来，转眼乌云密布，电闪雷鸣。

“我知道是你干的。”

“你想毁了我，对不对？但是你做不到，在那之前，我会亲手杀了你。”

冷萧握着一把锋利的匕首，对着自己的身体狠狠地刺去，剧痛传遍全身。他看见镜子里的人露出痛苦的表情，血液染透了他的衣服，内心却满足不已，他又刺了一刀。

他停不下来。

## 10.犹在镜中

畅销书作家冷萧，17岁投身写作，出道时便震惊全国，被誉为天才作家，生平作品不计其数，销量无人能及，40岁于自己的别墅中自杀身亡……

夏冉读着报纸上的报道。

冷萧的作品就是另一面镜子，所有的一切都惊人地重叠。

X最终还是做到了，但他毁灭的不是别人，正是他自己。冷萧在这两部作品里创造层层叠叠的幻境，以至于忘记了自己是谁。他迷失在无往不利的战斗中，名利的累积和才华的枯竭让他看不清自己究竟站在镜子的哪一边。他以为自己比对面的那个人拥有更多的权力，最终用抄袭的手段毁掉了自己。

新闻的旁边附着一张触目惊心的图片，那是冷萧的尸体被发现时的状态，他的手伸向镜子，拼命地在抓着什么。

"对不起。"夏冉努力让那只手离自己的身体远一点。

"对不起。"那天哥哥也是这样轻描淡写地道歉。

"你还记得那些我们通过的电话和彻夜聊起的话题吧？"哥哥的神色飞舞，"我太了解你了，你很容易受外界影响，所以，当我把冷萧写的手稿转述给你的时候，你一定会不自觉地将它写出来。"

"我们都在追逐和创造一些东西，这种感觉太棒了，"哥哥最后说，"你创造了你的小说，而我——创造了你。"

他最后留下一张皱皱巴巴的字条。

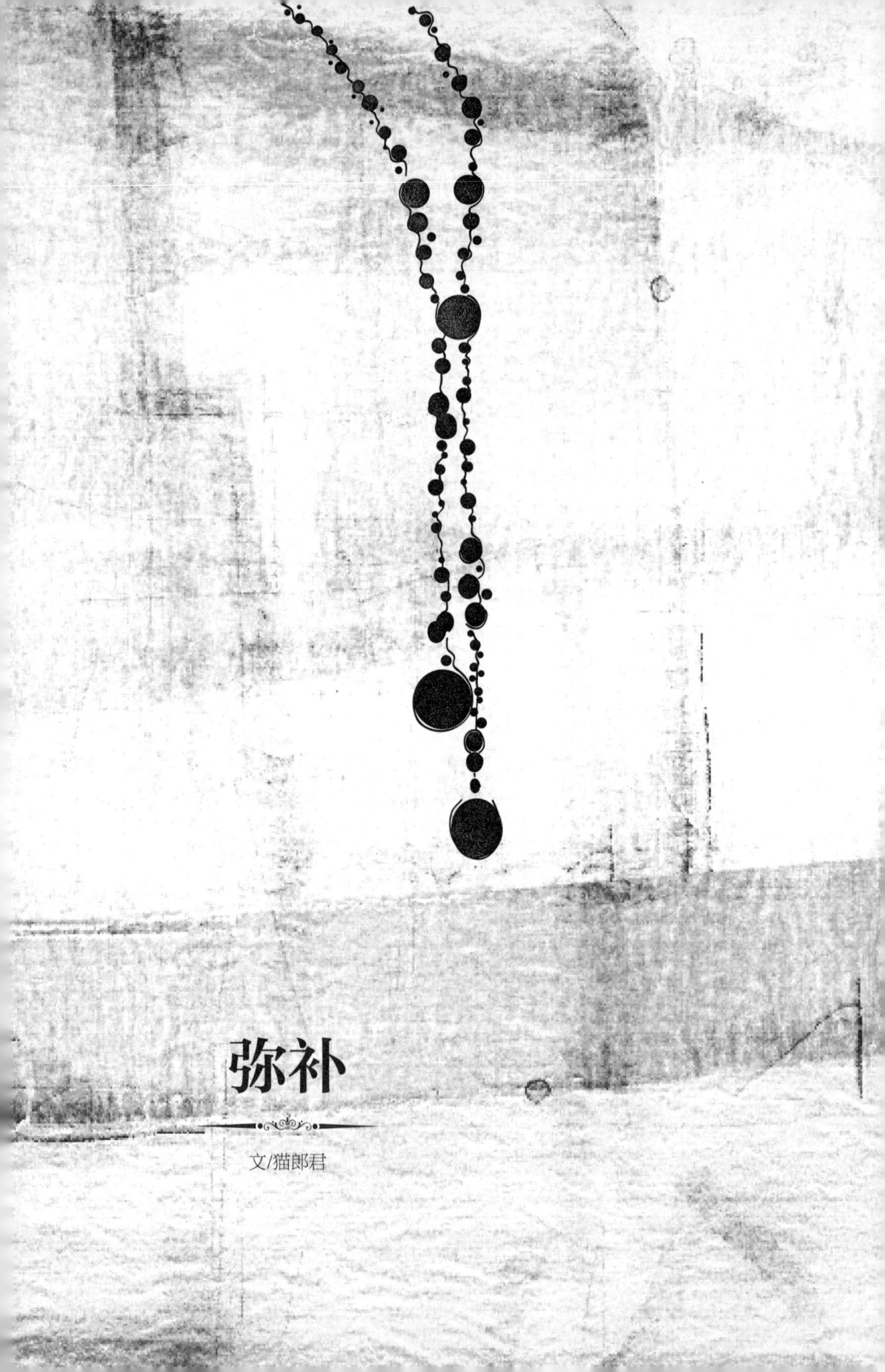

# 弥补

文/猫郎君

# 105

## 弥补

我的一个朋友自杀后，我辞掉了在工厂里组装手机的工作。他死前告诉我，他觉得自己是一个木偶，但我知道他不是，他从楼顶跳下，摔出了很多的血，在冬天里热气腾腾。

我决定去抢点什么，直截了当地改善或毁掉我的人生。我搞到了一把假枪和一把真刀，这已经是我能力范围内的极限了。我先是想到了银行，但银行更像是一座坚固的城池，我单枪匹马，应该难以打破它。于是我决定退而求其次，去洗劫一家相对柔弱的金店。

我选择的目标在一家商场里，确切地说，它算不上一家店面，只是几个围在一起的玻璃柜台，两个懒散的年轻女孩把守着它们。我花了两天的时间勘察地形，拟订计划，当这一切都准备就绪之后，我却遭遇了胆怯。一连四天，我每天背着挎包，坐在商场供顾客休息的塑料座椅上，盯着不远处的珠宝柜台，积攒着冲上去砸碎玻璃的勇气，但这勇气就像绵软无力的海浪，涌上来后又很快退下去，我孤零零地坐着，仿佛被搁浅在这里。

我是从第二天开始留意到那个女孩的，那天，她从外面走进来，经过珠宝柜台时停住了脚步，弯下腰朝柜台里看。她穿着一件廉价的红色收腰外套，那是一款城市女孩不大可能会穿的服装，被她穿在身上，干净同时带点土气。我想起上午曾在门口见过她，她鲜艳地坐在一棵刚刚被移植到马路边不久的银杏树下，用一种纤长的草叶编织蜻蜓、螳螂和蚂蚱，摆在一块花布上以两元一只出售。她很沉默，手指却异常灵巧，草叶的边缘锋利，在她手上留下了许多细小的伤口。

第三天和第四天，在差不多的时间，她都短暂地出现在柜台边。我知道她看的是项链，那个柜台里只有项链，白金的，戒指则是在下一个柜台。她想要一条项链，但却不能拥有，只能用眼睛隔着玻璃抚摩它们。那天下午，我站在路边默不作声地看她编了一会儿蜻蜓。想用这些草来换一条白金项链，这太难了，不是不可以，只是太难，难得让人心寒。

我回到商场，从挎包里拔出榔头和塑料手枪，走向珠宝柜台，只一下，玻璃就碎了。周围开始有女人发出尖叫。我丢下榔头，把手伸进柜台，抓起满满一把黄金、白金塞进挎包，转身朝商场深处冲去，那里有一道员工进出的小门，平时虚掩着。我飞快地穿过这道小门，再翻过一道墙，从楼后的小巷顺利逃离。大概是看在那把塑料枪的面子上，没有人出来追我。

一周后，我戴上口罩和风帽，打了一辆车来到商场门口，她还在树下编织着昆虫，身形同那株不知能否成活的银杏树一样单薄。我走过去，弯腰把一个扎着绳结的小盒子放在她面前。她抬起头，诧异地望着我，嘴巴里忽然发出“啊啊”的声音，双手飞快地比画着，像是在询问我，我木然地盯着那两只用来说话的手，转身离开。

几天后，我离开这座城市试图南下，半路上被抓，随即被判刑十年。第二年时，我结交了一个新来的狱友，他叫白彪。我只知道他是个杀人犯，被判死缓，对他的入狱原因，他一直讳莫如深。从他那里，我才知道什么叫摄像头。

每年都有一两次，我会梦到那个女孩，她戴着我送她的项链，看上去很开心。在梦里她还是十八九岁的样子，最近的一次也是如此，但我知道，十年过去了，她最少也该二十八九岁了，如果在街头偶遇，可能我已经认不出她了，除非她还坐在商场门前的银杏树下用草叶编织昆虫。

出来后不久，我去了一次那里，树还在，她自然不会在。十年那样久，天涯又那样远，谁知道她会去哪里呢？

我找了份在物流公司搬运货物的工作。又过了九年，我唯一的朋友白彪出狱，为他接风的酒桌上，他喝得有些醉了，终于说起了入狱的原因。

“我原本只是想偷她那条项链，从没有想过要杀人，可那个哑女拉住我不放，情急之下，我只好捅了她一刀。”他叹息，“被关了十八年，就为了一条破项链，怎么想怎么不值。”听到酒杯落地的破碎声，他抬起头，诧异地问我，“你怎么了？”

# 科幻空间

每个器官都是有用的

文/夜先生

已删除

文/顾适

占卜机器人事件

文/刘栋

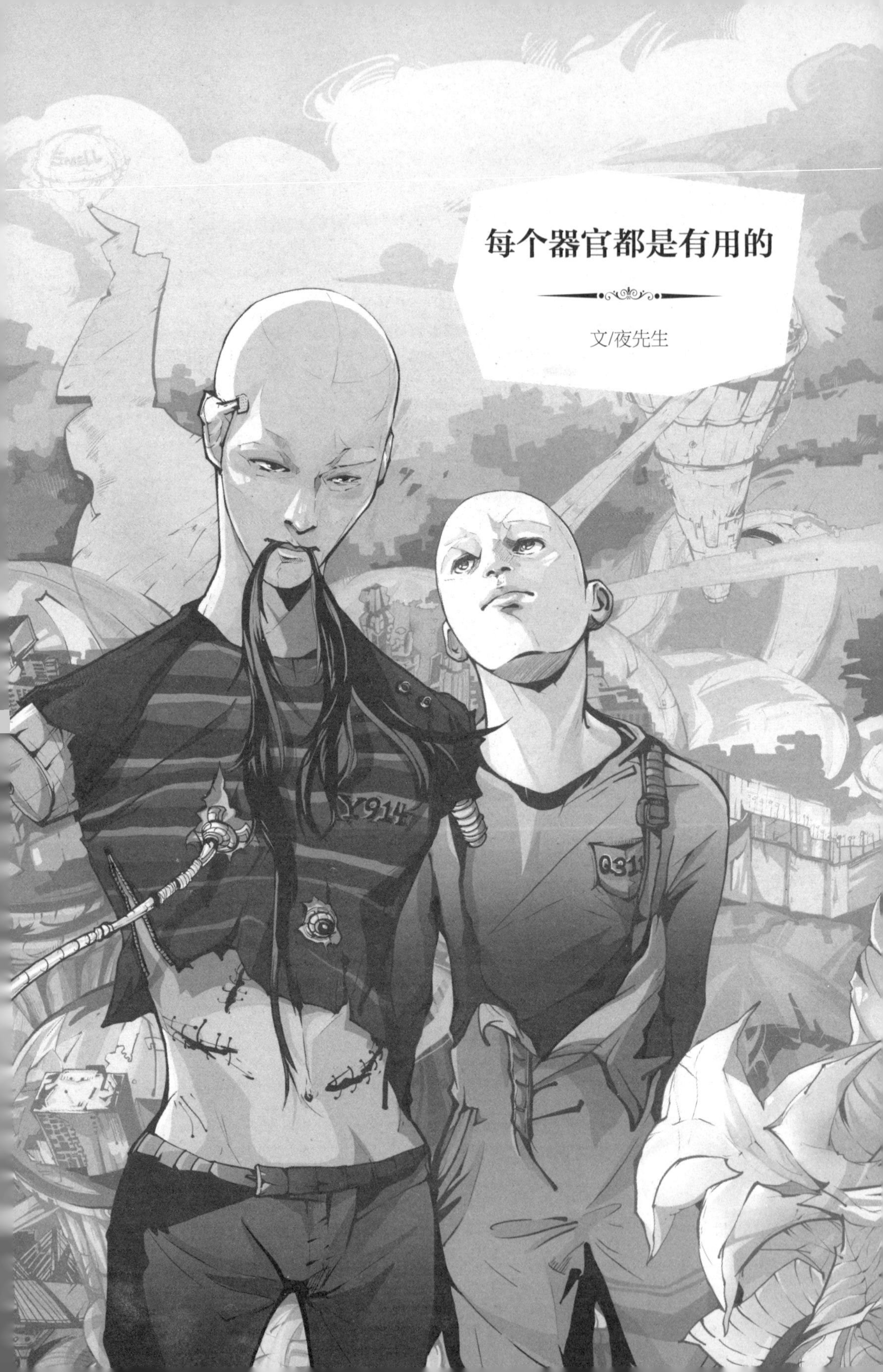


# 每个器官都是有用的

文/夜先生

# 每个器官都是有用的

## 1

Y914走上第四部平行电梯的时候，抬头看了看左手边锃光瓦亮的落地窗，窗外的阳光看起来很好。他仰仰头，习惯性地活动了一下颈椎，然后走下电梯，赶紧恢复到机械性步伐的状态，就像身边所有人一样。尽管如此，他还是颇为留恋地用眼角扫了几下窗外，因为远远地，似乎真的有一株绿色的野草。

“不太可能。”Y914转过弯进入电梯之后，轻轻地摇着头自言自语。

是啊，因为严重的污染，如今的世界被罩在一个个不同的大罩子里，连接罩子的是一条条宽阔的高速公路和一座座复杂的立交桥。这年头，除了野生植物博物馆的标本，大地上已经很难再看到像样的植物，这里怎么会看到野草呢？太不可能了。

Y914不禁苦笑了一下。这个家伙刚刚故意把手套遗忘在会议室，就是为了再回来一次，好在乘坐平行电梯的时候，确认一下窗外究竟有没有一株野草。目前，赌确实有野草的人已经增加到5个，赌金加起来足够换一个人造鼻子。

这可不是个小数目。

Y914惶惶地回到办公室，Q311立刻转过头来，两个人的目光刷地对视了一下——大约3秒钟吧。离上班时间还差1分07秒，他们有足够的时间交流——当然，是用眼神。Y914的眼睛“叭叽叭叽”地快速闪烁了几下，意思是自己毫无把握看清了没有，Q311则轻轻地眨了一下眼，表示了然。在他们两人错身时，Y914轻轻耸了一下肩，Q311回以一个清淡的微笑。

回到座位上之后，他们掏出手机按了一下，15秒钟后，两人同时收到一条短信，上面写着：赌注追加到750块。

几乎每个人心底都“哇呜”了一下，这价格可以换一个漂亮的鼻子！然后时钟恰到好处地走向下午1点30分，上班时间到了。

## 2

Y914与Q311都是生活在这个世界上的普通人，他们在一家专门生产味道的名叫斯麦尔（Smell）的超级公司上班。

哦，你没听错，就是味道。因为严重的污染，人们的鼻子已经变得非常脆弱，为了保护鼻子，使其不用太频繁地被更换，我们鼻子闻的味道几乎都是经过过滤、杀菌、分离处理的纯人工、无污染的味道。

斯麦尔公司生产的味道粉末方便、实用，只需要将适量粉末溶于水，并使其迅速地挥发，就能产生出固定的味道，因此生意很好。这里的员工大多是下等人，出生在黑医院，没见过自己的父母，压根儿没有名字，他们互相直呼工号，每个员工因为负责不同的工种，有着不同的编号前缀。

Y914与Q311现在直挺挺地站在传送带前，Y914负责用鼻子闻他看管的两条流水线上的产品，看最后包装完毕之后有没有泄漏的情况；Q311负责将Y914挑出来的不合格产品回收并重新处理。因为一旦包装不严就可能导致味道质地不纯，而且味道粉末暴露在空气中还极易变质，对皮肤有很强的腐蚀性——毕竟是化学产品。

自从下午1点30分开始，传送带就源源不断地送出一小罐一小罐红色或者棕黑色的粉末，今天生产的是玫瑰味道与咖啡豆味道，是用于花店人造玫瑰与咖啡馆速冲咖啡的调味剂。

Y914直挺挺地站着，每一个小罐从眼前慢慢悠悠地过去，他都要弯下身子，像狗一样用自己从来不长鼻毛的鼻子嗅几下；而大多数时间里，Q311只是愣愣地站着，无所事事，有那么几次，他的左手会止不住地抖动几下。他们俩工作的共同之处就是比较费鼻子。斯麦尔公司给他们的鼻子投了保险，可以每年免费换一次人造鼻子——当然，是没法选择的统一形状的便宜货，至于他们出生时自带的原装鼻子，早在进公司实习三个月之后就报废了。

你可不要小瞧这些看似简单的工作，包装不合格就会引发泄漏，味道粉末暴露在空气中会变质引发感染，感染会死人，死人就会带来巨额索赔，斯麦尔公司就会因此而破产，大量工人也将因此失业，失业就会导致妻离子散或者引发游行暴动，那样，政府就会很痛苦。

之所以这么精益求精的原因也很简单，如今多数人的皮肤出了点问题，一点小小的问题。

## 3

天黑以后，Y914已经躺在自己家的床上，说是自己家，其实是员工宿舍。他是个下等人，身份证上只有工作编号。

时间还有点早，Y914并不想睡，他在脑海里努力地描绘着绿色的野草，一根直直的细嫩的躯干，两片叶子两片叶子地叠加，通体翠绿。

这个可怜的家伙已经很多年没有见过野草了，他对野草最后的印象，是投影仪上种类繁多的花草树木的标本图片与学校老师扭曲的脸。“要背好所有的名称与特征，尽管它们全部灭绝了，但任何一种都可能在考试中考到。如果你们成绩出色，就有机会去博物馆见一次真实的植物标本，你们知道的，下等人一般是没有这个待遇的。”

他能上几年学，还多亏了斯麦尔公司。公司从各种渠道弄来的下等人多数没有任何文化，必须经过培训才能上岗。为了让这些下等人死心塌地地干活，培训课里自然包括一些渲染上等人美好生活的课程。

Y914将脑子中的这一屏消掉，重新开始琢磨那棵杂草，因为想到草就会想到阳光。“我有多久没有真正接触到阳光了？”他突然这样问自己。思索了半天，他自己回答道：“大约跟没照镜子的时间一样长吧。”

呵呵，他的家里只有一面镜子，镜子小得只能容纳他的五分之一张脸。Y914的日程里从来都没有照镜子这一项，因为他是一个光头，明晃晃的没有一根头发，也没有眉毛、胡子，甚至连皮肤上晶莹剔透的茸毛都很稀疏，他的皮肤白到身体表皮所有的血管——蓝紫色的静脉、暗红色的动脉与密密麻麻的毛细血管——全能看得清清楚楚，如果他脱光了站在你眼前，你看到的将是一个不用解剖的人体血管模型。

所以，每天出门时，他用工作服把自己“全副武装”起来，不让一点皮肤裸露在空气中。

Y914静静地在床上躺着，用右手的四根手指轻轻地抚摩自己的脸，他的手指很修长，每根都有四节，而且不再有指甲。这四根细长的肉柱一样的东西抚摩在脸上，很柔软、很细腻。就在这时，Q311的一条短信突然发来，上面只有几个字：刚得到消息，明天还要再干一次。

Y914立刻打了个冷战，回复道：难道还缺钱?

Q311发来一张图片：为了我们的梦想，只差最后一点点了。

Y914看着手机，看着那张美丽的图片，呆呆地痴迷了——

那是一朵美丽的曼陀罗花，在三片绿色叶子的包裹之中，一朵饱满的白色花朵正含苞待放。它只有两天的花期，谢了就是死亡。

这曼陀罗花现在只有少数地区还能人工繁殖，数量稀少到已经变成一种只有在富贵人家才能见到的身份象征，它的价值，要远远高过一个人造鼻子。

## 4

周五，又一个晴朗的早上。当然，只是相对晴朗。

斯麦尔公司被罩在一个巨大的罩子里，罩子可以屏蔽外面的一切，展现Boss想让它展现的单纯与美丽。

因为据说阴霾的天气会影响员工的工作热情，透过公司的这面玻璃墙，你只能看到阳光。看不到雨，看不到乌云，世界明媚得近乎妖艳。

Y914走出房门，走进电梯，下电梯后，是长长的甬道，尽头是地铁站。乘坐三站地铁，进入工作的大厦，再进电梯，上五楼的餐厅吃早点，步行回三楼的会议室开晨会，然后出门，走上一截又一截的平行电梯，到自己的车间上班。每天如此反复，在一个又一个连接在一起的玻璃房子或者钢筋混凝土建筑中，他已经172个小时没有离开公司，没有见到真正的太阳了。

今天这个家伙格外紧张，因为他要做件坏事。他挣扎了一个晚上，但每次想到那美丽的曼陀罗花，他都会找到一个无比坚定的理由说服自己，这就好比曾经有一个时代，在银行上班的很多员工，无时无刻不在琢磨着把金库里的钱转到自己账下一样。

正点开工，传送带运送着一罐一罐的粉末，Y914仿佛小鸡吃米似的撅着屁股，今天依旧是红色的玫瑰味道与棕黑色的咖啡豆味道；车间里的空调始终保持在恒温的22℃，他的全套工作服有异常出色的透气性，可Y914依然觉得自己晶莹的皮肤正在发烧，他努力地调整呼吸，减慢心跳，因为体温过高随时可能引发工作服的报警，那会坏了大事。

熬过不知道多少个分分秒秒，传送带那边终于送出来一种特别的颜色——紫色——一种纯粹的带着荧光的紫色粉末，只有区区十罐，VIP用户紧急预订的昂贵味道。

Y914假模假样地一次次弯下腰，放过三罐之后，他熟练地对着第四罐紫色粉末打了个喷嚏，然后用自己修长怪异的拇指、食指与中指夹住这个根本没有任何泄漏迹象的罐子，放在小盘子上，递给Q311。Q311平静地接过小罐子，将罐子的盒盖用特殊的机器打开，把罐中的粉末倒在面前的无色溶液中，这一切做得无声无息，甚至监控摄像头也看不出有什么异常。

其实，公司压根儿不会关注这个细节。无色溶液只是特制的消毒水，压根儿不会溶解哪怕一粒味道粉末。公司会有专门的仪器将味道粉末重新提取、过滤、称重、包装，如果剂量偏离值过于离谱，所有人自然逃不过调查。

但在偏离值以内就不一样了。Q311抓住这个漏洞，在倾倒的时候，粉末多多少少会掠过自己左手食指的手套，而那上面有一个小小的洞，大多数粉末溶解在溶液中消失了，剩下的，留在他的手套中。

任务完成，Y914与Q311面无表情地站在那里，他们心里都划着一叶小舟，激起一圈一圈的涟漪。Y914无比向往地闻了闻空气，这些异常珍贵的紫色粉末就是薰衣草味道，据说，闻了它就会进入幻境，可惜，他什么都没闻到。于是，他的心中又想到那株美丽的曼陀罗花，想到自己用不了几天就能看到一株真实生长的植物，他像女人怀胎十月一样盼着那一天的到来。

这时，Q311的左手再次无法遏制地抖动了几下，他竭力咬着牙，一声都没吭。

## 5

周六，休息。

Y914与Q311早早就碰了面，他们躲在城际铁路站的一个角落里，Y914抑制不住内心的喜悦，冲着Q311说："给我看看。"

Q311神秘地一笑，袖口一抖，掉出个小瓶子，里面是那么诱人的紫色粉末，以至于这两个家伙看了一眼就心驰神往。

"没想到我们用了这么久才积攒到这么一小瓶，实在是太冒险了。"Y914不禁咂了咂嘴，"真想尝尝它是什么味道。"

"嘿嘿，你可真贪心，这可是专给贵族用的薰衣草味道，限量特产……"Q311狡黠地一笑，笑容又立刻凝固在脸上。

Y914皱着眉头说："让我看看你的手。"

"算了，算了，没什么，"Q311微微摇摇头，"大不了换根新的，不碍事，手指的价格可比鼻子便宜多了。"

"鼻子有医疗报销金，手指可没有，你别唬我。"Y914有点不依不饶。

"好，好。"Q311无奈地摘下左手的手套，他的手也洁白得仿佛用沥青烫过一样，血管一根根明晰，只是食指与中指的皮肤已经出现了溃烂。Q311赶紧又把手套戴上，悻悻地说："抹了冷冻剂，不碍事，不能让腐烂的味道散发出来，万一被城际铁路里的探测器检测到，我就要被带到疾病控制中心，一切就完蛋了。别担心，为了曼陀罗花，值得。"

Y914皱着眉头听完了所有的话，他几次想要插嘴，但最终因为那株真实的植物忍住了，他们熬了这么久，终于即将实现的梦想，不能就这么丢掉。Y914沉思了很久，心中好像有一块阴影在隐隐作痛，最终，他只是淡淡地说了一句："相信我，等拿到曼陀罗花，我一定想办法弄到钱给你把手指换掉，我一定可以弄到钱的，百分之百。”

## 6

坐上时速逾500千米的城际铁路，这两个家伙要去一个很远的地方，他们的手指紧紧地攥住扶手，闷在一个巨大的铁家伙中。城际铁路车厢里有闭路电视、空调，但是没有窗，太快的速度经常让他们的身体不自觉地后仰；长期驾驶城际铁路的列车长的两个腮帮子，因为惯性，像沙皮狗一样耷拉下来，每隔几分钟他都会把自己的大脸放进显示屏中，通报前方路况，通报即将到达的车站。

大约过了40分钟，终于到站了，Y914与Q311裹着严实的衣服，快步走出城际铁路站。他们已经来到另外一座城市，一个狭小混乱的、被下等人占据的小城。

这是Y914接近200个小时以来第一次将自己暴露在露天的环境中，他颇为失望地发现，正在下雨，空气中弥漫着浓浓的说不清什么颜色的乌云，雨水是淡紫色的，黏稠得像糨糊一样，稀稀拉拉地滴在地上，缓缓地蠕动着。

街上没有树，没有草，没有任何一种自然生长的植物能抵挡得住这种酸雨的侵蚀。你们或许可以想象出一株真的曼陀罗花在那个时代的人心中有着怎样的地位，如果非要打个比方，大约相当于医院里有人攥着大把的现金等待着一个可以与濒死的尿毒症患者匹配的肾。

Q311带着Y914快速地穿过小路，七拐八拐，走进一间门头毫不起眼的酒吧。酒吧门口，两个喷头对着他们一阵猛喷，一种莫名的液体瞬间将他们身上残留的酸雨中和掉了。

大厅里空无一人，Q311故意踏了几下地板之后，吧台后一张沧桑的老脸朝他们看了一眼，Q311下意识地点点头，那边也回应了一个点头，并用眼神让他们坐到角落里。

Y914有些紧张也有些兴奋，Q311根本没有注意到这个家伙脸上那几秒钟细微的变化，他的手已经疼得有些发抖。

他们刚刚坐定，就听见酒吧坑坑洼洼的石头地板发出“嘎啦嘎啦”的响声，沧桑的老脸坐在一辆破旧的轮椅上缓缓移动过来。Y914惊愕地盯着眼前这团肉球，他只有一条胳膊，没有双腿，没有毛发，身上洁白的皮肤处处透着脏兮兮，脸上的皮肤有好几处已经化脓甚至结成一种紫色的痂。轮椅上高高地挂着一个吊瓶，里面红色的液体每秒都会滴下三滴，针管扎在沧桑老脸的头顶上，这是维系他生命的强力药剂，没有这红色药水，他连五分钟都活不了。

沧桑老脸瞪了瞪大眼珠子，Q311心领神会地从怀中掏出小瓶子晃了一下，里面的紫色粉末均匀，颗粒饱满。

沧桑老脸咳嗽了一声，用他唯一的胳膊从轮椅下面掏出一个12英寸的电视屏幕，“哐”地放在桌子上，按了两下按钮，屏幕“嗞嗞”了几声，显出了画面，是一个满头黑发的大白胖子。

看到这个家伙那头浓密的黑色头发，Y914不禁愣了一下，心中像被人挠了一下般难受。Q311不屑地哼了一声：“真是个有钱的脓包，居然买得起这么一头头发。”

“哈哈，”大白胖子的嗓门很响亮，像个暴发户，“废话少说，交货吧。”

Q311将小瓶子放在桌子上，电视屏幕就像个活人一样看着它。沧桑老脸用唯一的手从轮椅底下掏出一小瓶纯黑色的液体，也放在桌子上，然后又掏出一根细长的吸管，用嘴咬住，他粗大的手指熟练地拿起Q311的小瓶子，迅速打开瓶盖，用嘴将吸管插进去，迅速吸了一下，在一丁点紫色粉末进入吸管的同时，又迅速将瓶盖关上。

Y914傻乎乎地看着这一切——像一个精彩的魔术。

沧桑老脸将黑色液体的瓶子打开，把吸管插进去轻轻一吹，再盖上盖子轻轻摇了两下，黑色液体顿时变成一种妖艳的紫色。他再次将盖子打开的一瞬间，那紫色居然变成一团晶莹的雾气，“嘭”的一声从瓶子里喷了出来。

Y914情不自禁地嘟起鼻子嗅了一下，然后狠狠地打了一个喷嚏，他也说不清自己闻到了什么味儿。

“哈哈，”大白胖子在屏幕中很白痴地笑了一下，“是真货，我这独一无二的验货方法没人能骗得过去。”说着，他从身边拿起一个带着细长胶皮嘴的小瓶子，瓶子里全是紫色的液体，他将那胶皮管塞在自己硕大的鼻孔里，轻轻地一吸，然后整个人浑身颤抖了几下，大脑袋不停地摇晃起来。

沧桑老脸有些神往地盯着屏幕看了一下，然后从轮椅下掏出一个大盒子，将Q311那个小瓶子扔了进去，Y914发现，那个大盒子里全是各种稀罕颜色粉末的小瓶子。

“稍等一下，”沧桑老脸将所有从轮椅下掏出来的东西放回去，“我这就给你们拿曼陀罗花。”

这么好几分钟的时间里，Y914完全被眼前的景象吸引住，他目不暇接地看着，完全忽视了Q311的存在。当他的眼神终于回到自己朋友的身上，Q311的嘴唇已经开始变得青紫了……

## 7

“你怎么了？”Y914吃惊地问。

“呵呵，没什么。”Q311低沉着头，已经打不起精神。

沧桑老脸“吱嘎吱嘎”的轮椅去了又回来，他的手里托着一个简陋的花盆，花盆中是一株绿色的植物。此时窗外依然下着淡紫色的酸雨，酒吧里空气污浊，光线昏暗，在简陋得甚至可以称得上破烂的花盆中，这株绿色植物的枝叶居然旺盛地伸展着，仿佛一道阳光瞬间让一切都熠熠生辉。只见在三片宽大叶片的包裹中，一个白得一尘不染的花苞正裹在两片淡粉色的薄片之中，好像随时可以绽放。

Y914小心翼翼地接过花盆，眼神直勾勾地盯进去好儿秒钟，他硬生生地将视线移回到Q311的脸上，手指却在不停地轻轻抚摩着绿色的叶片。那简直是一种无法描述的触感，就好比父母第一次触摸自己刚刚降生的孩子一样。

“呵呵，喜欢吧？”Q311苍白地感慨了一句。

“你怎么了？”Y914焦急地问。

“我不会跟你一起回去了。”Q311不无伤感地说，“我病了，恐怕活不长了，要活下去，也会像他一样。”说着，他用眼神指了一下已经离去的那张老脸。

“为了偷紫色粉末，你……你……我不该……我不该……”Y914悲伤得语无伦次。

“呵呵，不是这样的……”Q311笑了一下，打断了他的检讨，“在没答应你帮你偷这个卖钱之前，我已经知道这样做的下场，所以……呵呵……这是我帮你做的最后一件事。”

“我可以弄到钱，我已经……”Y914欲言又止，他咬了咬嘴唇，轻轻地哀求道，“相信我，我可以弄到钱，真的，我一定一定能……”

Q311无力地支撑着自己的脑袋，“别傻了，真的，我已经心满意足了。”

“可是你为什么要这么做？你为什么要隐瞒这一切？”

“因为，”Q311绝望而安详地盯着Y914，“因为我中意你。”

呵呵，是的，因为我中意你。

我们生在一个可悲的年代。

我们的身体已经进化得不再需要性器官来感受温暖，感受温情。我们已经进化得从表面上分不出男女。可是，我们依然是人，活生生的人，我的心中依然充满着浓浓的情愫，这是一种不可救药的返祖现象。

我是一个女人，而你是一个男人。

我是一个渴望安静、渴望慈爱的女人，而你是一个让我感到温暖、感到舒服的男人。我看到远古的故事里一遍又一遍地写道，一个女人应该为她中意的男人奉献自己的身体，自己的一切。

可是，远古故事里写到的很多事情我们已经无法尝试：我们没有性器官，无法做爱；没有厨房，不能做饭。我们生活在一个高度发达又高度缺失的时代里，我对你全部的爱无法表达，只能用生命的代价满足你美丽的心愿。

你看那株绿色，它就好像我的笑容，永远会盛开在你的心底。

“宝贝，我也有最后一个心愿，”Q311沉沉地说，“在我感染的病毒还没有扩散之前，学着古人的样子，亲亲我……”

## 8

我要救活你！我要救活你！我要救活你！……

无论用什么方式，无论付出什么代价！

## 9

不知道过了多长时间。

狭小的手术室里，白炽的灯光照在所有活人的皮肤上，他们身上蓝色红色交错的血管里，鲜血汩汩涌动，这是唯一可以证明他们仍然健康的标志。

Y914静静地躺在手术台上，身上盖着墨绿色的台布，头皮上插着一根针头，混合药水正一点一滴地流入他的体内。这个可怜的家伙脸上贴着一块厚重的白布，白布紧紧裹着整个脸颊，只露出两只有些疲惫的眼睛。

他的身旁，Q311坐在床边，身上穿着一件白色的病号服。他们两个的手握在一起，这是他们学着古代书里的照片装装样子罢了，他们手指上的触感神经已经退化得很严重，好像两只爪子，只有触感，没有温存与快感。

“你为什么这么傻？”Q311的眼中含着一点泪花。

Y914只是简单地摇摇头，连安慰性的微笑也不敢表达，因为麻药的劲头已经过去，他的脸此刻有一种撕裂般的疼痛。

“你把耳朵卖了，这得多丑？”Q311说着，“扑哧”笑了一下，一串泪珠顺势滴落下来，落在台布上。

Y914的手指挣脱开Q311的手，伸向眼前这个长得几乎跟自己一模一样却号称是个“女人”的家伙，轻轻地摸在她的脸上，擦去最后的一滴泪。Q311的多处皮肤已经开始变得暗红，这是感染扩散的标志，Y914的手指比画着，非常焦急地一直比画着。

Q311大约明白了他的意思，从桌子上拿了一部手机塞进他手里。

Y914用手机打出一行字：“别担心，为了救活你，这不算什么。”

“呵呵，”Q311苦笑了一下，“耳朵卖了也就罢了，你把舌头也卖了，往后我们怎么说话？”

“这样还不是一样？”Y914又熟练地打出一行字。

是啊，这样还不是一样。

自从有了手机，我们可以不再见面；自从有了电脑，我们可以不再说话。

短信，E-mail，QQ，微博，我们已经有了那么多种方式与世界沟通，舌头还是不是必需的条件？

有多少人，已经在休息日的时候整整一天都说不了十句话？

Q311的苦笑依然挂在脸上，她突然从桌子上拿起一根细长的针管，里面有一点红色的液体。

Y914讶异地看着她，在手机上按道：“这是什么？”

“呵呵，”Q311的笑声中充满了绝望，“你知不知道，光卖耳朵和舌头，是远远不够的。”

“什么？”Y914只按出两个字，就看到Q311将那管红色液体打入自己的吊瓶之中，接着，他就沉沉地昏睡过去。

“在这之前，我始终不敢肯定你有多么在意我，可是现在，我看到了你全部的勇气与决心，我知道你说的为了我可以不惜一切代价是真实的，”Q311对着这具已经毫无知觉的身体缓缓地说道，“那么，就让我们继续下去吧，我帮你得到一直喜欢的东西，你也应该满足我，因为古人的书上写道：爱，永远是相互的付出，没有理由，没有借口。”

## 10

高科技的未来世界究竟有多疯狂?

人类身体的各种感觉，一直靠着全身存在的神经系统传达给结构复杂的大脑，再由大脑做出或者愉悦或者痛苦等各种复杂的表情，直到有一个超级宅男科学家挑战这个权威，发明了一个叫作神经系统终端器的玩意儿，我们将它戴在头上，输入各种不同的指令，比如“痛殴×××”“跟×××做爱”……终端器马上将特有的感应效应直接反馈给大脑，我们不用付出任何代价就能直接享受指令应该得到的快感。

自从神经系统终端器这种东西发明之后，人类的各种神经末梢迅速地退化，各种感情迅速地被冰封，因为我们不再需要，不再需要所有这些可能带来麻烦的复杂的东西。

同时，医学的高速发展以及人类求生的本能，使得各种人造器官层出不穷，你的身体就像汽车，无论哪个零件坏掉了，都能替换，都能保修，而且后期药物先进到可以让排异反应忽略不计。

最终，我们变成了一群自己跟自己意淫的可怜动物，只要有钱，我们就可以活得很久，因为，坏了哪里都可以修理。不过事情总不会那么一帆风顺，因为人造器官的使用寿命要远远低于人体自生器官的寿命，也就是说，一旦你换上了人造鼻子，就要不停地换下去，不停地花钱。

假如你没有钱，就要卖掉自己身上一个依然完好的自生器官，换成钱，去买你需要的人造器官，比如卖掉自己原生的眼珠换一个人造鼻子。

这世界上，永远存在着少数一辈子都富裕的人，他们在眼睛坏掉的时候，可以花大价钱买走你那颗自生的眼球，哪怕它的使用寿命只能比人造的多那么几个月，但那也是财富的象征。

所以，大部分穷人都在卖，卖到卖不动为止。

所以，每个器官都是有用的。

## 11

Y914再一次醒来，在睁开眼的一瞬间，他很庆幸还能看到五彩的世界，这至少说明他还不是瞎子。此时，他浑身剧痛，身子一动也不能动，他无法检查自己究竟被动了什么手脚，但这种疼痛让他无法遏制地想起一年前，同样的痛，刻骨铭心。

Q311依然陪在他的身旁，眼神中依然充满了爱怜。

“你究竟对我做了什么？”Y914用眼神表达出自己的质疑。

Q311双手捂住脸，深深地吸了一口气，等手指松开的时候，她冷静得像什么都没发生一样：“真的没有想到，你居然早就来过器官黑市。”

Y914讶异地盯着眼前这个女人，她的脸上有一种陌生的表情，让人心寒。

“呵呵，别装了。”Q311说着，缓缓地站起身，双手抓住盖在Y914身上的那块墨绿色的手术巾往空中一抖，那块手术巾像风筝一样飘忽起来，暴露出下面那具完全赤裸的不堪入目的肉体——Y914煞白的皮肤上横七竖八地缝着几条粗陋的黑线，三四根管子同时插在他的腹腔、胸腔里，向外导出着淡黄色的液体。

“我们打开你的身体后才发现，你身体里所有值钱的玩意都已经换成了人造器官，”Q311不禁摇摇头，冷冷地说，“我怎么也想不通，你要这么多钱干什么？”

Y914很焦急，他现在很怀念自己的舌头，他想辩解，但是手上没有手机。

“我以为很了解你，以为你只是个单纯善良的男人，可是没想到，你居然一直深深地隐瞒着，连这么重要的事情都不告诉我。”Q311近乎绝望地沉吟着。说到这里，她突然愣在那里，不停地抖动起来，两滴眼泪从眼角刷地滴落下来，划出两道悠长的弧线，最后挂在了下巴上。“我还不是一样，呵呵，我还不是一样，”她重复着，“为了我自己的目的，把你大卸八块。”

“我们都一样——自私的人。”说到这里，Q311终于把手机扔给Y914，“为了能顺利把你骗到这里，我答应帮你偷薰衣草味道的粉末换取曼陀罗花，只是为了偷着卖掉你身上的器官完成我自己的目的……”

Y914握住手机，手指不停地颤抖着，他的眼神很焦虑，心里挣扎着不知该打一行什么字好，最终，他决定实话实说：“一年前，我来到器官黑市，卖了我的器官，给你买了一些美丽的头发——真正的头发，从极少数出现毛发返祖现象的人那里得到的。”

“什么？”Q311愣在那里，不敢相信自己的眼睛。

“因为我早知道你是女人，因为我早就中意你，”Y914按出自己的心声，“可是看到你在我面前那么刻意地隐瞒自己的性别，我害怕表白，害怕被你拒绝，所以，那些头发我一直保留着……”

“头发，呵呵，头发，”Q311摇摇头，“如此昂贵又毫无意义的东西，我要它干吗？”

“我看到古人的书中写道，‘男人可以送一枚昂贵的钻戒去俘获一个女人的心。’”Y914有些激动地说，“现在这个时代，天然的头发远比钻戒更有价值，我以为把它送给你，你就无法拒绝我的爱了。”

Q311并没有流泪，也没有失控，她安静地坐下来，微笑着坐在Y914的床边，将自己的手轻轻地放在这个身体被打开又缝上的男人手里，她笑得那么安详，安详得像个古代照片里的幸福女人。

Y914呆呆地看着她，不知所措。

Q311缓缓地站起来，解开自己病号服上的扣子，Y914看到了一个跟自己一模一样的身体，一个布满简陋伤疤的让人心疼的躯体，而且那些疤痕已经开始干枯，显然手术已经动了一段时间。

“知道我为什么要这样做吗？”Q311淡淡地笑着，甚至有了一丝羞赧。说着，她拿起手机戳了几下，调出一张图片，递到Y914的面前，“知道我为什么卖了自己的器官还要卖掉你的吗？”

那是一个全身通红的婴儿，浸泡在羊水之中，全身娇嫩玲珑，他是那么可爱，可爱得让人忍不住想亲吻想爱抚想触摸他。他的眼睛眯成两条缝，两只小小的手伸展着，像在抓挠什么东西。

“你说他美不美？”Q311的眼神中展露出迷人的母性。

Y914仔仔细细地看着这张图片，不放过任何一个细节，他激动地点着头。

“我费了那么长的时间，预谋了那么久，把你骗到这里，仅仅是想要一个我们的孩子，”Q311穿好自己的衣服，这个女人的表情异常决绝，“如果不花巨额的钱从黑市交易，我们这样的人根本没有生育的资格，我们不是优质的人种，精子和卵子在上等人眼中毫无价值，可是，我不甘心……”

“你有没有想过，”Y914用手机问道，“在黑市医院花高价提取的精子与卵子，即使结合成一个孩子，也注定是下等公民，没有身份，他长大了也只能和我们一样。”

“我知道。”Q311点点头，“可那是我们的孩子，我不后悔。我在古书上看到过，以前有一种叫螳螂的东西，雌的会把自己的伴侣吃掉。为了繁衍后代，等到后代出生时，它也会死。所以，从一开始我就打算牺牲我们俩，为了孩子，我们亲生的孩子。”

Y914不禁痛苦地皱了下眉：“你为何不早跟我说？”

“因为我压根儿不知道你爱我究竟有多深，我压根不敢听到你的拒绝，那会让我脆弱的勇气瞬间灰飞烟灭，所以，我只有什么都瞒着你。”

## 12

即使没一个政府都会干预，但这种黑市医院仍然顽强地存在着。

因为它会诞生一批又一批的下等人。

所有人的面孔都在朝着同一个模样发展，这样可以大批量生产廉价的人造器官。所有人的性器官已经退化，体内能产生精子还是卵子，已经变成区分男女的唯一标志。提取精子与卵子很容易，然后将它们放在培养皿中结合，再浸泡入模仿羊水的营养液中让其自由生长，甚至不再需要子宫。

不管在哪个时代，很多人的出生其实就是这样毫无意义——出生、生长，做底层的炮灰，一生碌碌无为。这些人出生的作用，仅仅是为少数的上等人服务，就比如这里，下等公民源源不断地出生，意味着有足够多的人体自生器官可以被交易，他们可以被有钱人不断地剥离、榨取，直到什么都不剩。

你看那个黑市医院里，有一对夫妻用自己全身的自生器官换取了一个用自己的精子与卵子制造出来的婴儿，而他们身上的器官则全是劣质廉价的人造器官，他们勉强艰难地生存着，直到看到自己孩子出生的那一天。他们已经没有钱再换取别的器官，生命即将结束，甚至等不到孩子叫第一声爸爸妈妈，可是，他们眼中充满了激动的泪花，他们觉得自己可以安详地死去。

Y914与Q311也依偎在一起，他们已经没有足够的自生器官换取亲生的婴儿，也没有钱更换体内劣质的人造器官，他们也丧失了工作的能力，无法再回到斯麦尔公司，此时此刻，他们只是在幸福地等死，因为他们终于表达了对彼此的爱意，可以不顾一切地亲昵（尽管身体本身毫无快感可言）。有很多事情，在别人眼中微不足道，但是他们自己却觉得无比甜蜜，不是吗？

我突然在想，其实每个生命都有自己的精彩，尽管这精彩可能在别人眼中毫无价值。如果可以选择，你究竟选择精彩而短暂的一生，还是平淡而漫长的一生呢？

Retype the address.
Go back to the previous page.
Most likely causes:
You are not connected to the Internet.
The website is encountering problems.
There might be a typing error in the address.
More information
Check your Internet connection

# 已删除

文/顾适

## 1.已删除

2113年，夏。

我对另一个世界的最后印象是法官的判决书，由于“传播危险思维”和“攻击倾向”，我被永久地剥夺了网络使用权，我的所有账号、信息、医疗保险乃至生存记录，都被彻底注销，只在“回收站”留有最后的备份。

这一年我二十岁，虽生犹死。

## 2.鬼魂

我记得在我被拆除网络终端接收器之后的那个晚上，回到家，却感觉自己身处一个全然陌生的世界之中，甚至连“门”都无法辨识出我的存在。我只得在屋外等着，一天一夜。

父亲出现时，我冲了上去。他的目光却掠过我的脸，只是厌恶地盯着自己的手。

“是‘鬼魂’吗？”他的语调依然像以往那样彬彬有礼，可声音听上去却那么苍老，“请放开我，不然我要呼叫管理员了。”

我喊着他的名字，但他听不到。

他的视觉和听觉神经都被网络终端充斥，他看不到我的模样，也听不到我的声音。我是一个“鬼魂”，已经从他的世界中“删除”了。

我无法和任何一个朋友取得联系，无法被任何一个亲人看到。他们或许会为我的消失感到一瞬间的疑惑，但用不了多久就会有新的信息引起他们的关注——国家心理署总会格外照顾“鬼魂”曾经的亲友，用多样的咨询让他们尽快“从哀痛中走出来”。我想他们已经忘记我了，因为我不存在于他们的世界之中。

已删除——这就是我现在的状态。

我在城市中游荡，没有人能看到我。在每个下午的三点钟，在城市的“回收站”大楼会有专门的工作人员为我们这样的“人”派发食物和生活用品。这些东西与美味或者时尚都毫无关联，但它们的确能够让你生存。同样，如果你不介意舒适程度而只需要生存的话，回收站也可以成为你的住所。

我就是在那里遇到了陈一。

和其他的“鬼魂”不同，他看上去既干净又整洁，甚至连头发都用染料染过颜色。我无法想象那些依靠视觉效果的发型制作技术是如何还原到一张真实的面孔上来的，但是他就实实在在地站在那里，光彩夺目，像是一个幻觉。他保持着高傲的姿态和优雅的举止，当他伸出手去接工作人员递给他的包裹时，我简直以为他在接受第185届奥斯卡金像奖。

“谢谢。”他说。

像是中了病毒一般，我站起来走到他面前。他往侧旁走了一步，礼貌而冷漠，让我以为他是在拒绝同我交流。但正当我沮丧之时，他开口了：“你是新来的？”

与外貌相反，他的声音嘶哑难听，当这声音从如此近的距离传来时，我简直本能地想要对其去进行音调美化——当然，对于现在的我来说，那是不可能做到的事情——我的惊诧反应看来完全在他的意料之中，他不动声色地看着我。

“我……”我被自己的声音吓了一跳。

低沉，嘶哑，就像是生锈的铁。

他微微一笑：“看来是的。我们真正的声音没有想象中好听，不是吗？”

正是如此。

“好了，不要像条丧家犬一样。相信我，你的自由生活才刚刚开始。”他微笑着，伸出一只手，“我是陈一。”

他的手温暖，结实。

我说：“林默。”

## 3.垃圾桶

他们在我们面前杀死了一个男孩，就像删除一个错误文件一样容易。

“回收站”的工作人员在“那个世界”中是最失败的一群人。他们中的许多人患有终端过敏症，无法将网络接收器植入体内与神经直接相连，因此，他们只能安装外接的设备——最陈旧过时的终端，像傻瓜一样的眼罩和耳塞。他们的思维与行为经常会受到真实世界的干扰，总是不能集中精力，也总是跟不上他人交流信息的节奏。这一切都让他们从出生开始就备受歧视。即便在成年之后，这些人也大多沦为回收站管理员和鬼魂警察，每天的工作就是和鬼魂打交道，是最下等的公民。我还记得上中学的时候，我经常同好友一起嘲弄班中一个患过敏症的同学，“垃圾桶”——我们这样称呼他。我们会在升级后的高级网络系统中建群，用视线圈出自己想要联合的对象和攻击的目标，然后在群里商量好时间，一起向他发送各种垃圾文件。

垃圾桶，没错，他是垃圾桶。

可如今，这些和垃圾桶一样的人，却是我生命的主宰者。

他们围成一圈，那个即将被杀死的男孩蹲在中间，颤抖着，然后，他们用高压电流打他，男孩抽搐着倒了下去。

“你们要记住，攻击他人和偷窃，会有什么样的下场！”其中一个人对我们说道，他摘下了他的外接眼罩，当他冰冷的目光毫无遮拦地直接碰触到我时，我不寒而栗。

时间是下午三点，陈一拍拍我的肩膀，照常走上前去，拿走属于他的食物和日用品。

“谢谢。”他仿佛什么都没有看到，温和地说道。

我的视线却盯着那个死去的男孩。他的面孔惨白僵硬，只是口鼻被淌出的血液染成了暗红。

陈一回到我们的角落。他说：“自己去拿食物，我不会分给你的。”

在陈一之后，没有人再靠近那些垃圾桶。我走过去，像是踩在云里，暗红的血沾上了我的鞋底。

我突然想到，不知道曾经被我欺负的垃圾桶是什么模样，他的脸总是被我们涂黑，他的脑袋在网络世界里永远被罩在黑雾里。所以，他说不定是这群人中的一个。

我伸出手，接过那个包裹。

转身。

“林默？”一个声音说。

我觉得自己在发抖，但我像是被陈一附体了。

我扭过头，抬高下巴，尽可能地高傲：“怎么了？”

一张年轻的脸，苍白，瘦长，眼睛下面有着深深的阴影。

“还记得垃圾桶吗？”他说。

时间回到2106年，冬，我十三岁。

天气寒冷的标志在视线里不停闪烁。

那是对青少年的公共警告，我无法将其关闭，因此，即便在我玩神庙逃脱游戏的时候，那个闪影还是不断地在我的头顶上蹦来蹦去。

我极为烦躁。在朋友圈里，我向来是这个游戏的纪录保持者，直到这款该死的游戏出了第二代。第二代让一切都得重新开始，没有人还会去玩第一代。我们同时回到最初，我的骄傲被扫平了。

老常说他刷新了纪录，他跑了六万米。他把图片发给我们每一个人，这张有着巨大数字和闪亮标志的图充斥了我们每个人的视野。

为了庆祝，他难得地换了一身新装，那张六万米的记录图片成为他的衣服，随着他的肚皮上下起伏。老常是个可悲的穷小子，他和他的家人都靠我家施舍的残羹剩饭过活，如果不是因为他总是听我的话，我才不会和他一起玩。如今他好不容易找到了一点值得骄傲的东西，就如此趾高气扬，让我有种想掐死他的冲动。

可你知道赢得游戏不仅仅需要技巧，还需要时间和运气。

我决定找点别的什么来玩。

我圈出那些曾经的手下败将加入讨论组，我告诉他们，我们应该让垃圾桶知道，他不配和我们在一个教室里上课。除了老常之外，他们都表示认同。群话题很快就刷新为如何整治垃圾桶。老常的六万米纪录图片消失了，他肚皮上的数字就像是一个苍白的讽刺。我很满足，于是我说，我们还得玩点更有创意的。

很快，我们就讨论出几种创意，例如：宣传垃圾桶有传染病、以垃圾桶的名义向班上脾气最暴躁的女生表白等。

但是最后我们选择了难度最大的那一种：在考试前将考卷偷盗出来，并且放进垃圾桶的网络系统里，诬陷他作弊。

“这会让他被学校开除的。”老常忧心忡忡地说道。

我说：“你是打算退出当叛徒吗？”

我说：“你是打算向网络警察告发我吗？”

我说：“你去啊，有本事你就去！”

老常不说话了。在几个人之中，我的网络攻击技术最纯熟，因此，我负责盗窃考卷。我说：“我愿意承担风险，如果我没有成功，我不会说出你们任何一个人的名字，我会删掉所有的聊天记录，但是我希望大家能够团结一心。”

“好。”他们说。

“……好。”老常说。

我说：“老常负责和垃圾桶套近乎，把试卷交给他。”

我们都盯着老常。我知道，他不敢拒绝我，他早上才让我去求情，以免他无能的老爸被我家的公司裁员。

“好。”他说。

## 4.叛徒

2113年，春。此刻我是一个大学生，还丝毫不知道自己即将失去网络。

我们的朋友圈基本没有变，当然，垃圾桶早就退学了。他消失不见，被生活删除了——事实上，在大学里，你很难看到一个网络终端过敏症患者，因为无法及时升级系统的人是不配接受高等教育的。

我是一个例外。

生于一个富裕家庭的好处就是，可以用高额的代价来换取正常的生活。每天一片抗过敏药，可以解决所有问题。

我父亲常常告诉我："你不仅和别人一样，你还比别人更优秀。"但我还是会做梦，梦见我变成了垃圾桶，因此，即便他消失之后，我还是恨他。

为了打发冗长、无聊的大学生活，我加入了一个户外骑行社团。理所当然地，在大二的时候，我当上了社团的社长。我总是中心人物，我享受那种在队列的最前端飞驰前进的感觉。我是最优秀的。

但是，骑行有个唯一的缺点就是：在一些不完善的路段上，自行车的维修和补给会成为问题。

我希望政府能够重视我们的需要。他们只为汽车驾驶人提供完善的休息区，却从没有想过自行车骑行者根本不可能在一个下午前进一百公里的路程。我认为我应该争取自己的权利。

我开始建立网站，召集朋友，试图引起更多人的注意。可穷鬼老常还是忧心忡忡："你会不会玩得太大了？"

他依旧是个懦夫。

我说："这只是个开端，你怕了吗？我还要去攻击政府的网站，把我们的理念挂在首页上。你可以不参加，也可以去告发我，我是不会退缩的。可你别忘了，我们是一伙的。"

老常不说话了。

一个月之后，我接到了网络管理员的通知。我的网络受到了极大的限制，我的世界坍缩到不可思议的小。我什么都看不到，什么都听不到。这只让我更加愤怒。我用我能用到的一切力量来反抗这种压迫。然后，很快，法官做出了判决。

时间回到一个月之后——我在一堆垃圾桶面前，死去的男孩就在我的脚下，他的血染黑了我的鞋。

“你还记得垃圾桶吗？”老常说。

因为我的缘故，老常被学校退学，在回收站工作。

面对他，我没有办法像陈一那样微笑。这是一个新的游戏，我的骄傲被扫平了。

当工作人员提问题的时候，我必须回答。我说：“我记得。”

他说：“你很少只答我一句话。”

他说：“垃圾桶是我弟弟。”

他说：“因为你，他退学了，我们家付不起他的抗过敏药费，可患上终端过敏症不是他的错。”

他的声音听上去和网络世界里不同。他的眼睛赤裸裸地直视着我，我觉得自己再也不能俯视他。

我说：“对不起。”

“我听不到，鬼魂。”

“对不起对不起对不起！”我低下头，攥紧拳头。

我是最优秀的。

他笑了：“林默，哈。”他转过身，慢慢说道，“我就去举报你，你能怎么样吧？”

我抓紧我的包裹，回到那片属于我和陈一的草地上，陈一说：“只要你没做错什么，他就不能惩罚你。”

“我知道。”我说。

“你不需要对他那个态度。”陈一说，“我们都是人，我们是平等的。”

我只觉得嗓子眼像被什么东西堵着似的，恶心得想吐。

“就算是在这里，我们还是可以有自己的生活。”陈一说，“跟我来。”

# 5.鬼魂俱乐部

鬼魂俱乐部。

天气已经凉下来，我身上罩着粗糙的棉大衣。仅仅过了五年，我已经几乎忘记了原先的价值准则。我是鬼魂俱乐部的酒保，我在策划一个伟大的反抗行动。我是最优秀的。

陈一站在我身边，他是鬼魂俱乐部的老板。他说他已经是个“老鬼”了，偶尔去一下回收站，是为了提醒自己是个“鬼魂”。

我不相信。我说：“你看起来和我差不多大，怎么可能老？”

“我很早就离开了那个世界。”他平静地说，“那里没有什么值得我留恋的。”

我举起酒杯：“我同意，兄弟。”

他微笑着和我碰杯：“我很高兴看到你恢复过来，你知道，总有一些人还想留在网络世界里。”

是的，那些傻瓜挖掘出几十年前的古董，试图接入网络，在失败之后，他们建立起一个可笑至极的局域网，在里面像白痴一样互相打招呼。

你好。

你好。

我对陈一说：“对我来说，这里，现在，是一个新游戏。我喜欢游戏。”

他说：“我知道你在做什么。可我的态度你一向是知道的，我不支持你，但也不拦着你。但我还是要说一句，你有没有想过结果？如果你失败了，会怎样？”

我想了想，对他说：“你知道，赢得游戏不仅仅需要技巧，还需要时间和运气。现在，我拥有技巧和时间，我希望自己能拥有运气。”

他摇摇头，把杯中的酒一饮而尽：“那么，祝你好运，兄弟。”

时间回到2113年的夏夜，陈一第一次带我去鬼魂俱乐部。

这个酷极了的地方我在学校里听说过，你不可能在任何一个导航上找到它的存在，这就意味着在网络世界里，就算你站在它面前也看不到它。因此，我对这个传说的兴趣很快就消失了。有一天老常告诉我，鬼魂俱乐部里有真漂亮的妞。

“真——漂亮。”他格外强调那个“真”字，“不是附加的视觉效果哦。”

我哈哈大笑：“你怎么看见的？把手都摸人家脸上去了？”

我笑了半天：“你赶紧给自己找个妹子才是真的，少跟我在这儿吹牛了。管他真的假的，有妞在身边才是真的。”

老常不说话了。

陈一把我带到一个角落里坐下，我的对面有个女孩在看我。她像陈一一样染了头发，眼睛很大，忽闪忽闪的。

没有网络世界里那些光圈环绕的妹子好看，但是，却比她们更吸引我。

因为更真。

陈一拍拍我的肩膀，就走开了。那个大眼妞坐了过来。

“你就是林默？”她说。

我被她直勾勾的眼神看得有些不好意思：“嗯。”

“陈一说你是个能办大事的人，”她伸出手，握住我的，“我是琳达。”

“你好。”我说。

“白痴。”我对自己说。

“你对加入反抗组织有兴趣吗？”她忽闪着眼睛问我，“我们认为这个世界是有问题的，我们想要唤醒那些沉醉在网络世界中的人。”

我想起我喊着父亲的名字，但他听不到。

“就像是一个闹钟。”我说，“让他们醒过来。”

“正是如此！”琳达的声音清脆动听，“我们要让他们知道，我们是平等的！”

“但是空谈口号是没有意义的，”我说，“我想听到具体的计划。”

她笑着摇头道：“这正是我们面临的问题，我们的力量太小了，就现在的情况来说，恐怕只有流血才能让他们警醒，才能让他们看到我们。”

“在那样的状况下，我们恐怕要做出更多的牺牲。不，这不聪明。”

她看着我：“你的意见和陈一一样！我想，或许我们需要聪明人的帮助。”

我喜欢被注视的感觉。

我说："琳达，我很荣幸能成为你们中的一员。"

## 6.覆盖原文件

正如在骑行社团时一样，我总能够很快成为一个队伍的核心成员。在第二年，我便同琳达一起策划了几个富有趣味的小行动，为伟大的"闹钟计划"做铺垫。我需要网络世界中的内奸，我需要让我们的人自由地出入网络世界，获取资料，并且扰乱对方的视线，只有这样，才能最终一举毁掉服务器。

因此，我们需要网络的登录账号与终端，让我们在网络世界中"复活"。

"从技术的角度来说，这并不难。"在一次机密会议中，我说道，"尤其是对于那些使用外接终端的人来说，只要仿制他们的视网膜和指纹信息，就可以骗取网络的登录认证。你们看，这就是网络愚蠢的地方，只要你用某一个人的终端成功登录，它就会认定'你'就是'那个人'，'你'就可以获得'那个人'享有的一切。这样，我们就可以再次进入网络之中，获取自己需要的信息。而一旦出现问题，则可以让'那个人'来承担责任。"

琳达睁大眼睛看着我："这就像是把我们的思维'粘贴'到网络世界里去！"

"对，把我们自己'粘贴'到网络系统之中——确切地说，是'覆盖原文件'——取代原先的那个人。"

"这真是太棒了！"琳达惊呼，"你是怎么想出来的？"

很多年以前，我曾经让老常骗来垃圾桶的视网膜信息和网络终端，然后登录学校系统去偷考卷——所以，在任何人看来，都是他自己偷的。

当然，我不会告诉她这些。我摊开手，微笑："这很简单，亲爱的。"

陈一在一旁笑道："我早告诉过你们，林默是一个能办大事的人。"

我很愉快："所以，我们现在的工作，就是找到几个目标，复制他们的视网膜和指纹，并且抢夺他们的终端。"

我们选择的目标之一，是老常。

我不会忘记他背叛过我，我也无法容忍他整天趾高气扬地在我面前走来走去。我亲自当了诱饵，说要找个安静的地方诚恳地向他忏悔。这是一场愚蠢的戏，但是更愚蠢的老常轻易地上当了。我带他到鬼魂俱乐部，这个他曾经觉得很酷的地方，这个在任何一个导航上都不存在的地方，然后使用自制的干扰装置让他的终端暂时失效。他成了一只任我宰割的小绵羊，呆滞地站在那里，暴露在外的眼睛里充满了恐慌。

我说："好久不见，老常。

"感觉很熟悉吗？这样的对话方式？

"你有什么要忏悔的吗，背叛者？"

老常看着角落里的阴影，默然不语。

我一拳打歪了他的鼻子，黏稠浓黑的血液从他的鼻孔里淌下来，脏兮兮的。

我从口袋里掏出刀子，我得解决掉他，我恨他。或者说我们得解决掉他，他是我们要覆盖掉的原文件，他即将被删除。

陈一从角落里走出来，他握住我的手："林默，把他交给我吧。"

我摇头："不用。"

他说道："这是我的俱乐部，我不希望有人在店里杀人。林默，你相信我，把他交给我，我会解决他。"

我看着他的眼睛，没有看到一丝虚伪。他是坚定的，是一个战士。

"好。"我说。

我就这样成为老常，回到网络世界之中，如此轻易。但我已经失去了对它全部的眷恋，我对它充满了愤怒，它的每一句话都是骗局，它的所有装饰都是虚伪。我要做一个很大的闹钟，敲醒它，震碎它。我要毁掉网络服务器，毁掉整个网络世界。

到了闹钟尖叫的时候，生活在网络世界中的人会骤然停下脚步，茫然四顾，不知所措，哭泣流泪。想到这一幕，我就热血沸腾。

## 7.闹钟计划

时间回到2118年的鬼魂俱乐部，我二十五岁。

最初的轰鸣过后，世界一片空白。

闹钟计划已经开始，时钟的秒针嘀嗒嘀嗒向前走着。

爆炸和新年的钟声同时响起。起初人们大概还以为那是电子声波的余音，但紧接着，从地下传来的战栗让他们从不同的网络世界中惊醒。当那些轰鸣如同浓雾一般笼罩住每一个人时，他们惊恐地低下头看着自己战栗的双手，猛然瞪大眼睛，看到一个全然陌生的世界。而真正清醒地感受到这个伟大时刻的人，只有鬼魂，只有我们。

我们在看着他们——这些从熟睡中惊醒的人。

我们是伟大的战士，我们正在击碎旧世界。

我在爆炸过后的五分钟内录下了一段视频，它很有可能是我以真面目留下的唯一记录，在这份记录中我不再是鬼魂，而是一个人。

我说："新年好。"

我背后的路人停下脚步，疑惑、恐惧地看着我。

我对着镜头说："当你看到这段视频的时候，你可能刚刚从网络世界中清醒过来，正觉得无所适从。请不要惊慌，我并没有恶意，只是想让你看清一些事实。你看，网络世界仿佛满足了你的一切愿望，它充斥着吸引眼球的新闻、值得关注的明星还有可以娱乐的傻瓜，可到头来，你却不知道自己需要什么。你被欺骗了，我的朋友，当午夜过去，你会发现新的一天和旧的一天完全相同，新的流行色、新的明星、新的创造、新的女友……什么都是新的，但什么都是一样的，和过去一模一样。"

我说："醒醒吧，朋友们，在网络世界里，我们永远不会感受到真实的呼吸、紧张与痛楚。你拥有的只是绝望，无边无际的绝望。不要再被欺骗了，醒过来，加入我们吧。"

我的话音落下，音乐响起，那是我们用从垃圾堆里找到的音箱，放出的贝多芬的《悲怆》。当钢琴的第一声重音坠到我的心里，我从未感觉自己像此刻这般伟大。

距离爆炸已经过去十分钟。

陈一关掉摄影机，他把视频传到老常的终端里，它由那里接入网络，然后在备用服务器启动的瞬间，传进每一个人的视野里。做完这件事，陈一和我一起走回鬼魂俱乐部，那里，人们正在狂欢，庆祝我们的胜利。他递给我一杯红葡萄酒。

“为了鬼魂。”他低声说道。

外面的乐曲还没有终结，音符流动的速度越来越快，嘀嗒嘀嗒。

我说：“为了我们的明天。”

陈一笑了，他仰头喝酒的模样，好像吸血鬼在啜饮人血，优雅，邪恶。

温暖的酒像血一样滑过我的喉咙。我知道等待我的结局是什么，尽管我们还有下一步的计划，但最终却不可能逃脱。我的结果无非和当初那个偷盗的男孩一样。我们即将面对的不再是垃圾桶警察，而是真正的军队。

于是，我决定在这几分钟里回忆自己的一生，但是却什么都想不起来，记忆像是被清空的回收站，干干净净的。接着，浮现在我脑海中的，是垃圾桶和他每天被涂黑的脸。对，垃圾桶，那个原本无辜、却让我恨极了的人。我不知道那个时候的他，在摘下外接眼罩的一瞬间，会看到什么。他像这些刚刚惊醒的人一样看到这个世界了吗？真正的世界？

如果他能看到，他又怎么能容忍它？他又怎么能忍受，每日回到网络之中被我们凌辱？

距离爆炸过去了二十分钟。我没有逃，我不想逃。

“你害怕吗？”陈一问我。

垃圾桶在等待我们丢弃垃圾的时候，会害怕吗？

“不，”我说，“我的人生从没有像现在这般完美过。”

## 8.删除

时间回到2113年的夏天，我的网络被法庭占据。

“你承认你犯罪吗？”

“不。”

“你承认以下这些言语是你说的吗？”

我盯着屏幕上的对话，我知道有人盗窃了我的隐私。

“请回答我的问题，林先生。”

“是，但是……”

“你是否知道你的行为已经危害到公共安全？”

“不，我什么都没有做。”

“你‘还’什么都没有做？”

这一次，我终于做了点什么。

时间回到2118年的第一天。新年的钟声已经融化在阳光下。

我在一个四方形的盒子里。

如果我能够跳出自己的身体，就像跳出网络世界那样，我就可以悬浮在半空中看到自己的模样：抿紧嘴角，强自镇定。

这就是我。

陈一坐在我身边，就像是在咖啡厅喝下午茶一般悠闲自在，他说：“原来你也会害怕。”

“为什么他们没有去我们设下的陷阱？”我说道，“为什么他们会直接找到鬼魂俱乐部？”

是的，原本的计划，应该还有第二轮攻击。我想到了这个结局，但没想到会这么快。

陈一看着我，举起手里的杯子：“你想喝水吗？”

“陈一！”我吼道，“你不明白吗？他们没有被我们唤醒，我们会死得毫无意义！”

“最起码，你给人们带来了一瞬间的清醒。”他说。

“但这是不够的！”

他摇摇头：“这就够了。”

我还想再争辩，但他没有接下去，静静坐着，像是在等待什么。

下午三点，是判决的时间。我听到一个声音从空中飘来：“林默，你被证实无罪，你可以离开了。”

我睁大眼睛，不敢相信自己的耳朵，愣在原地。陈一站起来，走出盒子之外。

那个声音没有说陈一。

我跳起来，几乎是撞到盒子的侧壁上，那是一种特殊细胞构成的墙壁，会随着电流的微弱变化，允许拥有特定基因的人类通过。简而言之，它是一道具有识别功能的门。

我撞了上去，然后摔回地上。陈一站在盒子外面，看着我。

“这是怎么回事？”我惊诧地喊道，“我是林默，他是陈一，我才是林默！”

没有人回答。

门无法辨识出我的存在！

我盯着陈一：“这到底是怎么回事？”

他坐下，看着我，优雅，高贵。

他说：“小时候，我一直想成为林默。林默是所有人的中心，林默拥有让错误变成正确的权力，林默是完美无缺的领导者。所以，我一直想变成林默，虽然林默不知道我的想法。被网络世界放弃之后，我终于可以在这个世界里实现我的愿望，即便它还不圆满，但也很相近了。结果你也来了，这可真是一个惊喜。

“于是我想，或许有一种办法，让我的愿望变得完美，甚至让林默都比原先更完美。这就是为什么我让你加入闹钟计划，让你来领导大家，因为我既欣赏你的智慧，又知道我们不可能在这个阶段就取得完全的成功。所以，我告诉警方一部分的事实——他们起初并不相信我，但我在爆炸发生那晚让老常去同他们交涉——是的，他还活着，不要惊讶——警方答应我，如果我同他们合作，就会让我回到网络世界，拥有你的一切，你的抗过敏药，你的银行账号、信息、医疗保险乃至生存记录。当我站在网络世界里时，别人看到的是林默的样子，听到的是林默在说话。我是林默，我会带着被你唤醒的那些人，完成你未完的工作，开启真正的新时代。林默，你的名字将会名垂千古！

“只不过，你自己即将被删除，彻底删除，就像是垃圾一样。”

这可真是一个优秀的创意，它来源于我自己。我简直想笑。

“为什么？”我问。

他把纸杯放到唇边，嘴角绽开一个轻微的笑，仿佛是佛祖的拈花微笑。

“别这么看着我。”他说，“我是垃圾桶。”

# 占卜机器人事件

文/刘栋

## 1.醒来的男人

他醒来的时候，发现自己身上缠满了绷带，躺在病床上。床边站着一位拄着拐杖的老人，正一脸关切地望着他。

“小心点儿，”老人说，“你刚刚解除石化状态，别乱动。”

石化状态？床上的男人感觉自己的大脑痛苦地颤动了一阵，随后，记忆的碎片逐渐攒了起来。

这是一个混乱的时代。人类出于改造世界的目的，不断地生产智能机器人。但这些机器人未必完美，当它们出现失控状况时，其后果是不堪设想的。

这就需要有专门应对这种情况的人。

病床上的男人名叫刘水，单身，警队队长，专门负责与机器人有关的案件。

他最要好的同事陈免，刚刚殉职。

刘水是亲眼看着陈免被杀的。当时他俩被派去对付一群机器人。陈免被机器人射穿了胸膛。刘水带着陈免的尸体往外走的时候，遇上了最后一个机器人，他完全没想到，那个又老又弱的机器人的身份，竟然是神话中的美杜莎。

刘水脑海里最后的画面，是美杜莎那张扭曲的脸。之后，他就在病房里醒来了。

面前的老人，是他的上司。

刘水问老人：“我是怎么到这里的？那个机器人呢？我搭档的尸体在哪里？”

“都结束了，”老人说，“最后一个机器人被你干掉了。”

“被我干掉了？怎么可能！在我的记忆里，明明是我被它石化了。”

“你确实被机器人石化了，当时你站着，怀里还抱着你的搭档，因此重心有些不稳，你摔倒了，正好砸在美杜莎身上，把它砸坏了。当美杜莎被毁之后，所有被它石化的人都恢复了原状。”

刘水瞠目结舌，他的大脑现在有些运转不良。

“陈免的尸体……”想到死去的搭档，刘水心里一阵难受。

老人的口袋里传出一阵警报声：“报告，朝阳区四惠壹线国际发生机器人杀人事件，危险程度3级……”

老人把手伸进了口袋，关掉了警报。

刘水问：“为什么关掉它？”

“这是请求派出警员的，但现在没人可派了。”

“我可以出动，我是专门负责机器人案件的，你可以派我出动！”刘水挣扎着坐起来，把身上的输液管扯掉。

“不！”老人企图阻止他，“你现在的情况……”

“我身体棒着呢！”刘水使劲儿拍了拍胸膛，尽管疼歪了嘴，可他还是大声地说，“让我去吧！”

刘水盯着老人的眼睛，老人的眉毛拧成了一团。

“好吧。”老人勉强答应了，“小心应对，多坚持一会儿，有同伴会过去支援你。”

他说最后一句话的时候，刘水已经跑到门口了。

刘水现在迫切地需要工作。搭档的死给了他沉重的打击，他想通过全力工作来忘记这种痛苦。

如果与机器人作战不能忘记痛苦的话，那么，被机器人干掉，可能也是不错的选择。

“陈免啊陈免，说不定咱们很快就能见面了呢。”他自语道。

## 2.狂傲的预测者

朝阳区四惠壹线国际。

铁黑色的机器人如泰坦般高大，它的手里托着一个水晶球。

地上躺着几具扭曲的人的尸体，地板上一片殷红。

机器人面前还站着两个女孩，都在瑟瑟发抖。

“放松。”机器人用冰冷的声音说，“我们来玩一个游戏，赢了，你们可以走；输了，就要把身体的某个部分给我。”它指了指地上那些残缺不全的尸体。

女孩们的脸色更加苍白。

“别紧张，不会一下子就要你们的命的。可以先来个耳朵啊、鼻子啦什么的，如果怕影响形象，来个小拇指总可以吧。如果还觉得不合适，可以换成脚趾嘛……不过人人都说‘十指连心’，到时候可能会很痛。咦？姑娘你为什么口吐白沫倒下去了？姑娘？”

一个女孩昏了过去，另一个女孩背靠着墙壁，无声地哭泣着。

“那么，只剩下我们两个了。”机器人挤出个笑脸，“缘分啊，你说是不？”

女孩的手伸向右边。

“别动。”机器人说，“我知道你要做什么。你要打开右边的窗户，从那里跳出去。”

女孩瞪大了眼睛。

机器人扬了扬手里的水晶球：“最好别那么做。因为，你跳下去之后，脊椎会断裂，你会在病床上插着各种管子度过悲剧的后半生。”

女孩呆了半晌，突然迅速地冲向窗户，她宁可跳楼摔成残疾，也不愿意惨死在这个机器人的手里。

就在她跃向窗外的一瞬间，一只手抓住了她。

女孩的身子悬在窗外，她失声尖叫，手脚乱打乱踢，高跟鞋从她的脚上滑脱，好一会儿才从下面传来回音——“啪”。

抓住她的人因为用力过猛而满面通红，表情扭曲。他身上缠着绷带，手臂不住地摇晃，却始终没有松手。

这个人正是刘水。他从医院出来以后就全速赶往了这里。

“坚……持住……”刘水艰难地把女孩往上拉。

机器人一直在冷眼旁观，既不帮忙，也不阻拦。

刘水喘着气把拉上来的女孩护在身后。这个动作他做过很多次，现在想起来不免有些心酸。上一个他决心要保护的人，就是在他面前被杀的。

机器人忽然开口：“我只是想找个陪我玩游戏的家伙而已，如果你要用自己跟她交换，我没意见。”

“啊？”刘水一愣，这确实是他的想法，没想到这个机器人竟然会猜到。

女孩扶着刘水的肩，她现在连话都说不出来了。

“你能走吗？”刘水低声问。

女孩犹豫着点点头。

“用最快的速度冲下楼，如果这家伙去拦你，我会尽量拦下它。”他在女孩肩上拍了拍，“去吧。”

那一拍似乎给了女孩某种力量，她迈开几乎麻木的腿，向着楼梯口跑去。

刘水盯着机器人，它的每一个动作他都要小心应对。

机器人只是优哉游哉地盯着手里的水晶球：“放心吧，我不会去追她，更何况……”

窗外远远地传来急刹车的声音以及尖叫声。

“更何况，她一定会死。”机器人抿了抿嘴。

刘水脸色一变，他冲到窗前往外看。

机器人慢条斯理地说：“那是某媒体的采访车，是过来凑热闹的。那个女孩只顾用最快的速度冲出楼去，却没注意到呼啸而来的车子；采访车上的司机也没来得及踩刹车。于是，砰！一个年轻的生命就这样凋谢了。如果她刚才从楼上跳下去的话，最多是个残废，是你害死了她哦。”

刘水攥紧了拳头，勉强把怒火压了压：“你会预测将来发生的事？”

“没错。只要你站在我面前，我就能知道接下来的五分钟内你会做什么。不过只对单一目标有效。”机器人居然很老实。

刘水一愣：“你很坦白啊。”

“因为你必定会败在我的手里。顺带一提，4分55秒后，你会遍体鳞伤地躺在地上，随后渐渐失去意识。”机器人一副胜券在握的样子。

刘水忽然抽过身边的一把椅子，朝着机器人的脑袋砸了过去！他现在还拿不准对方的实力到底有多强，但他对自己的速度很有自信。

机器人只是把身子朝左边歪了歪，椅子擦着它的肩头滑了过去。

“和我预测的差不多，随后你会用椅子砸我的腿。”机器人低声说。

“砰！”椅子变成了碎片，刘水砸中了机器人的腿，但根本没伤到它分毫。

机器人左手托着水晶球，右手漫不经心地向前伸了出去，只随随便便地一抓，就抓住了刘水的衣服。

刘水大惊失色，好在他应变快，扯开衣扣，从衣服里滑了出来。机器人的水晶球就在眼前，刘水用尽平生的力气，一拳打在水晶球上，球从机器人手里飞出去，掉在地上，碎成了好几片。

机器人一巴掌扇在刘水脸上，刘水像风车一样打着转跌了出去，连滚带爬一直撞到墙角才停了下来。

过了好一会儿，刘水才勉强站起来，血顺着他的下巴滴滴答答地往下淌。他咳嗽了几声，说："我把你的水晶球给弄坏了，看你还怎么预测！"

机器人用手抚了抚额头："是谁告诉你我是靠水晶球预测的？那东西不过是个装饰品罢了。"

"什么？！"

"真是个蠢材。"机器人冲过去又是一拳，把刘水打得趴在地上，再也起不来了。

刘水眼前一会儿清楚，一会儿模糊，很多画面像走马灯一样在他脑海里浮现。他想，嗯，这回是真要死了。比搭档晚死没多久，快点走，应该能在奈何桥前赶上他。

"希望人类记住这个教训。"机器人举起拳头，对准了刘水的脸，"对付机器人，还是用机器人的好，用血肉之躯来对付我们，实在太小看我们了。"

"轰！"一声巨响，机器人全身剧烈震动，身后很快出现一个圆洞，还在冒着黑烟。

"卑鄙……"机器人慢慢倒了下去，"竟然从背后……"

一个人从它身后的窗子里跳了进来，手里端着一把很大的枪。

他来到刘水身边，把刘水搀扶起来。

刘水勉强抬起头，看到了这人的脸。

刘水一下子瞪圆了眼睛："陈免！你……你不是死了吗？！"

陈免搀着刘水往外走，边走边说："你以为我那么容易死吗？"

"你……你的胸都被击穿了啊！"

陈免扯开自己的上衣，露出泛着银光的身体。

“我是警用型机器人，那一下还不至于让我死掉，只是暂时让我停止了行动。”

机器人？！共事这么久的搭档竟然是机器人？！

“你没觉得奇怪吗？一直以来，你在对付机器人的时候都很顺利，虽然你只是人。其实，很多时候都是我在暗地里保护你。”

“咳！”刘水重重地咳嗽了一下，“也就是说，根本不用我出手，你一个人就能将它们打发了？”

陈免点点头：“对付机器人还是要机器人才合适嘛。不过，还是跟你合作更稳妥。比如这个有预测能力的机器人，它只能预测前方视野内单个目标的行动。还好你吸引了它的注意力，这样我才能潜行到它身后，顺利把它击杀。”

“看来我还有点儿用……”

“也真难为你了。”陈免顿了顿，继续说，“你知道吗，你是这个时代最后一个百分之百的人类警察。其他的警察，要么是机器人，要么是半人半机器。”

他的声音，在刘水听来，已经越来越模糊了，刘水只觉得眼皮越来越沉。

什么嘛，自己为那个家伙伤心了那么久，还以为他已经死了，没想到那家伙跟没事人一样地回来了，倒是自己，好狼狈啊……

## 尾声

还是早些时候的那间病房，还是那张病床。

刘水安安静静地躺在床上，身上插满了管子。他床边站着一个拄着拐杖的老人，以及陈免。

老人问陈免：“那家伙怎么样？”

陈免回答：“医生已经采取了最好的治疗措施，会康复的。”

“这样真的好吗？我让你去保护他，毕竟他是最后一个百分之百的人类警察，可你却让他受这么重的伤？”

陈免冷冷地说：“我倒觉得，让他吃尽苦头，自愿退出，才是最好的保护。上次我假装死去，还以为这家伙会在悲痛中辞职，远离这份工作，没想到他还在坚持。”

“原来那是你保护他的方式啊？之前我还真没看出来。”

陈免盯着沉睡中的刘水，脸上的表情似笑非笑：“机器人和人类表达情感的方式可不完全相同哦。”

# 惊奇档案

盘玉的人 文/里八神

龙尾麟 文/阴阳眼

木人症 文/傅汛

章陆 文/锦翼

销金 文/秋伐

赌石 文/公纸木

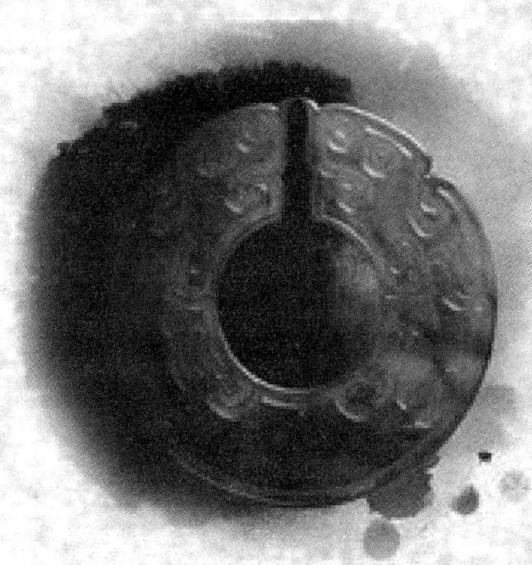

# 盘玉的人

文/里八神

酒馆里，人头攒动，一个衣饰华丽的人坐在一个醉汉对面，好奇地发问。

“总是点最贵的酒，可见并不缺钱。有钱的人总不缺友情，但为什么你也没有朋友？”这个身着华服的陌生人一边说着，一边从肩兜里掏出一颗绿色的石头，它发出晶莹的光彩：“我要讲一个和这颗石头有关的故事，你若有兴趣，就来听一听。”

“这是玉，东方的宝石，”趴着的醉汉说，“我没有抬头，可缝隙里透出的光彩没有别的可能。”

“对，您虽然衣饰朴素，却能在这里天天喝最贵的酒，有显赫的来历不足为怪。”着华服的人说，“让我开始这故事吧。”

玉，东方的宝石，通过远洋的船舶来到我们的国家。光华让显贵们疯狂，王族也对它青睐有加，用十倍的黄金去购买它。我国的学者不能容忍这种浪费外汇的行为，他们说，这种矿石在我国同样有储藏，我们可以自己制作出玉来。

依照他们的建议，我们开采了玉矿，但只是一些灰绿的石头，毫无光彩可言。工匠们拿绒布打磨它，用水流洗刷它，但也只是获得了一些平滑的灰绿石头。学者们用尽所有方法进行检验，确认这和玉石是一种东西，但和真正的玉石相比却黯然失色。学者们向东方的商人苦苦求教，但他们对此中的奥妙缄默不言。

震怒的国王处死了经手的工匠和谏言的学者，只有一个幸运的人逃脱了死刑。他扮成一个聋哑的随侍混上了东方的商船。十年之后，我们接到了他托人捎来的信件，简单地询问了一些家事。但在仔细检查了羊皮囊里的夹层后，我们发现了另一封密信。

他说，玉，要盘。

盘是东方国家里玉石工匠的秘密。每一块玉都要被一个人携带在身上，只有经历了一个人体长久的温和气息的熏陶，才能变成一块好玉。盘玉是门博大精深的学问，有着许多繁杂的名目和荒诞的讲究。武盘，是工匠的盘法，他们用玉吸取油脂，用粗布去打磨，是用于商业的办法。文盘，是雅士的盘法，他们和玉一起起居坐卧，不急求一时的成果，是正统的办法。另有一种奥妙的意盘，是盘玉中最高的境界。

工匠们用武盘的方法，果然做出了夺目的明玉，贵族们拿玉石文盘，也成了一时的风尚。但国王不满足，他日渐幻想着东方的国家里，那被誉为盘玉中最上等的意盘法。那样盘过的玉石，又该有怎样的光彩呢？

据密信所说，意盘就是没有直接接触，以人无形的东西去盘的一种方法。不同的情感会打磨出不同的光泽——正直的朝臣去盘，会出现庄严而慷慨的光泽；天才的艺术家和诗人去盘，则会出现轻盈又绚丽的光泽。

国王在全国张贴告示，要举办斗玉大会，并且让每个人都有机会参与。一时间玉矿石价格飞涨，无数人坐在家中，对着璞玉苦思冥想。但他们盘出来的玉，不是光亮的程度不够，就是太过虚浮，全没有那封远方密信所记载的动人。大臣们劝谏国王，因为这种向往有害于国政，让他的身体衰老而脆弱，王国岌岌可危。

三年时间过去了，老国王已经驾崩，新的国王未改父亲对玉的痴迷，变本加厉地偏好起这种宝石来。“我爱玉啊，”他说，“我愿实现父亲的诺言，可是那块绝世的玉呢？”

一个叫摩索泽门的人出现了，如今我们人人都知道他。他原本就是盘玉高手，又雄心勃勃地收购了几块上好的玉原石，打算挑出翘楚中的翘楚，盘出一块国王所要的玉来。

再后来，摩索泽门拿出了那块惊世的玉石，它如今躺在我们的皇家博物馆里，连东方来的使者都为那种光华震惊，钦羡地向国王祝贺。传闻，摩索泽门和魔鬼做了交易；传闻，摩索泽门用自己的血液作为摩挲玉石的润滑剂。但无论别人怎么说，最终他靠着这块绝世宝玉，一人领取了国王给他的无数珍宝和封地，从此销声匿迹。

这个故事，就此结束了吗？

结束了吗？

“不，没有结束，”着华服的人说，“他意盘的玉原石其实远比他最后给出的那块玉大，尽管他一再辩解说打磨中消耗了，但很多人都认为，他其实还藏了一块玉给自己。”

着华服的人把手伸进衣襟，酒馆里的人都瞪大了眼睛，看着他拿出一块粗糙的原石，比鸡蛋略小。一个指头大的区域被磨开，透出碧绿的光芒。

“这就是传说中摩索泽门的第二颗宝玉，世间无价的奇珍，偶然流落到我们家族的手中。只要把外层的包皮除去，就能看到这块传说中的宝物。我，本是王族中的显贵，但因为在宫廷的斗争中失势……”

“你要卖了这块玉吗？”醉汉突然抬起头说，他的脸上胡须浓密，像一片丛林。

“是的，”着华服的人说，“您是个可敬的人，一定知道它的价值。只是它难以变现，在我逃亡的途中……”

“我知道了。”醉汉拿出一把金币和钞券，“这些够吗？”

“够够够，”着华服的人点点头，“这块玉是您的了，请原谅我的路程太匆忙。”他把钱收好，飞也似的离开了酒馆。其他人望望门口，又把目光盯到这个人手里的玉石上。他们怀着好奇和贪婪看着，眼睛里像长了钩子。

“打开吧，”他们说，“打开吧。”每说一次，就离醉汉更近一些。

醉汉轻蔑地扬扬手：“想要吗？那就去拿吧。”他一甩手，把玉石从后窗扔了过去。那些人大惊失色地从正门猛蹿出去，冲向酒馆的后巷。

醉汉又趴在那里呼呼大睡，一直到深夜酒馆打烊，只剩他一个客人。

酒保轻轻地叫醒他：“那人的故事非常离奇，你为什么要轻率地购买？离奇的故事也不是全无可能，又为何轻率地把它当作赝品一样抛弃？”酒保冷静地问。

“我当然可以买下它，我有无尽的钱财无人分享，只要他停止勾起我不悦的回忆。”醉汉拿着盛放烈酒的杯子，朝嘴里倒进去，“我当然知道那是假的，因为我就是摩索泽门！”

“你想看看那传闻中的玉石吗？”他掏出一块小小的三角形玉石，扔进一个水杯里。酒馆里立马腾起荧荧的光华，水面不停地泛起波纹，好像一张嘴在一张一合。

“他带来的玉是假的，故事却是真的。看看我，摩索泽门，恋人离开我时，我不去挽留她，我把情话说给玉石；父亲要死去时，我面无表情，在晚上把眼泪滴在玉上。”醉汉喊着，“我把自己的喜悦全割下来，悲伤也是，全都献给这块玉。看看我背叛了所有爱我的人来盘出的这块玉吧！”

酒保沉默地靠在柜台边，醉汉也无力地倒在一张桌子上。酒馆里静悄悄的，只有那杯子里的嘴唇一张一合，说着一些本该说出的话语。

# 龙尾麟

文/阴阳眼

城西古玩店古雅轩的老板老谷头儿这些天愈发不靠谱了，前几天还只是偶尔翘个班不开门做生意，这几天倒好，干脆歇了业。最近我淘换了几个小物件，本来准备让老谷头儿给我看看，谁知道吃了个闭门羹。

我拍了半天的门，里面一点回应都没有，正准备走的时候，一个彪悍的汉子却突然蹿了出来。

“小兄弟，你是不是认识这家店的老板啊？”那大汉上来就发问。

他这么一问，吓了我一大跳，回头看身边这汉子，身高约有一米八五，身材高大，满身腱子肉，一脸凶相。这入夏的天气却长衣、长裤穿得周正，而且他背后竟然还背了一顶大草帽，就是乡下麦秸秆儿编的那种，这身打扮透着古怪。

这会儿，大汉挤出笑容，面带讨好地期待我的回答。

我迟疑地点点头。

大汉赶忙又追问：“这老板可是姓谷，祖上是盗墓的出身？”

…………

我心里猛地紧了一下，问得太直白了，让人不由得怀疑他的动机。

“老板姓谷是不错，但是他祖上是不是盗墓的我就不知道了，我只是来他这里淘换些东西，他是不是最近都不营业了？”

我转守为攻地反问他。

大汉一脸失望的表情，嘴唇嗫嚅了几下，似乎还想说什么，最后不甘心地问：“平时你来，他没有留个联系方式吗？”

我心说你不就是说手机号吗，小爷有也不能告诉你，老谷头儿再三叮嘱我，古玩这行水深妖孽多，不明不白地我才不给老头儿招惹麻烦呢。

大汉似乎猜到我想什么了，笑着说：“我是黄河北边儿人，是老谷叔的徒弟，早些年在他店里当小伙计，有些年没有见到老谷叔了，想他了，特意来看看他老人家，这不是他老人家连电话号码都变了，只知道这店面的地界，可是来了三番五次都找不到人。”

见他说得这么言之凿凿，我有点放心了，掏出电话准备问问老谷头儿，就见大汉脸色越来越难看，头上的汗仿佛流水一般淌了下来，人也开始委顿起来，竟然开始慢慢地往地上出溜。

我吃了一惊，赶紧伸手去扶他，哪知大汉喘着粗气说：“别挨着我，碰我你会染上的。”听他这么说我吓了一跳，难道他有传染病？

“我送你去医院吧，我叫救护车过来。”我赶紧说。

“别，千万别，只有老谷叔能救我，其他人都没办法。”大汉挣扎着说。

我也慌了神，赶紧给老谷头儿拨号。

接通电话之后，老谷头儿问我：“那个傻大个儿还没走呢？”

“你咋知道我跟他在一起啊？”我听了发愣。

“我就在店里，躲着他好几天了，就听见你们俩在外面聒噪，你赶紧把他给我打发走。”老谷头儿有点不耐烦了。

“什么啊，他犯病了，你赶紧来吧，恐怕要有麻烦。”我有点没好气地说。

老谷头儿吃了一惊，详细地问了一下他的情况，待我说完他的周身打扮之后，他连忙说：“你在那儿等着，千万别拿手碰他，我马上出来。”

不大一会儿，老谷头儿就从门里出来了，手里竟然拿了好大一块油布。那大汉看见了老谷头儿笑得比哭还难看：“老谷叔，我来找你救命了。”

老谷头儿铁青着脸翻开他的眼帘看了看，然后问：“被咬几天了？”

“半个月了。”大汉喘息着说。

“咬到哪儿了？”老谷头儿又问。

大汉迟疑地看了我一眼，老谷头儿不耐烦地说：“赶紧说。”

大汉朝自己后面看了一眼。

老谷头儿似乎明白了什么，拿着油布垫在他腋下，搀扶起他就走，明显力有不足。我赶紧上去也用油布垫了手，搀着那个大汉。

回到店里，老谷头儿迅速清理出一块地方让大汉趴在那里，他小心翼翼地取下大汉背上背着的那个草帽。

取下来的时候，我还没啥反应，等我看清楚了，第一时间捂住了嘴，太恶心了。

一个足有小孩脑袋大小的肿球趴伏在大汉的后面，整个肿球红里透着黑，表皮呈红黑色，里面隐约还有什么东西在蠕动，肿球的最上面有个指甲盖大小的红口，好像是被什么东西咬过一样。

肿球似乎是个有生命的大蘑菇，还在不断地颤抖，颤巍巍地动弹着。

老谷头儿倒吸了口气："守墓蛟咬的？"

大汉勉强点头："当时就觉得脖子后面一疼，赶紧往外跑，还是来不及了。"

"你就是找到我也没用，我的那片龙尾鳞早就化了。"老头儿叹息一声。

大汉一听哭腔都带出来了："老谷叔，看在一脉同支的分儿上，念在我爹死得早……"说话不及就哭了起来。

老谷头儿叹了口气不言声地去后面，半天才出来，手中拿着一个口袋。

"你在这儿待一晚上，我们明天早上回来。"老谷头儿正色地对他说。

"小子，你要是不忙，来帮我个忙吧。"老谷头儿对我说。

我心说这么稀罕的事儿，再忙的事儿也不忙了，我连忙点头。

老谷头儿推出自己的小三轮摩托，带着我一路奔向西北山区，到了山脚下把三轮摩托扔到一个老农家里，带着我就上了山。

老谷头儿身体真好，大热天的我都有点顶不住了，他还健步如飞。来到一个高处，他手搭凉棚四处望了望，又拿出来一个拐尺比画了半天，最后终于选定了一个地方。

老谷头儿迅速朝自己确定的方向奔去，我也气喘吁吁地一路跟着小跑。

他再三比画，又是用步子量，又是拿出家伙对比远处山脉的距离，折腾了足足有一个小时，然后从口袋里拿出一柄小铲子、一些木楔子和一包黄色的粉末。

只见他先用黄色的粉末圈了一个水缸口大小的地方，然后把小铲子递给我说："等会儿我说挖，你就照着这个小口挖，见水就别挖了。"

啊？我傻了，这是在山里啊，虽然是土山，但水位没那么浅好不好？

老谷头儿也不理我，一手拎着锤子，一手拎着木楔子开始在四周忙活起来。只见他用步子量出来一个距离就扎下去一根木楔子，然后隔着不远又扎下一根，歪歪扭扭竟然呈现出一条怪异长蛇的形状。

我傻乎乎地看着他行动，只见他很快地在周围扎下了七八根木楔子，然后站在远处估量了一下，挥手对我大声喊："挖！"

听到喊声，我二话不说就开始动手挖。说来也奇怪，十几铲子下去，平时干燥的土竟然有了湿土出现。差不多挖了有两尺深，再一铲子下去，一个拇指大的泉眼竟然汩汩地从泥土下面显现出来，先是泥浆横流，不大一会儿的工夫，一股清澈透亮的泉水就漫出了坑底。

老谷头儿大声问："出水了吗？"

我高声回答："出水了。"

他说："好，你赶紧去口袋里拿出一张网把它给罩上。"

我疑惑老谷头儿为啥自己不去拿，只见他双手用一个很奇怪的姿势扶着木楔子，貌似木楔子随时不稳的样子。我啥也没敢问，赶紧去翻口袋。

只见口袋里装了一个罩网，拿出来往坑口泉眼上一扣，大小刚刚合适。

那个罩网是用柳木做的骨圈，一些透明的细丝做的网兜，网眼只有米粒大小，泉水刚好从网眼滤过。

老谷头儿见我放好罩网，松了口气，就放开手里的木楔子，走了过来。

我一肚子疑问等着问老谷头儿呢，但是他这会儿正专注地看着那摊水，我也不好意思这时候就问，只好跟着他看。

坑里的水不疾不徐地灌满了。老谷头儿用大铲子划开道口子，那些泉水顺着口子流了出去。不大一会儿工夫，坑里又灌满了，老谷头儿又划开道口子，如是再三。

突然，那个泉眼里的水停住了，老谷头儿满是惊喜地"咦"了一声："看来我们真是好运气。"

我正摸不着头脑的时候，就见那个泉眼的水又"突"的一下冒了出来，然后又停了，又"突"的一下变小了。

老谷头儿赶紧拿出锤子来对我说："你去看着那个木楔子，只要我喊，你就砸下去。"我点头应承，快步走向那个木楔子。

我眼睛还远远地盯着那个泉眼，就见泉眼的水时大时小，似乎有什么东西在里面活动着。就在我快走神的时候，老谷头儿突然大喊一声："砸。"

我赶紧朝木楔子狠狠地砸去，只见那泉眼应声飞溅出一道水花，水花过后，似乎有个东西在网罩里挣扎。

老谷头儿一把抓住那个网罩，连声说："抓住了。"

我快步上前看去，只见网罩里一个小东西在不断地挣扎。那是一条小鱼，约有铅笔长短粗细，浑身竟然是透明的，晶莹透亮好似水晶雕琢的一般。

老谷头儿擦擦汗说："他命不该绝。走，收拾东西下山。"

我赶紧把家伙收拾齐，跟着老谷头儿下山。他发动三轮摩托，带着我回到了古玩店里。

那大汉已经睡着了，脸红得吓人，似乎在发烧，嘴唇的干皮都翘起来了。

老谷头儿把他翻过来，让他脊背朝上，然后用小刀轻轻地刮那条鱼，说来也奇怪，那条鱼身上似乎不是鱼鳞，竟然像木头刨花一样可以刮出一层薄薄的片。

那刮掉的片落在大汉的肿球里，就像长了眼睛一样，“唰”的一下就钻了进去。

只听那大汉“啊”的一声惨叫，那个肿球似乎要炸开一般，开始不停地剧烈晃动，里面似乎有什么东西在挣扎晃动。

就见那个肿球又挣扎了几十下后，在大汉的连声惨叫下，一下子裂开了，里面红的黄的脓水一下就淌了出来。只见老谷头儿不知道什么时候拿了一双铜筷子，拨开已经摊裂的肿疱，从里面夹出一条小蛇来。

那条小蛇长着三角脑袋，但是身上竟然长有四只短爪，还紧紧地抓着一些血肉。

真是看得我一阵阵地反胃，我忍耐不住直接跑到卫生间吐了。

等我回来，老谷头儿已经替那大汉包扎好了，透明鱼和那条四爪小蛇都没影儿了。老谷头儿点头示意我坐下。

我这才发现那大汉脸上气色慢慢恢复了一些，人看着也精神了。老谷头儿又去张罗了一些糖盐水给大汉喝，过了好一会儿，大汉似乎恢复过来了。

大汉小心翼翼地说：“老谷叔，您又救了我一命，我真是不知道该说啥好了。”

我扭头看着老谷头儿。只见老谷头儿自顾自地收拾东西，听见这话后顿了一下，连头也没回就指了指门口。大汉连大气儿都不敢出，挣扎着跪在地上磕了个头，然后扭头出门。

老谷头儿大喊：“站住。”那大汉赶紧回头。

“把你的东西带走，我不稀罕这些。”老谷头儿指了指他留在店里的背包。

大汉嗫嚅着说：“一点心意。”

老谷头儿还是简单的一句话：“带上滚。”

大汉无奈，只得带了东西踉跄着走了。

从开始到现在不亚于一场电影，看得我是神魂颠倒。

“谷大爷，您这到底是唱的哪一出啊？我怎么看不懂？”

老谷头儿长叹一口气：“他爷爷当年是我爷爷的徒弟。”

我吃了一惊，做了一个挖土的动作："他是盗墓的？"

"对，所以我不待见他，也不想见他，但是他是个热黏皮，只要见了就没完没了地纠缠。当年他来投奔我，我想教他一些古玩上的学问，好让他以后有口饭吃，结果他偷偷学了我家传的风水堪舆术。你要知道，我爷爷是个盗墓贼，我们家传的堪舆术不是给普通人看阴阳宅的方术，而是专门为了寻墓点龙脉用的。如果被一些有心的人学了去，恐怕就会拿来偷坟掘墓，所以我才把他赶走了。"老谷头儿颇为无奈。

"那他身上的肿球是怎么回事啊？"

老谷头儿生气地说："还能怎么样，肯定是去盗墓被镇墓兽咬了呗，这不知道是去盗谁家的古墓，被人家养在墓里的守墓蛟给咬了。唉，他到底是没走正道啊！"

"啊？古墓啊，都上百上千年的墓了，还能有活物？"我吃惊道。

"小子，你没见过的东西多了。这些东西都是被方士们用蜡或者其他药物封在墓下的，只要见了活人气就化了。那些东西活过来其实就剩下一口气儿，要么是把卵刺进盗墓贼身上，要么是把幼崽寄生进去，这些幼虫就能在他们身上喝血吃肉长大了。"

"咦……"说得我一身鸡皮疙瘩，"那后来您抓的那条鱼是什么东西？"

"那是龙尾麟，地气所生，专门克制这些毒物的。"

"龙尾麟？"

"对，风水堪舆术上讲龙脉尾部之下必有这种龙尾麟存在，可惜那条小龙脉了，我本来还想将来百年之后埋在那儿呢。"

"您说那里是龙脉？"我更好奇了，原来真的有龙脉。

老谷头儿白了我一眼，似乎不屑于回答我这个问题。

我还想问，老谷头儿一把抓住我往外推："小子甭想套大爷的话，你就死了这条心吧。"

说话不及，就把我推到了门外。我无奈地看着闭上的大门，龙脉、龙尾鳞，我似乎无意间撞开了另一个世界的大门，而这个门的钥匙，就握在屋子里那个老头儿的手里。

可挖的东西还有很多啊，没事儿，咱们慢慢来，我心里默默地想。迟早有一天，我会把你肚子里所有的东西都给掏出来。

# 木人症

文/傅汛

“木人症”是古医典中记载的一种罕见疾病，病因至今未明。患者最初的症状是手脚无力，运动受限，以双下肢更为明显。两条腿无法剧烈运动，到后来连行走的功能也丧失了，变得如木头般僵硬，甚至组织结构也如木质般纤维化。当胸腔内的重要器官也受侵袭木质化后，人就宣告死亡。但这个过程并不会就此结束，还要再过一两天时间，待整具尸体完全纤维化后，病程才告终止，人体变得如同木雕一具。此病无药可治。

当判断出眼前的中年男子得了木人症，骆辰也有些难以接受，但作为医生，他还是对汪泽如实相告，包括汪泽只剩下半年寿命。

“就算不能治，那有没有可以缓解症状的药物？”面色惨白的汪泽沉默片刻后再度出声。

“服用虎骨和鹿筋秘制成的虎鹿健步丸，可以短时恢复行动能力，但持续时间只有半小时，而且这药其实是在加速消耗人残存的精力，用后会加速病程发展，缩短寿命，所以……”

“医生，给我用这药吧！花多少钱都没关系，会折寿也没关系，越快越好。”

病人沉静的目光让骆辰相信他没有疯。

当晚骆辰翻箱倒柜找出残存的药材，按祖传秘方炮制了一枚虎鹿健步丸，次日一早如约送上门。汪泽迫不及待地捏开丸药的蜡壳服下，不出半分钟，双脚就感受到一股暖流，麻痒的感觉顿时泛及全身。当确定已能抬腿跑起来，汪泽在帮佣的帮助下换上运动衣裤，快速跑出了屋子。

目睹事态发展的骆辰一时目瞪口呆。这个时日无多的人，服用消耗生命的药物竟然是为了晨跑？

半个小时后满头大汗的汪泽回来了，门前林荫道上，一个十一二岁的小女孩和看年纪是她父亲的男子跑过，她还回头朝汪泽挥手道别。

“汪先生，这到底是怎么回事？”

“那对父女，还有孩子的母亲，是一个月前搬到我们这个小区的。一个幸福完美的三口之家。”汪泽调整着呼吸，说话时眼睛望着父女离去的方向，仿佛可以透过墙壁看到远去的两人，“但其实，那个小女孩是我的女儿。”

据汪泽说，他在十三年前和女友分手，对方当时正怀有身孕。看到小女孩的面容时他就想起了女友，为此偷偷去看过那家的女主人，真的是他以前的女友。后来雇人暗中调查，确认小女孩是他的骨肉无疑。虽然知道了这些，但他并不想破坏这一家三口的幸福，只要她们母女能继续幸福下去他就已经满足。只是出于天性，想多接近这个继承了他血脉的孩子。因为行动不便，他们父女晨跑时经过门口，是他一天里唯一见到女儿的机会。如果能跑，他就可以和他们一起晨跑，光明正大地和女儿接触。刚才药物作用下的健步如飞让他像做梦一般，他提出需要更多的药丸。

考虑到汪泽的特殊情况，骆辰答应了，但他最后还是不忘提醒："这药一天最多只能用一到两丸，如果一次性大量服用，会急剧加速病程进展，那时候你剩下的寿命就不再是按月来算了。"

天气转冷的日子里，汪泽登门拜访，虽然他的脚步比之前更显蹒跚，脸上却洋溢着喜色。他告诉骆辰，计划实施得很成功。那位父亲和他很谈得来，三天后父女俩要去北方的雪山景区滑雪度假，邀请他同行。对于这个能更多地接触到女儿的机会，他当然不会放过，但身边的药已经不多，支撑不了七天的出游，希望骆辰能赶制一些药丸。

"滑雪的话运动量很大，靠药物维持……你的身体恐怕扛不住。"骆辰不无担心地劝道。

"我知道分寸，尽量少些大运动，不过量用药。身体一天天不行了，我想在以后不能行动时多点美好的回忆。"

骆辰最终被说服，用两天时间熬夜制成十八颗药，送到了对方手中。

汪泽终于能安心起程，但骆辰的心却被牵了起来。

不幸的消息来自三天后的夜里。帮佣打来电话，说雪山景区傍晚发生了雪崩，汪泽和那对父女被列入了失踪人员名单，警方打电话来要找家属去现场，但并不知道汪泽的亲友关系，反倒向医生来打听。于是骆辰连夜赶往事发地，去寻找那位失踪的病人。

次日中午，骆辰抵达了雪山景区，女孩父亲的尸体已在山谷中被搜救队找到，现场一位中年女子正扑在尸体上痛哭。那正是死者的妻子，也就是汪泽的前女友。

骆辰跟随搜救队一路往山顶搜寻汪泽，女子也忍住悲伤同去找女儿。按搜救队员的说法，就算人没被雪崩掩埋，在这样的严寒下，不带任何装备想在山上平安过夜几乎没有可能，失踪人员凶多吉少。

攀登到半山腰时，有队员发现高处有个小山洞，问要不要去搜查。但领头人说可能性不大，那里距离山道太远，地势又险，除非是拥有超常体力的专业运动员才能到达。

“等一下！”骆辰朝山洞方向走了几步。虽然颜色接近，雪地表面的异物还是吸引了他的注意。那是一堆白色的蜡丸空壳，总数在十丸以上。

“为了把女儿带进山洞避难，他竟然……”骆辰擦了把冷汗，回头大喊，“人确实往山洞走了！快点去救他们！”

这一路相当难走，一行人在领头人的带领下缓慢行进，一个多小时后才到达山洞。女子最先冲进去，很快传出她的哭声。众人进入后才发现虚惊一场。小女孩在母亲怀中眨着眼睛，身上包裹着宽大的衣服。山洞内还有炭火堆，支撑着小女孩度过寒夜。

“小妹妹，汪叔叔和你一起来的吗？”

小女孩点头，虚弱地回答骆辰：三人在大石下躲过了雪崩，但后来父亲失足滑下山崖，是汪叔叔抱着她跑进了这个山洞，进洞后她发起了高烧，对后来的事情并不清楚，只知道是叔叔给她点燃了火把取暖。

“那叔叔现在人呢？”

“不知道。我只迷迷糊糊听到他说要再出去一趟找点柴火，叫我躺着别乱动。”

“这叔叔是谁？等他回来一定要好好谢谢他！”含泪的母亲抱紧怀中的孩子。

“他是汪泽，你十三年前的男友。他一直在默默关注着你们母女……”明知道应该隐瞒，骆辰还是忍不住说了出来。

“汪泽是谁？我不认识这个人。我只和我丈夫谈过一次恋爱啊。”女子一脸茫然地说道。

“唉——完了，现在叫我们去哪儿找这人呢？……话说这冰天雪地的，他哪儿找来的这么多柴火？”一名搜救队员踢着脚底下的木炭自言自语道。

一时无法反应的骆辰缓缓地转身，看向那一大堆粗细不均的木炭，走了两步，最终跌坐在地上呕吐起来。

# 章陆

文/锦翼

马二孬决定去拜访窦老九。

马二孬是经过组织认定的八辈贫农，现在又是人民轴承厂的革委会主任，根正苗红，前途不可限量。

窦老九是什么人？那是名副其实的臭老九，当年国民党学校里的教书先生。他那个唱黄梅戏的老婆1957年批右的时候就跳河死了，他儿子窦泽锋三年前也在武斗中被人打死了。

就这么一个孤家寡人的臭老九，马二孬越来越怕他。

今年年初，窦老九先是举报东方红棉纺厂的造反派头头李卫东在家自言自语说国民党那会儿家里吃饭顿顿有肉，现在全是窝头。象征着他对蒋匪集团贼心不死，结果这位造反派领袖立即被造反，游街、批斗、殴打，像那些右派一样死在了大街上。

接着窦老九又举报了红星制造厂的革委会主任徐忆苦，说他上厕所的时候将红宝书掉到了厕所里。经查属实，徐忆苦畏罪自杀，自绝于党和人民。

半个月后，窦老九又举报了物资局的主任陈爱党老家的两个哥哥，分别叫陈爱国和陈爱民，连在一起就是“爱国民党”，这是要为美蒋特务发信号，陈爱党现在还在审查中。

随后广播站的刘一心因为晚上发过一句牢骚，说自己的工资低得还不如美国那些水深火热中的劳动人民，还有畜牧局的张航晚上收听敌台，造纸厂的冯楷模“搞破鞋”……都被窦老九举报了。

不到一年的时间，窦老九举报了十九个人。

检举揭发并不是什么稀罕事，本也没什么值得害怕的，关键是这里许多事情都非常机密，例如李卫东自言自语那次，连老婆跟亲爹娘都不知道，窦老九怎么知道的？还有广播站刘一心那句牢骚，是晚上回到家关上门自己对着镜子说的，窦老九怎么会听到的？而且窦老九不光知道举报的事情，而且还能把时间、地点、前因后果一一说得十分清楚，被举报人听得瞠目结舌，想不承认都不行。

当然仅仅是这些还不足以让马二孬害怕，马二孬害怕的真正原因是所有这些被举报的人都有一个共同特征：当年批斗、殴打窦老九儿子窦泽锋的时候，他们都在场。那天连上马二孬一共二十个人，他们一起在县政府的广场上组织了对窦泽锋的批斗，先是文斗，但窦泽锋实在罪大恶极，不武斗不足以平民愤，于是他们就上手了。装着板砖的军用书包、带铁扣的皮带轮番砸在、抽在这个右派的狗崽子身上，打得他皮开肉绽，直到他奄奄一息众人这才住手，让他面朝墙壁反思自己的罪过。最后想必他也憎恨自己的邪恶肉体，灵魂离去，剩下一具躯壳躺在那里。

后来马二孬听说，第二天窦老九才来抱走儿子的遗体。前几天有人告诉他，窦老九抱着儿子遗体发誓："这些人欠你的，他们都要还回来。"看来现在是这个右派在疯狂反击？但告诉他这句话的人也只是听说，不敢站出来作证，他也就不能拿这句话来做文章。

当年的二十个人被窦老九扳倒了十九个，就剩下了马二孬自己，看来被举报是迟早的事情。马二孬也想先下手为强，他派了许多人去搜集窦老九的反动言行，去的人回来说，窦老九现在就跟个哑巴一样，很少说话，平日没事就在家枯坐，门也很少出。他一点儿罪证都搜集不到，更可怕的是窦老九最近举报屡屡成功，被市军代表看中了，有意树立成为"出身不能选择，道路可选择"的典型，要扳倒他是越来越难了。

于是，马二孬决定去拜会一下窦老九。

马二孬拎着一只烧鸡和两瓶酒来到了窦老九家里。

窦老九住在城郊，院子里绿油油的一大片，全是一种大叶的草，开着一串串的小花，跟宝塔一样，连一条路都没有。马二孬喊了一声："窦叔。"对这种阶级敌人，平日他是绝对不会尊为长辈的，现在礼下于人只能低一辈了。

窦老九从屋子里走出来，一句话不说地看着他，一点儿也没觉得意外，那眼神似乎在说："你终于来了。"马二孬只好没话找话问："叔，这都是什么草啊？"

"章陆。"窦老九说了两个字，转身回屋去了。

马二孬心里直骂，小心绕过这些章陆，跟着他进去了。将酒和烧鸡都放下，马二孬满脸堆笑说："叔，我来看你了。"

窦老九哼了一声："看我是不是要检举揭发你吧？"

马二孬心里咯噔一声，脸立刻红了，有点儿挂不住，但看窦老九胸有成竹的样子，只能暗暗告诫自己必须服软，说道："叔，我是来请你为我工作提意见的。看看我工作有没有需要改进的地方？"

“提意见？”窦老九哼了一声，“当年你要是这么对小锋提意见，他也不会死。”

果然他还记得这些，马二孬低头说道：“叔，我那会儿无知，没想到……”

“好吧，我就给你提提意见。”窦老九没有继续生气，打断他，说道，“你听好了啊。咱从昨天说起，你们厂子发劳保手套，你多领了二十副，给你老家的表哥了……”

这第一句就让马二孬震惊了，这事神不知鬼不觉的，他怎么知道了，马二孬顿时呆住了。窦老九继续说：“你娘在家里养了三只母鸡，前天还把鸡蛋拿出去偷偷卖了，这应该算是‘资本主义尾巴’吧。大前天……”窦老九一一说来，面前好像摆着一本账簿，记录着他所有的恶行，许多事情马二孬都忘记了，在他这里却记录得非常清楚，从这里面随便拿出来一条都能让他身败名裂。

马二孬再也承受不住了，“扑通”一声跪下来，说：“叔，你饶了我吧，当年都是我不对，都是我不对，不该去检举小锋。我以后代替小锋孝顺您，给您端屎端尿，做牛做马……”

“儿子，你听见了吗？”窦老九的声音突然哽咽了，“他在求饶啊。”

马二孬顿时愣住了，不知道他在跟谁说话。

就听见一个声音回答：“爸，我听见了。”

马二孬吓得汗毛倒竖，这分明是窦泽锋的声音，虽然过去了三年，这声音一响起来，他立即就听出来了。马二孬惊恐地看着窦老九：“叔，小锋没死？”

那个声音叹了一口气，说：“你们下手那么重，我怎么能不死？”马二孬站起身来，四下看去，窦老九家徒四壁，根本没有半个人影，但听声音却宛若近在眼前。他颤抖着声音问道：“那，那，你是……你是……”他嗫嚅着不敢说出那个字。

“鬼！”窦老九替他说了出来，“儿啊，他既然都认错了，我们就放过他吧。”

窦泽锋突然不再说话，变得沉默起来了。

马二孬正不知所措，窦老九看他一眼，说：“你想让他检举你吗？所有这些检举的事情，都是小锋告诉我的。”

“啊，不！”马二孬赶忙跪下哀求道，“小锋，你放过我吧。”

“好吧。”窦泽锋叹息了一声，“我也累了。”

马二孬砰砰磕头说：“谢谢，谢谢。”

窦老九把他搀扶起来，说道：“今天的事情，你不要说出去啊。”

马二孬连连点头：“是是，绝不说出去。”

窦老九从怀里掏出一块木头来，细看粗具人形，上面还捆着一根红绳，自言自语道：“孩子啊，耽误你三年了，今天这事既然说到这里了，你就走吧，该入轮回就入轮回吧。”说着解开那红绳。

那声音哭泣道：“爸，那我走了，你多保重啊。”

窦老九老泪纵横：“好，好，我保重，以后我不害人，希望人也不要害我。”

马二孬赶忙帮腔说道：“放心放心，以后您就是我爸爸，谁要害您，我都不能答应。”

窦泽锋说：“那好，那好，我走了。”声音渐渐远去。

窦老九拿出火柴，将那人偶形状的木头连同红布一起点燃，扔入火盆，一会儿都变成了灰烬。

马二孬这才敢爹着胆子问道：“叔，这是什么？”

“樟柳神，这是用我儿子的魂魄炼成的樟柳神。”窦老九看着火盆，狠狠地说，“为了给我儿子报仇，我将他的魂魄炼成了樟柳神，就为打探你们的坏事。”

“樟柳神？”马二孬虽然平常大声嚷嚷喊着“反四旧”，但今天这事让他心里顿时燃起对鬼神的信仰，好奇地问道，“樟柳神能四处打探消息？”

窦老九不屑地看他一眼，说：“所有举报的这些事情都是我儿子告诉我的，你说呢？”

马二孬一个激灵，顿时信了，连连点头。

窦老九又说：“这樟柳神用刚死去人的魂魄炼成，让他们附着在樟树和柳树雕刻成的木像上，这样他就完全听从驱使，最擅长的就是刺探各方小道消息，让他打探什么他就打探什么，所以又叫“耳报神”。不过我儿子本性不适合做樟柳神，如果他生前就是那种擅长告密的人，那他打探出来的可不止这些。”

马二孬听得热血沸腾，心花怒放，我如果学会了这个，市革委会主任我都能摆平了，于是赶忙哀求说："叔，能不能教教我啊？"

"你要干什么？学会了去害人？"窦老九不屑地说。

"我不害人。"马二孬说，"我学会了为人民服务。"

这话把窦老九都逗笑了，愣了一阵，才说："好吧，我今年六十八了，再不传人，此术就绝在我手里了，实在不该。"

马二孬赶忙跪下叩头，嘴里也改称呼："谢谢师父。"

窦老九说："炼魂呢，先要选魂，选取那些富有心机，两面三刀，擅长告密，而且还必须是年轻的人，在他们死去的七天之内，将樟柳雕刻成的木偶施加符咒埋在他们坟上。七七四十九天后，在夜深人静的时候，去坟前，用猫头鹰肉煎油，可将四周的鬼火吸引过来，这时候挖出樟柳木偶，拿回家去，用红布蒙住，再等上四十九天，这个人的魂魄就依附在这个木偶上，完全听命于你了。不过一个鬼魂的力量有限，你如果能多炼几个，将来能干更多的事情……"

马二孬几乎将全身的力气都用在了耳朵上，他认真地听着，一字不漏地记在了心里。回去的时候，对于鬼魂的人选他都想好了：窦老九揭发的十九个人中，还没有死的那十七个，以马二孬对他们的了解，个个都是炼魂的上好人选，虽然还在审查之中，但只要他推波助澜，必死无疑。

回去之后，马二孬发动全厂员工对这十七个人大加检举揭发，批斗与审问的力度也立刻加强了，先是陈爱党，随后是马航……半个月之内十七个人都先后死掉了。

每个人死后的当天晚上，马二孬就偷偷地跑过去在他们坟包里埋上一个樟柳木偶。就在去马航坟前埋木偶的时候，马二孬看见马航坟前长着一棵跟窦老九院子里一样的植物，想了半天他才想起来这玩意儿叫章陆。后来在其他几个人坟前他也看到了，但是他满心兴奋，完全没有在意。

埋下木偶后，马二孬就开始掰着指头数日子，第一个到四十九天的是陈爱党，当天晚上十二点，他迫不及待地来到坟前，默念两句："兄弟别恨我啊，跟着我保证让你比活着的时候过得好。"随后架起一口锅，开始煎猫头鹰肉。很快油香四溢，四周仿佛有几点亮光围过来，他相信那就是鬼火，心里又高兴又紧张，紧握铁锹，只等着鬼火走近就开挖。

那鬼火越来越近，灯光也越来越亮，前面一盏鬼火竟然直晃他的眼睛，他突然醒悟过来这是手电筒，骂了一声：“什么人？”就听有人大喝一声：“不许动。”几杆枪指向了他。

抓住马二孬的是本市的军代表，他认定马二孬是封建道门的头子，这个革委会主任百口莫辩，只好将窦老九招供出来，哪知道军代表一拍桌子：“一派胡言，检举你的就是他。他还带领着我们将你埋下的十七个木偶都挖了出来，为了检举你，他都跟踪你一年多了。”马二孬突然明白自己是着了人家的道，气得痛拍桌子：“窦老九，我操你八辈祖……”一句话没有骂完，一个士兵一枪托砸在他头上，马二孬像一摊泥一样歪倒在地。

后来马二孬才知道，窦老九不光揭发他是道门头子，还说他贪污国有资产、走资本主义道路……总之，将那天给他念过的一条都没有浪费全说了出来，而且后面的都是真的，前面这一条自然也是真的，数罪并罚，马二孬只有一死。

就在马二孬入土的当天晚上，窦老九从院子里拔下一棵章陆，在马二孬坟前种下。四十九天后的夜里，窦老九来到他坟前，将那棵章陆挖出来，树根居然是一个人形，眉眼十分清晰，很有马二孬的神韵。窦老九笑一笑，自言自语说：“其实呢，樟柳神跟樟树和柳树都没有关系，它指的是章陆，因为陆又读作六，所以，许多没文化的愚夫愚妇就以为这是樟柳神。我院子里种那么多章陆，就为了在你们这些人死后种在你们坟前，用章陆聚集你们的魂魄。”

他将那根用红布包了，揣在怀里，又自言自语道：“我儿子不是坏人，不适合做樟柳神，你们才是做樟柳神的最佳人选。尤其是你马二孬，为了得到你，我费了太大的周折。当然我还要谢谢你，帮我弄死了那十七个人，本来我还担心他们死不了。”

窦老九回到家里，在屋内土地上挖掘一阵，拿出一个箱子，打开来看，里面整整齐齐摆放着十九个木偶，他将马二孬那具也放了进去，说道：“好了，现在齐全了。”

# 销金

文/秋伐

## 175

## 销金

我以前是造纸厂的工人，退休以后搬到附近一个小镇开了个铺子，每月靠一点退休金和开店的利润维生。小镇子古色古香，还没有被旧城改造和旅游开发污染，人也不多，正适合我这样的老头子养老。

小镇附近的山上有一个道观和一个和尚庙。佛、道本就不相容，和尚和道士们为了争本来就不多的一点香客，更是天天派人下山宣传，企图改变小镇居民的宗教信仰。下山的和尚、道士都是老和尚、老道士的嫡传弟子，文化水平很高，吵架的时候也能转点佛法教义、天文地理，什么悬疑灵异的也能来点儿。本来只是听个新鲜，可有一回，一个小道士说的一句话，把我们都给吓住了——

“要是没有我师父，这地儿，现在那就是一座死城！”

全场顿时鸦雀无声。我们都觉得里头有故事，等着听他讲下去。小道士见达到了效果，挺得意地盘腿坐下，清了清嗓子。

那会儿是20世纪30年代，外头乱糟糟地打成一片，“流民”特别多。好些人就举家搬到了山里，于是就有了这个小镇子。当时逃进来的人，有几个带着金玉古玩，就在镇子上开了古玩店。其中有个金器店，老板是东北人。这故事，就要从他说起。

当时，这个金器店老板包下了两层楼，铺子在一楼，老板一家人住在二楼，雇了几个伙计看店，在后院给他们腾出几间空房，睡的是大通铺。按说这山里民风淳朴，不容易遭贼，可就是有一天晚上出事了。

那天没月亮，黑得很。伙计们打烊很早，都洗洗睡了。半夜里一个伙计小解，听到大堂里有点不对头的声音。开始他以为是老鼠，没怎么在意，可小解回来，他一琢磨，就觉得不对劲了。

老鼠叫，声音也不是这样啊，怎么跟小孩哼唧似的？

他摸黑叫醒了别的伙计，一群人从厨房摸出菜刀、擀面杖什么的就冲进去了。几乎是同时，怪声停了。一个伙计抖着手点亮了灯，顿时吓得魂飞魄散。

满屋子的金器首饰——全没了！

立刻有伙计屁滚尿流地爬上楼去找老板。老板迷迷瞪瞪死活不信，可下楼一看，立刻两腿一软趴地上了，号啕大哭！

满屋子的金子啊！十几二十万的大洋啊！全没了！

镇上警察局全体出动，查了一星期，连根毛都没查出来。这也怪不得他们，因为能破案的线索实在太少。伙计们进大堂的时候，门窗和盛放金器的柜台都是锁好的，没有一点撬动的痕迹。地面上半个脚印没有，甚至原先放金器的天鹅绒垫子上的凹陷都还在。唯一的变化，就是金器消失了，可边上摆着的玉琮倒是一个没少。

这事报到镇长那儿去后，镇长就“妈拉个巴子”地骂开了。本来凭借镇子连续几年的优秀治安情况，他今年是可以升官的。可现在出了这么大的事，手下吃了几年白饭的警察还屁都没查出来，这叫上峰和别人怎么看他？戳着他的脊梁说交了几年的税钱就养出这么些个吃白饭的？

于是立刻给警察局下了死命令：拎着贼的脑袋来见，要不解甲归田抱孩子去！

这一发狠，倒还真查到了什么。

线索是一根半截埋在地上青砖里头的金链子。警察叫来了老板，问他当初修店面的时候是不是把半截链子砌里头了？老板可劲儿地摇头，说：“不不不，金子都是命啊，我他娘就是把老婆孩子我自个儿都砌进去也不能砌它呀。”这时候再蠢也能品出点不对劲的味道了，于是警察找人把链子挖了出来。这链子也奇怪，青砖这么硬，它嵌在里面却一点没变形。嵌着链子的砖块上甚至还有链子的图案花样，简直像浇筑进去的一样。

这些情况太匪夷所思，警察把所有的线索拼在一起，挠破脑袋也没能想出什么。可破案期限就快到了，警察们只能抓几个金店伙计，推出去毙了，对外宣称是金店内贼。这样迅速的处理能力使局长保住了饭碗，镇长的报告也在上峰那里受到了好评。于是小镇仍是其乐融融，一派安和景象。

可事情并没有结束。

一个月后，金器店老板一家死在了二楼。尸体是镇里一个土豪的用人发现的，这用人看到那场景，当场就疯了。

一家三口，是脑袋卡在二楼的地板上，下半身挂在一楼的天花板上死的。据说血全被吸干了，一滴没剩。

老板一家向来为富不仁，这一死，镇上的风言风语多了。有的说是大侠剑客为民除害，有的说是金器店风水不对有什么脏东西，更有的说是之前被冤杀的伙计回来讨债了。警察没吃几天的干饭，又开始头疼。但这回没等他们开始查，金店隔壁的铁匠铺也死人了，死相是一样的惨。再接着出事的是隔壁的米铺。凶手似乎是沿着这条街一路屠过来，而且每次出手，必是灭门，连个幸存者都没有。

一时间小镇上人人自危，流言四起。人们纷纷背起行李逃离这个曾给予他们庇护，如今却掠夺他们生命的小镇。虽然外面战火纷飞，但他们都顾不得了——宁可被横飞的炮弹炸死，也好过在这里等死啊。人们背着行囊，在镇口磕头，号啕大哭。他们不想走，可不走，就会要他们的命啊！

就在这个时候，小道士的师父来到了这里。那时候他还很年轻，手里只有一柄破破烂烂的拂尘，刚刚出师，身边只带着一个小徒弟，也就是小道士的大师兄。年轻道士带着徒弟问明情况，就把镇上的人都叫到了金器店里。那条街原也算是镇上的热闹地段了，可出了这事儿，再没人敢去，败落得很快。镇里人开始都不愿去，谁敢拿自己的命开玩笑啊？可禁不住这年轻道士用自己的命作担保，本来镇上也没剩多少人了，几十个人还是稀稀落落地聚到了金器店里。

年轻道士让他们围成一个圈，给每个人手里都塞进了一根拂尘上拔下来的长毛。让他徒弟手里捏了张符，在圈里点点画画，画的都是些奇奇怪怪的圆圈符号。完事了以后，他自己到后院踅摸了一把锄头，就开始挖地。

年轻道士看起来弱不禁风，力气却出奇的大，只一盏茶的工夫，就已经挖出了一个三尺深的大坑。而继续往下挖，就挖出了一只手！

当时所有人的脸色就都变了。那只手是金色的，手指奇长，指尖蜷曲，腕以下的部分还埋在土里。有几个人腿软就一屁股坐到了地上。年轻道士没再挖下去，他从衣服里掏出一只葫芦，仰头灌了一口酒，就朝那只手喷过去。那东西发出凄厉的婴儿般的哭喊，化成一道金光，迅速从坑里飞出来，就朝边上乱撞，但一次次都被人们手里的拂尘毛挡了回去。

那个小徒弟道士看起来不过十二岁，却十分老练，动作极快，“啪”的一下就把符箓贴到了那个东西上，开始念咒。那东西缩得越来越小，最后只掉下来一张符箓，它消失了。道士在门口烧了符箓，灰堆里头现出来一个金色的血手印！

小道士讲完了故事，又说：“这东西在《山怪志》里有，叫销金。销金通体为金色，幼体以金为食，进食时能用吸盘将金子透过别的物体吸过来，因此得名。它的成体不仅食金，也害人性命。当初大禹治水时，这东西老来祸害人，后来被大禹找方士杀得差不多了，没想到还留下那么几只。就有那么一只幼体，在镇子底下筑了巢。这也是命，当初那金器店要是偏那么一个位置，那就什么事也没有了。说起来，玉是辟邪的，销金幼体在第一次偷金时就被店里的玉器伤了元气，养了一个月。一个月后它已是成体，因此开始死人。当年的住户到现在，早已经一个不剩了，新搬来的也多，也就没人知道了。”

小和尚在一旁嗤笑：“挺能编。”

小道士上了火：“编？那条街就是现在的燕子胡同，以前挂的匾还有印子在上面呢。你倒是去看看，我到底编是没编！”

燕子胡同？我站直了。我不就住在燕子胡同吗？

“一派胡言！”我转身就走。回到铺子里，隔壁的奶娃娃哼唧得我头疼，点烟的手有些不稳。儿子说我这是帕什么综合征。我还记得以前老伴总说抽烟对身体不好，可她这个看见我抽烟就要打出去的人，最后还是得肺癌走了。

想到老伴，我心里一动，抖着手从黄花梨木橱里翻出她的首饰盒。原先放着金镯子的地方，空了。

## 尾声

一个月后，J市公安局抓获了两名江洋大盗。

据悉，二人在郊区城镇利用封建迷信思想传播灵异鬼怪故事，以乘机窃取居民钱财，造成极大的社会恐慌。由于被盗者大多深信其说而未报案，被盗财物总额已无法查明。目前该案件已导致一名老人心脏病发作身亡。J市警方再次呼吁，孤寡老人在家务必紧锁门窗，一旦发现被骗，立刻记录对方的相关信息，及时报案。

遇害老人，杨建国，男，63岁，H镇个体经营户，星光造纸厂退休职工……

# 赌石

文/公纸木

# 一、玉包石

我到赵三家的时候，衣服已经全被打湿了。赵三看见我很兴奋，马上兴高采烈地把我迎了进去。

我在沙发上坐下来，赵三给我倒了杯热茶。看着他眼里弥漫的笑意，我道：“看来你这次冤大头当得还挺满意。”

赵三是我的老客户，也是我的老同学。作为一个衣食无忧的富二代，在我们为米面奔波的时候他永远都在游山玩水。当然他也有富家子弟基本的共同爱好：玩古玩。可惜玩了这么多年还是个外行，乐此不疲地当冤大头。家里堆得太多，我这里就成了回收箱。

“怎么说话的这是？”赵三不乐意了，“这次不是找你销货，是鉴宝，鉴宝懂吗？”

我点头：“好嘞，来，把宝贝端出来让兄弟开开眼。”

“话先说清楚，不管能不能看出来头，你都别出去说。”他走了两步又回过头来，特别严肃地对我发出警告。

“那么多废话，快拿来吧。”我对他的话嗤之以鼻。

赵三很快捧了个铁盘子出来，盘子上面的东西用块红布，有花盆大小。

“你弄得跟上节目似的。”我不耐烦，一把掀开红布，乍看之下就愣了，“什么东西？”

盘子上是块圆圆的石头，乌漆墨黑的，看不出来什么。

“我从瑞丽带回来的，”赵三把盘子放在桌上，有点儿得意，“赌石。”

前段时间他去瑞丽玩的事我也知道，不过赌石不是我的强项。“你找错人了吧，我是卖古玩的，对赌石没什么研究。”

“我知道，”赵三把石头端在手里，“我已经找师傅切过了，你看。”他示意我看石头上的一道小切口，切口深处是蓝绿色的石料。

“赌涨了？”我问。

“那边说是蓝水料，挺润。”

我估计他是难得一次没有亏本，就点头：“挺好，你找我来鉴宝是什么意思？”

“难道你没发现吗？这块石头我只切了一点儿。”赵三把石头递给我，“如果我想切开做雕件，不会只切这一点儿。”

“说人话。”我道。

“这石头里的玉料，在长。”

“什么长？”我愣了一下。

他看着我，喜滋滋道：“长大的长。”

原来赵三之前在瑞丽的赌石市场里玩赌石，照熟人说的买了几块翡翠原石找师傅开，当时切完已经太晚，就先去睡觉了。过了几天他把赌涨的几块送到加工玉料店，打算做点小件出来。

他检查石头的时候，发现这一块出了问题。

当时的石头切到了中间，玉料很少，师傅也说了，只能做戒指或耳环。但赵三拿起石头的时候，发现玉料往斜上方长了一点儿。他以为是自己眼花看错了，但玉料明显有了一丝生长的痕迹，往斜向上有一道长痕。切石的时候赵三手机里还留了几张照片，他比着照片来看，那时的玉料确实没有长。

赵三没敢声张，处理完其他石头后，就揣着宝贝回来了。在回来的这几天里，这块蓝水料又长大了许多，最初只能做对戒之类的小玩意儿，现在已能起出几个镯子了。

赵三起身从桌子下面的抽屉里拿出一个信封，抽出一沓照片给我：“自己看吧。”

我对他这番话表示怀疑，石头和玉都是死物，死的东西还能长，实在是匪夷所思。我把照片拿出来比对，惊讶地发现，如果照片没有经过处理的话，赵三说的确实可能是真的。

照片都是从同一个角度拍摄的，所以，玉料的增长看得很明显。最初是一条斜线似的往上爬，然后开始慢慢蔓延，到现在切口处的一大块断面都是这种蓝水料。

“你帮我看看，这是什么宝贝？”赵三看起来很紧张。

石头就在我手里，抱着感觉很凉，表面很粗糙，实在是找不出什么特别的地方。在我的记忆里也没有听过类似的事情，只好摇摇头，表示自己也爱莫能助。

赵三叹了口气：“这东西我也不敢拿去给别人看，你帮我打听一下，要是有信儿了就给我通个气。”

## 二、点石成玉

接下来的几天，我都在帮赵三查这块石头的来历，可惜翻了无数的资料都一无所获。赌石里的玉料像子宫里的胎儿一样生长，确实是闻所未闻的事情。在我忙得焦头烂额的时候，赵三又打来电话，他的声音里有股抑制不住的得意劲儿，那块玉料，已经把石头完全包进去了。或者说，现在那块赌石已经完全变成了一块玉。

赵三约我在茶馆见面，几天不见，他消瘦了一些，但是神情异常兴奋。他把随身带着的纸袋放在包厢的桌上，亲自打开，把里面的东西一件件掏出来。

“这是什么？”我注意到他掏出来的全部都是玉器，但又有点不同。

我拿起一个玉瓶，这个瓶子造型很奇怪，一眼看起来有点眼熟。

赵三看见我的动作，道：“看出来这是什么没有？”

我摇摇头。

他笑了一下：“这就是个啤酒瓶。”

如果用这么大一块完整的玉来雕啤酒瓶，也实在是太奢侈了。赵三把一块长条状的东西放到我面前。

“这是块表？”

“就没觉得有点熟悉？”赵三提醒。

我仔细看了看，心里猛地一跳，结结巴巴道：“好像是我送你那块。”当时赵三生日，知道他平时比较挑剔，这块表还是托人从外面带回来的，形状比较特别。

他点点头。

“可是，怎么会变成玉的？”我问。我送给赵三的，是货真价实的表，现在的表形状和之前一模一样，却是个玉雕。我问道：“你是不是故意整我？”

他的表情也郑重起来：“你觉得呢？”他掏出手机调出照片给我看，“看看这个。”

照片上拍的是赵三家的客厅，客厅中间的茶几本来是玻璃透明的，现在桌子的一角已经透出了微微不同的色泽，看上去更像是玉。

他收起手机，正色道：“那块玉会玉化周围的东西，你看到的这些东西，还有照片上的桌子，都被玉化了。”

我愣了一下，有点儿转不过弯地看他：“你不是开玩笑吧。”

“我没有骗你。”赵三的表情一下子变了，眼神里有一种奇特的狂热，“这是一个商机。它是一个宝贝，如果能把所有没用的东西都玉化，就像点石成金，下下辈子都吃穿不愁了。”

我只觉得不可思议，他道：“你在这方面是行家，能不能帮我出手这些玉。”

“你还是再想想，这玩意儿我没见过，我得回去再查查。”我并没有立刻答应赵三，这块赌石太过蹊跷。做古玩越久，就越知道天下没有白吃的午餐。赵三这块赌石，无差异地玉化东西，让人很不安，我总感觉这不是什么好事。

事实证明，我的直觉是准确的。只是我们都没料到，问题会来得这样快。

## 三、玉化

十几天后，我竟然真的辗转找到了一个知情人。对方是古玩界的大师级人物，非怪东西不肯出面，有点怪侠的意思在里面。听我说了赌石的事情后，立刻就要求去见一见赵三。

我这才发现已经很久没有赵三的消息了。之前他每天都会打几个电话问我情况，后来渐渐没动静了，我也没放在心上。这次我给他打电话，手机、家里都没有人接听，才感到有点儿奇怪。

我想了想，决定先去他家一趟。

赵三家门铃没人应，等我打他手机的时候，却又听见手机铃声隔着门传了出来。

如果赵三真出远门，肯定不会落下手机。我有点慌，忙去联系了物业保安，还找了一个开锁匠来开门。

锁匠的动作很快，门一打开，立刻传来一股冷气。本来秋天天凉，保安立刻就骂了一句，估计以为是赵三开着冷气。我喊了一声："赵三！"

出乎意料的，里面立刻传来熟悉的声音："郭子。"顿了顿，他又道："你进来吧，我有点儿不舒服。"

这么多年的同学，我马上明白了他的意思，赔着笑把一脸不快的保安打发走，才关上门走了进去。

客厅里没什么不一样，但一走到赵三的卧室我就惊呆了，只见天花板、地面、墙壁和桌子上全部都糊着一层报纸。他整个人裹在被子里，床上全是被子，都铺到了地上。

赵三表情很憔悴，和之前神采飞扬的他完全判若两人。

"你到底怎么了？"我问。

他摇摇头，随手扯下旁边墙壁上的一张报纸，报纸底下露出的不是雪白的墙壁，竟是玉面。

我愣了一下，马上去扯其他报纸，发现报纸下面都是玉料，赵三的这间屋子，基本上已经全部玉化了。

"那天跟你分开后，过了几天，我家的东西玉化得越来越多，我没有注意。"他很虚弱，"后来我发现自己养的猫不见了。"他的表情变得痛苦，"我找了很久，才在床底下发现一块玉雕。"

我目瞪口呆地看着他。

他苦笑一声："没错，猫被玉化了。"

"我发现，温度越低的东西被玉化得越快，死的玉化完后，就轮到活的了。"

"你为什么不扔掉它？离它远远的不就没事了吗？"我道。

他摇摇头："你以为我没有试过吗？没有用的。它好像扎根在我身边了，除非我也玉化，不然不会停止。"

他这话说得未免太耸人听闻，我看着他，他一掀被子，露出下面的东西来。整张床几乎都已经玉化，如果不是场景不对，我都想大呼发财。但吸引我目光的并不是玉床，而是赵三的脚。只见他的左右两只脚掌的前半部分，已经变得坚硬且呈现出一种绿色。

"你看。"他眼神空洞又绝望。

我咽了一下口水："没那么糟，有一个人可能有办法。"

## 四、玉芽

古玩界的怪侠姓钱，四十出头，大家都叫他老钱。听我说完赵三现在的情况后，倒也没有感到意外，只是问我现在还能不能找到当时卖赌石给赵三的人。我辗转找了云南的朋友，但那人自然是找不到了，摊点早就不见了。

老钱跟我去见赵三的时候，赵三的玉化情况已经比之前严重了很多。老钱不怎么理会赵三，只开口要那块石头。

赵三曾经试图把石头扔掉，但是玉化没有停止，后来只好又把石头找回来，放在家里的保险箱里。

老钱把石头掂在手里，点点头："长得够大。"他对赵三道，"小子，这块石头交给我处理吧。"

老钱就是他的救命稻草，赵三巴不得赶快甩掉这个烫手山芋，立刻答应下来，又忙不迭地问："钱老，那我的腿……"

老钱看了一眼他的脚，从兜里摸出另一块石头扔进赵三怀里："带在身上，过个大半年就差不多了。一块换一块，我可没有占你的便宜。"

赵三明显对石头还心有余悸，迟疑了一下才接过来。

老钱拿了石头，马上就走了。后来我心里总放不下这件事，就又跑了一趟，到了老钱的店里。老钱看见我也很惊讶，我只好说是想看看那块赌石最后怎样了。

他一指架上："那儿。"

我一看，架子上堆着一块黑乎乎的石头，看不出当初玉化后晶莹剔透的玉料了。

我觍着脸凑过去："钱老，到底怎么回事？"

"那块赌石？"老钱对我的印象不错，"那是块玉芽。"

"玉芽？"

"平时有石头镇着没事，你朋友切了石头，种子发了芽，一发芽就会不停地长，寒气越重长得越快，在什么地方发芽就会在什么地方扎根，所以，扔了还是会玉化。周围的东西都是它的肥料。"

"可是，"我道，"那您是怎么处理的？"

"烧芽咯，"他哈哈一笑，"现在芽已经萎了，长不起来了。"

看我一头雾水的模样，老钱才慢腾腾地告诉我是怎么做的。原来这东西怕火喜寒，要用烈性的东西镇着。先找一碗新鲜的鸡血，把玉芽全部浸泡在里面，放在太阳下曝晒三天三夜，第四天取出来，把它和朱砂用小孩子的唾液混在一起，用硫黄纸包起来，放在火炉里烧，有点拿孙悟空炼丹的意思。据说烧的时候还能听到稚苗挣扎的巨大声音。

老钱所说的画面我毕竟没有亲眼看到，因此，也不知道他说的是真是假。不过赵三的腿倒是真的慢慢在好，至少那种诡异的绿色淡了一些。后来，他搬了家，找了一处日照时间很长的房子。至于赌石，再也没有听他提起过了。

# 传奇狂想

天生杀人狂

文/丁小闯

大荒

文/北冥有鱼

握手

文/苏伐

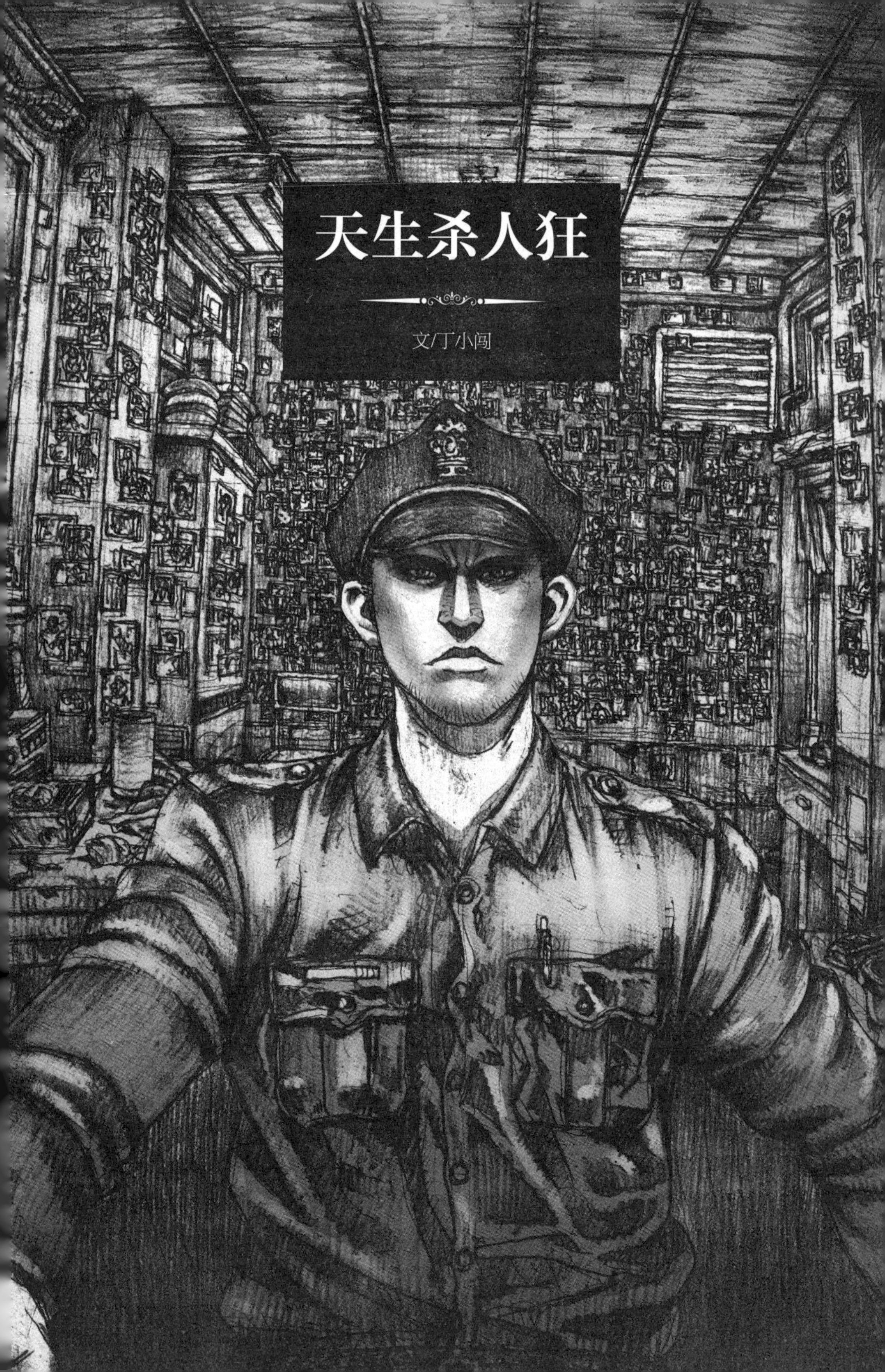
天生杀人狂
文/丁小闯

# 189

## 天生杀人狂

仁慈的父，请用你的宽容赦免他们的罪行，因为这一切他们无从掌控。

——《路加福音》第23章第34节

### 1

一切的起源都在1944年冬天。

那年的雪下得格外大，几天的时间就为整个欧洲大陆穿上了一件闪着珠光的天鹅绒外套。而在这美丽的外表之下，隐藏着的却是一番大战在即的残酷景象——就在天气转冷之前，盟军的部队已经在法国北部的诺曼底顺利登陆。他们像是出笼的猛虎，在极短的时间内夺回了英国、法国等数个极其重要的战略阵地，转瞬间便成了欧洲战场的主宰者。

反观那曾经不可一世的轴心国，此刻却像一辆破旧的蒸汽机车，正苟延残喘地在战场上奔驰着。它的身后是数不尽的、装备精良的盟军装甲师，等待它的将是化为碎片的宿命。

就在这大战在即的紧张气氛下，在欧洲内陆的某个小城里，三个黑影从纳粹建造的地堡中逃了出来，趁着夜色，转眼间消失在茫茫的雾气之中。

需要特别说明的是，那座小城的名字叫作奥斯维辛——一个因纳粹集中营而变得臭名昭著的地方。

而那逃走的三个人，将与下面这段不为人知的历史息息相关。

### 2

许多年后，当约翰·亚努斯再次回忆起这段往事的时候，他发现自己与地狱的距离曾经只是一步之遥。那种感觉就像是梦醒的人望着身后走过的荆棘，尽管喜悦，但更多的却是大难不死后的余悸。

他不止一次地想勾勒出整件事情的轮廓，可每当思维的车轮走到某个地方的时候，往事就会像横亘而出的木楔阻挡住它的去路，让它彻底沦陷在那些记忆的泥沼之中。而在这无休止的纠缠里面，最令他感觉如鲠在喉的就是那个深埋在地下的房间。

纵使时间无法倒退，约翰也永远忘不了26年前的那一天——冰冷的空气、漆黑的隧道以及那个隐藏在隧道之后的神秘房间。约翰独自站在那里，看着满墙的照片，还有照片上那个无比熟悉的身影，心中蓦然生出一种前所未有的恐惧。约翰把照片从墙上撕下来，以令人难以察觉的速度藏进了自己的口袋里。可就在此时，一个人从那犹如深渊的阴影中走了出来。那人的手拿着被药水浸透的毛巾，紧紧地捂住了约翰的鼻子。很快，约翰就像酩酊大醉的酒鬼一样软绵绵地瘫倒在了地上。约翰在意识消失前的最后一刻，心中忽然有了个念头：看样子，我要成为那第18具尸体了。

约翰的思绪戛然而止。几十年来，这些画面就像《晚间新闻》一样，总会定时地出现在他的脑海中。他不停地逼迫自己回忆起事件中的每个细节，以此来保证那些细微的线索不会消失在时间的冲蚀之下，如同一个人为了记住受伤的经过，而不停地撕开已经结痂的伤口——痛楚固然难忍，但遗忘才是最可怕的恶行。

此刻，约翰的桌子上摆满了厚厚的文件夹，都是几十年来他找到的有关那场连环凶杀案的资料。尽管事情已经过去了很久，但约翰从未放弃过对凶手的追寻，因为他知道自己还活着，而活着便有找到真相的希望。

## 3

时间回到1944年冬天那个雾气弥漫的夜晚。在那3个黑影逃走之后，纳粹的党卫军迅速戒严了小城奥斯维辛，同时又对60公里外的波兰第三大城市——克拉科夫实施了宵禁。在战争的最后两年中，这种大规模的戒严是十分少见的。毕竟纳粹将要对付来自东面的苏联部队，还要抵抗西面来势汹汹的盟军。抽调数目如此巨大的军队实施戒严，意味着将自己的防线打开了豁口，随时有可能被敌人乘虚而入。

那么，这3个人身上到底藏着怎样的秘密，导致纳粹如此疯狂地围追堵截？又是什么原因让这件事直到二战结束66年后的今天，仍被认作是高度机密？这一切还要从一场特殊的试验讲起。

它就是——改造人类计划。

在二战背景下，各国为了取得战场上的胜利当然会不择手段。苏联科学家率先提出了将人与猩猩杂交的试验计划。而纳粹不同，他们要的是表面上与常人无异的杀人狂。

此刻，约翰身前的解剖床上正摆放着两具男性尸体，由于死亡的时间并不久，所以，法医们的验尸工作还在忙碌地进行着。而对约翰来说，这两个人却不仅仅是受害者那么简单，因为他们活着的时候，曾经目睹了一场持续10年之久的连环凶杀案。作为5个目击证人中的一分子，他们的秘密将随着各自生命的终结永远地画上句号。

约翰的头脑有些混乱，他需要静下心来仔细思考整件事情，或许线索就隐藏在其中的某个地方。事情的起因还要从三天前说起。那天一大早，缅因州警察局接到了一个来自分局的报案电话，说有人在北部林区的山洞里发现了大量的人体骸骨。经初步勘察，那里极有可能发生过恶性杀人事件。听到这个消息，作为局长的约翰自然心里有数：任何案件如果需要州警出面的话，肯定不会是小事。他赶紧分派警力前去支援。尽管事先已做好了心理准备，但当他看到现场传回的消息的时候，仍然感到无比震惊。在他干警察这行当20年以来，这样的杀人事件可以说是无出其右。为了避免造成市民的恐慌，他立即下令严密封锁消息。纵使如此，等到隔天的早间新闻时段，全国上下的媒体还是都报道了这件事。

约翰打开收音机，里面传出一个尖锐的女性声音。

“本月10日下午晚些时候，一群伐木工人在上班途中偶然发现了一个古怪的山洞。他们原以为这是树林里棕熊的栖息地，没想到竟在洞里发现了大量的人体骸骨。根据我们掌握的资料来看，这些骸骨可能出自十多个人的身上。他们的死亡时间从10年前到6个月前不等，死亡原因多是由钝物撞击所致，大部分存在碎尸的痕迹，而具体情况警方还在进一步调查之中。现在我们来采访一下当地的村民……”

约翰愤怒地拍着桌子——又是记者。他已经有点忍不住要骂人了，可话刚到嘴边，就听到广播里传出来一个男声。只听他缓缓地说道：“记者女士，我想我知道究竟谁才是凶手。”

约翰猛然一个激灵：到目前为止，在犯罪现场还没有发现任何嫌疑人留下的线索，如果能找到目击证人的话，那么对破案是十分有利的。

约翰朝自己的秘书喊道：“快去准备车，现场有个目击证人。”

可是秘书接下来的话几乎让他晕了过去，只听她焦急地说道：“警长，我刚接到前方警员传来的消息，我们的证人——死了。”

就当时的情况而言，约翰根本不相信证人会这样不明不白地死了。为了保险起见，他亲自来到了案发现场。一番了解后他才知道，原来这场连环凶杀案的目击证人不止一个。在凶手长达10年的作案过程中，共有5位当地村民目睹了他的行踪，刚才接受采访的只是其中之一。他叫作乔伊·米诺托，是个举止怪异又爱出风头的庄稼汉，同时也是死者吉尔的朋友。

这样的事情约翰已经见得太多。在他眼里，证人就像是拧开螺丝的扳手，不在乎坏了几个，只要有还能用的就成。这种想法虽然可恶，但也的确颇有道理可循。他远远地看着下属们正在给证人们做笔录，心中不禁有了点胜券在握的喜悦。原因是，今天早上州长给他打了个电话，警告他说：“你最好在这周结束前找到杀人凶手，这样我们才能给公众做出合理的解释。”

约翰看了看日历——1985年9月11日，星期三。面对如此毫无头绪的案件，除非凶手自首，否则根本不可能在短时间内结案。可现在仅仅过了几个小时，一切仿佛都有了转机。

正当约翰沾沾自喜的时候，现场的法医却带给他一个不幸的消息：这个看似是自己上吊死的吉尔，极有可能是被人谋杀的。

而此刻，当吉尔的尸体完全展露在约翰面前的时候，他也发现了其中的蹊跷之处。只见死者的颈间有一条两指宽的暗红色淤血，几乎环绕了脖子一整圈。按常理说，这种情况和正常的自缢是有些出入的。因为对死者来说，自缢意味着身体的重量全部压在颈部，在短时间内会造成颅内缺氧，所以，淤血的痕迹较重且呈V形。而眼前这个人，颈部缢痕不仅浅且呈环形，而且头部还有少许充血症状。约翰对这种情况再熟悉不过了——这个叫吉尔的家伙是先被人勒死，然后被挂在房梁上的。

约翰把死者的手举到了自己眼前。突然，他好像发现了什么："把镊子给我。"说着他从死者的指甲里夹出了一小截黑色的碎片。

"这是什么东西？"

法医凑到跟前仔细观察着："有点像是一块塑料卡片。"

"你只猜对了一半。"说着约翰将那块碎片迎着灯光举了起来，"这是一块胶片。"

## 4

目光再次转移到那战火纷飞的年代。在二战的最后几年中，面对着欧、亚、非各个战场上的正义之师，轴心国阵营已陷入土崩瓦解的边缘。但就在这种紧张的情况下，纳粹头目希特勒仍表现出胜券在握的从容，这份从容来自于他手中握着的三张王牌。

直到现在，当我们提到这三张王牌的时候，仍然心有余悸。它们分别是：由物理学家海森堡主持的核武器计划、在南极开辟避难所的雅利安城计划以及我们现在提到的制造杀人狂计划。

就它们在当时的可行性而言，前两个计划由于客观条件或战事紧张都化为了泡影，唯独剩下的便是这场改造人类的实验。

当时的纳粹科学家提出了一种大胆的假设——通过手术或者服药的形式，将日耳曼民族以外的志愿军、俘虏改造成为表面上与常人无异的杀人狂。这不仅能提高正面战场的作战能力，还能对那些被盟军占领的地区造成巨大的破坏。

恰在此时，一种手术的名称传到了纳粹的耳朵里，这就是脑前额叶切除术。它一度被认为是治疗癫痫病、狂躁症最有效的方法。做过这种手术的病人，会表现得极为安静、顺从，就如同把出笼的猛虎变成了圈养的山羊。

既然能使人能变得顺从，那么就肯定有反其道而行之的方法，让人变得狂躁嗜血。纳粹从中受到启发，把实验的重点转移到了脑外科手术上。经过无数次尝试，纳粹逐渐摸索出一条改造人类的道路——通过对脑部胼胝体的破坏，再加上药物的辅助，终于在1944年冬天在三名波兰抵抗者身上完成了最终的实验。

## 5

约翰凝视着手中那块细小的胶片。根据以往的经验看，通常在机械性窒息死亡的案件中，受害者的指甲内会残留有作案工具的纤维碎片。但要想用胶片勒死人的话，那需要的数量是极大的。究竟谁会有如此多的胶卷呢？

约翰的心中逐渐有了些眉目，他把目光转向了另外一个死者——罗伯特。和吉尔一样，他也是山洞连环凶杀案的目击证人，同样也永远地闭上了嘴巴。

对于这个罗伯特，约翰还是略有了解的，毕竟在他活着的时候，两人曾有过面对面的交谈。约翰清楚地记得那是在吉尔家门口的空地上，当时他正在看证人的资料，身前两个警官则在向他汇报刚刚做完的笔录内容。

“证人们说，从10年前开始，每隔一段时间，就会有个奇怪的人开着车进入森林深处。最近一次大约是在半年前。他看上去40岁的年纪，金发，5英尺10英寸（约1.78米）高，开着一辆福特F-150皮卡车。”

“没了？”约翰合上手中的资料说道，“光凭这些线索，我们能在全美找出几万个满足条件的嫌疑人。难道要我们挨个儿去问人家，‘山洞里的人是不是你杀的？’”

“可是……”

“好了，不要说了。你去查一查近10年来缅因州的人口失踪记录，然后跟那十多具骸骨的法医报告对照一下，看能不能确定死者的范围。”说罢，约翰朝证人们走了过去。现在他对这几个人的情况已经烂熟于心——站在最右边的是布莱恩，在村子里开了一家小酒馆，平日里喜欢摆弄照相机；旁边坐着的是亚当太太，一个三十多岁风韵犹存的寡妇；然后是罗伯特，和那个古怪的乔伊一样，也是老实的庄稼汉，只不过罗伯特看上去更讨人喜欢一些。

此刻，约翰尽可能地在脑海中重现着自己与罗伯特的交流过程，可很快他便发现这种努力是徒劳的。因为当时他和亚当太太很快就借故离开了案发地点，而在两人回家的途中才发生了那场导致一死一昏迷的车祸。

等等，约翰突然间想起了什么。他记得当时在和亚当太太交谈的过程中，有个人给他塞过一张字条。想到这儿，他立即在兜里摸索起来，果然找到了一片破碎的烟盒，只见上面写着：警长，我有凶手的照片。如有诚意，请带上钱，今晚来奥尔德敦市立孤儿院。布莱恩敬上。

看到这段文字，约翰吃惊得几乎说不出话。那个小酒馆老板居然隐藏了如此大的秘密。那么为什么他不早说，莫非这里面还藏着其他的秘密？他正琢磨着，就听到身旁给罗伯特验尸的法医说道："警长，我想你应该来看看这个。"

约翰闻言走了过去。法医接着说："从表面上看，死者是因为车祸导致肋骨刺穿肺部而死亡，但是实际情况并非如此，在车祸之前，他就已经处于深度昏迷状态了。"

约翰惊道："这么说，他是先晕，然后才导致了车祸？"

"可以这么说。"法医指着罗伯特裸露在外的脑干说道，"你看，死者脑部呈现出黑质充血水肿，并且食道、胃部都出现了一定程度的糜烂，闻起来有股淡淡的苦杏仁味。从医学角度来说，这种情况是由于吸入或者口服了氰化物而导致的。"

尽管约翰不是化学专家，但以往的经验让他很了解氰化物这种有毒物质。他看着现场的调查报告说道："可是警员并没有找到可疑物质，也没有迹象表明他口服了什么药物。"

"不一定非得是药物。许多东西都含有氰化物，消毒剂、尼龙、显影液，只要数量足够多或累积摄入时间长，就能置人于死地。"

"等等，你刚才说都有什么东西含氰化物？"

"消毒剂、尼龙、显影液。"法医绞尽脑汁地琢磨着，"其实这种东西很常见……"

“我知道了！”约翰突然想到了什么——破碎的胶片、含氰化物的显影液、高价贩卖的照片，这一切难道不正说明了一个问题吗？约翰飞奔出了解剖室，他几乎已经断定那个人便是制造这些命案的罪魁祸首。

警车借着月色在林间的公路上呼啸而过，最终停在了村子中的一所大房子前，约翰举着伞透过窗户向屋中望去。里面漆黑一片，看上去不像是有人的样子。他下意识地拧了一下门把手，门居然“吱”的一声开了。借着手电筒的光，他看见了屋子里的摆设：那里除了床和桌子以外，再无其他家具。桌子上放着一瓶打开的威士忌，闻起来味道依旧很浓烈，想必屋子里的人刚离开不久。约翰小心翼翼地四下环顾着，心中涌出一种奇怪的感觉：这里根本不像是连环杀手的藏身之处。是自己猜错了，还是另有隐情？约翰正琢磨着，手电筒不知怎么一滑，掉在了地上，骤然而来的黑暗将他包围起来。

“该死！”约翰低声骂了一句，俯下身子在木质地板上仔细地摸索着。猛然间，他的手好像摸到了什么，感觉似乎是地板上的一个洞。他趴到地上，把眼睛凑了过去，在一片黑暗之中，他能感觉到有个东西正藏在下面。

约翰不知道该用什么词来形容它。在某个瞬间，他甚至想到了自己祖母戒指上的那块晶莹剔透的翡翠。他捡起自己掉落的手电筒，朝着那个小洞照去。可当光柱晃过，就见那个原本漆黑的洞中物突然变成了蓝色。它闪了两下，立即消失得无影无踪。约翰看到这场景，愣了几秒钟，但他很快便想清楚了一个问题——刚才与他在洞中相对的并不是什么晶莹剔透的珠宝，而是一个活人的眼睛！

“地板下面有人！”话音刚落，其余的警察都跑了过来，用皮靴踹或者用手电筒砸，没几分钟地板就被弄出一个可供人通过的大洞来。众人朝着洞中望去，都不禁倒吸了一口凉气：下面果真还有一条不知通往何处的暗道。

约翰率先跳了下去。他边走边打量着这条秘密通道——从规模与修建情况来看，挖掘出这样一条暗道，大概需要数年时间。再联想到山洞中那些时间延续10年之久的受害者，约翰的头脑渐渐清晰了起来：凶手之所以能很好地藏匿自己的行踪，很可能就是得益于这条暗道的存在。他举起手电筒看了看前面的路：“不行，咱们这么走实在是太慢了。我带两个人先去探路，其他人在这里待命。”说完便朝着地道的深处跑去。

初入这地道的时候，宽度基本上可以容纳两个人并排行走。但没过多久，路况就变得复杂起来，道路越来越狭窄不说，弯路也极多。正当约翰犹豫着要不要派人去地面上寻找另外的出口时，通道尽头突然有个身影一闪而过。

“前面有人！”约翰想也不想便朝那个身影狂奔了过去。转了几个弯后，影子的轮廓逐渐清晰起来，这让他心中不由得一阵狂喜。但是缉凶心切的他却忽略了一点：不知从何时起，身后的两个警察已经消失不见了。

在一个转弯过后，前方的道路戛然而止，取而代之的是一扇兀自摇摆着的铁门。他掏出手枪，小心翼翼地走了进去。在那时约翰并不会想到，即将迈进的这个房间将会令他一生都永无宁日。他只记得鼻间满是诡异的芳香，之后便在满屋凶手照片的簇拥下沉沉地晕了过去。

## 6

约翰的世界由喧嚣一下子变得沉寂起来，视野中所有的东西都慢慢地褪去颜色，成了一场毫无生气的黑白默剧。在这片黑白之中，他来到了一个奇怪的地方。在那里，他看见了许许多多穿着惨白色长褂的孩子。他们由一群大人带领着，按照不同的性别、年龄进入了不同的房间。约翰随手推开一扇门，只见那里面正在进行一场手术。几个医生装扮的人围在一个丧失了意识的男孩身旁，用锋利的刀子切割着他的皮肤。鲜血顺着他的身体四散流下，不多时就在地上汇集成很大的一片。约翰向屋子的角落里看去，只见那里还站着另外一个男孩。他看上去还不到上学的年龄，可眼神中却流露出某种难以描述的神情。约翰顺着他的方向望去，只见在这片黑白之中，一颗鲜红色的肾脏正在医生的手中缓慢地抖动着。约翰顿时了解了男孩眼神的含意，它代表的是无边的仇恨。

约翰蓦然惊醒，一切仿佛又恢复了往日的平静。对他来说，这个梦就像是烙在脑海中的印记，每当他快要遗忘的时候，就会自行翻涌而出，用行动印证着自己的存在。不过此刻显然不是思考这个梦境的时候，一个更为棘手的问题摆在了他的面前："我现在究竟在什么地方？"

想到这里，约翰迅速地从床上坐了起来。他低头看着自己身上穿的病号服以及手背上扎着的针头，心中猛地一惊：这里竟然是医院！但是，在失去意识前的最后一刻，他清楚地记得自己是在地道中，并且遭到了某个人的暗算……这么说是凶手救了我？这不可能！约翰赶紧打消了这些莫名的猜测，毕竟还有许多问题等着他去解决，尤其是那条地道里的照片。

一想到那些照片，约翰立即坐立不安起来。他拔掉手上的针头转身下床，可是就在下一秒，一件不可思议的事情阻止了他的行动——在约翰病床的旁边竟然还站着另外一个人。此刻那人正拿着一把枪，枪口正顶在约翰的脑袋上。

"警长，这么快我们又见面了。"

约翰对这个声音再熟悉不过了。他努力压制着自己的怒火，低沉地说道："地道里暗算我的人就是你吧，布莱恩？"

"没错，警长，但是我觉得你现在不应该关心地道的事，因为……"布莱恩边说边拿起一个药水瓶向窗户扔去。随着一声脆响，窗户上的玻璃碎了满地，外面的声音由此传了进来："楼上的人听着，你已经被警方包围了，释放人质才是解决问题的办法！"

还未等约翰想清楚此中的关联，布莱恩便笑着说道："警长，我很荣幸地告诉你，在你醒来的10分钟前，我已经控制了整个医院，而你们两个便是我的人质！"约翰闻言立即抬头看去，只见布莱恩的怀中还挟持着另外一个人，他正是那最后的证人——乔伊·米诺托。

"你这是什么意思？"

"什么意思？！"布莱恩怒吼道，"你们这帮蠢猪从一开始就没想捉住山洞中的那个杀人狂。尤其是你！要不是你想找个替罪羊的话，他们怎么会怀疑到我头上？"

"替罪羊？布莱恩，现在我们的命都在你手上，你何必还撒谎呢？"约翰的余光扫见对面楼顶上正在布置狙击手，他有意识地边说边向窗口退，"山洞中的那些受害者，还有死去的几个证人，难道不都是你的杰作？"

"你凭什么说是我杀了他们？"

“就凭你是个摄影师！我们在吉尔、罗伯特的死亡现场都发现了与照片相关的线索，而你却恰巧用凶手的照片作诱饵，诱惑我去你家，然后你躲在地板下故意暴露自己的行踪，让我陷入你的圈套。我说得不对吗？”

“的确是非常精妙的推理，警长，您真是个了不起的人物。”此话一出，约翰的思维立即陷入混乱之中，因为说这话的人竟然是乔伊！只见他毫不费力地挣脱束缚，微笑着说：“布莱恩，在如此聪明的警长面前，咱们的戏还是不要演了吧？”

“说得对，毕竟咱们一会儿还需要人家的帮助。”

“什么帮助？”

“警长，我知道现在这家医院早已被你们的人团团围住，但是我们不想束手就擒，所以便提出了个条件——用飞机把我们两个送到中北美的某个岛国，而你就是我们的机票。”

“我劝你们还是别做梦了。”到了这个时候，约翰索性放开了胆子，“我当警察这么多年，从没有一个劫匪能如愿以偿。就算你们走出了这里，在去机场的路上也会被强行拦住的。”

“说得不错，警察肯定会不择手段地阻止我们的行动，并且你似乎已经做好了就算死也不会让我们逃走的准备。我说得没错吧？”

此话一出，约翰面不改色，倒是让一旁的布莱恩急了起来：“乔伊，那你说怎么办？这帮蠢猪已经认定咱们就是连环凶杀案的杀人犯，我可不想在监狱里替人背一辈子黑锅。”

“布莱恩，放心吧，你不会进监狱的。”乔伊的脸上始终挂着邪恶的微笑，看样子他对自己接下来要做的事情成竹在胸，“还有，你应该记住一点：警察怀疑的人是你，不是我。”

“乔伊，你这是什么意思？不要忘了，整件事自始至终都是你策划的……”布莱恩的话还未说完，就见乔伊突然伸脚朝他踹去，猝不及防的一击让布莱恩踉踉跄跄地退到了窗户跟前。就在此时，乔伊突然从怀中掏出一把警用手枪，高高地举起，然后扣动了扳机。

直到此时，约翰才明白了乔伊的计划——他想用枪声来迷惑对面楼顶上的狙击手，然后借刀杀人！果真如约翰猜想的那样，在第一声枪响之后，第二声接踵而至，只不过这第一颗子弹打在了天花板上，而另一颗则嵌进了布莱恩的脑袋里。

乔伊把犹自冒着青烟的枪口对准了约翰，缓缓地说道：“警长，现在就剩下我们两个人了。”

约翰盯着躺在地上的布莱恩，恶狠狠地说道：“下一步你打算怎么办，用我的枪杀了我？”

“啊！你这么一说我倒是想起来了。约翰，这把枪我应该还给你。”说着他竟然真的把枪递了过去，“子弹我先替你保管着，只不过我已经用了两颗，一颗在天花板上，另外一颗在你醒来之前，我把它打进了同在这家医院住院的亚当太太的心脏里。”

“你这个浑蛋！”约翰努力克制着自己的怒火，“我万万没有想到，这一切竟然都是你做的。”

“约翰，你不知道的事情还有很多。”乔伊边说边走到布莱恩的尸体旁边，在他身上四处摸索着，“作为补偿，我可以解答你的一些疑惑。”

“那好，我问你，到底是谁杀死了山洞中的那些人？”

“这件事我还不能告诉你，而且就算我说了，你也不会相信。”

“那么这些证人的死是不是和你有关？”

“没错，他们都是我谋划杀害的。原因很简单，因为这群人看见了不该看见的东西。”

“既然想杀人灭口，为什么不私下里动手，而一定要把警察牵扯进来？”

“约翰，你应该搞懂一件事情。”乔伊把目光转移到了他身上，“猫捉老鼠的游戏少了哪一方都不好玩，尤其是当‘猫’成了整件事的促进者的时候。”

“所以你便设了一个局，先是把吉尔伪装成自杀的模样，然后又偷着给罗伯特下药，让他中毒身亡。可你没料到亚当太太在事故中活了下来，所以，你便唆使布莱恩劫持了医院，趁乱好杀人灭口。我说得对吗？”

“大概是这个意思，但是我把你带到这里来，是有其他原因的……”乔伊停止了在布兰恩尸体上的搜索，他站起来走到约翰面前，“我知道你在想什么。你在拖延时间，等着楼下那帮警察冲上来。”

“没错，听声音他们已经到二楼了，你没机会逃跑了。”

“那可不一定。”正说着，乔伊突然从背后拿出一瓶喷雾剂，朝着约翰的脸喷去。白色的烟雾带着诡异的芳香，转眼间将他包围在了其中。没过多一会儿，约翰又像在地道中那样绵软无力地瘫倒在了地上。在失去意识前的最后时刻，乔伊伏在他耳边沉声说道：“要想知道一切真相，今晚来奥尔德敦市立孤儿院找我。”

## 7

约翰又回到了那个黑白世界之中，这次他来到了一片茂密的树林里面。他的前面停着一辆卡车，他蹑手蹑脚地走了过去，只见在卡车的另一侧，几个男人正在填埋一个大坑。约翰踮起脚尖向坑里望去，就这一眼便足以让他永生难忘——坑里面躺着几个已死去多时的孩子，其中就有那个被取走肾脏的男孩。泥土正在将他们掩埋起来。恍惚中，约翰听见了身旁的响动。他扭头望去，只见在不远处的丘陵上，一个似曾相识的孩子正用他那无比仇恨的目光凝视着脚下的一切。

约翰在救护车中醒了过来，他挣扎着坐起身问道：“乔伊去哪儿了？”

一个警察说：“我们用担架把他抬下楼，之后他就消失不见了。”

约翰心中无比苦涩，他终于知道自己在乔伊的这场杀人游戏中，究竟扮演了什么样的角色。他无奈地叹了口气，然后听到那个警察接着说道：“上次您让我查缅因州的失踪人口记录，我已经按照受害者的特征进行了划分，其中基本符合条件的有28人。但是，这其中有一点很特别——在这些失踪的人中，有15个人曾经在同一地点工作过。”

约翰突然有了精神，他问道：“那个地方叫什么？”

“奥尔德敦市立孤儿院。”

听到这句话，约翰猛然间有一种被电流击中了的感觉。难道说，那里真的藏着什么不可告人的秘密？想到这儿，约翰下意识地摸了摸自己的上衣口袋，那里装着一张他从地道中拿来的照片。

约翰找了个借口，借来一辆车，向着奥尔德敦市驶去。用了很长的时间，他才在郊区发现了一片废弃的建筑物，而这里便是他此行的目的地。他推开孤儿院厚重的大门，小心翼翼地走了进去，世界仿佛由此便分成了两个：一个是彩色的现实，而另一个是黑白的过去。一条长长的甬道出现在约翰面前，让他有种似曾相识的感觉：这里的样子为什么与梦境里的如此相似？为了印证自己的猜想，他找到那间手术室，推开门走了进去。

在门打开的那一瞬间，约翰愕然发现，这房间中的所有东西都与梦境中的完全相符，唯一缺少的就是那个在那手术床上躺着的男孩。想到这里，约翰的心中不由得升起一丝恐惧：为什么梦境变成了现实，难道说我曾经来过这里？他缓缓地向门口退去，就在这时，屋子里突然响起了一连串诡异的声音。

约翰循着声音找去，只见角落里放着一台老式电话机，此刻它正在歇斯底里般地吼叫着。他走过去拿起听筒，里面传来一阵“沙沙”的杂音。在这片杂音之中，他听见乔伊说道：“你终于还是来了。”

“你在哪里？”

“我在哪里已经不重要了，重要的是你来了。约翰，既然你能独身一人来到这儿，就表明你已经看出了一些端倪，只不过你不肯承认罢了。”电话那头突然响起了一阵低沉的笑声，“在你昏迷的时候，我看到了你口袋中藏着的照片。剩下的我已经烧了，那张就给你留作纪念吧。”

“乔伊，你什么意思？你和布莱恩为什么要伪造那些照片，把责任嫁祸到……”

“好了，约翰，无论你是怎么想的，它们都已经结束了。关键是我们都还活着，活着便是一种希望。”约翰搞不懂他话中的含意，正欲询问，就听见乔伊像是在自言自语地低声说道，“用罪恶去掩盖罪恶，就如同饮鸩止渴，但有谁能告诉我，这世间的真相究竟是什么？”之后一切都化为了静寂。

约翰放下电话，跑出了孤儿院。在马路的对面，一家加油站前的电话亭犹自亮着灯光，在黑暗中就如同一位踽踽独行的旅者。他走了过去，摸着还略带温热的话筒，思绪万千。而此时一辆满载的卡车正悄然间发动起来。它从约翰的身后经过，向着那茫茫的夜色飞速驶去。

# 8

1985年，DNA技术首次应用于犯罪现场调查。在经过周详的试验之后，科学家发现山洞中除了那15个受害者之外，还有另外一个人的DNA片段。此人极有可能就是山洞连环凶杀案的罪魁祸首。但后来，经与乔伊·米诺托的DNA对比，发现两者并不相符。

直到今天，山洞连环凶杀案仍在缅因州公开调查，乔伊·米诺托仍为本案的唯一嫌疑人。

约翰·亚努斯于连环凶杀案发生的第二年调到州政府工作，并于2005年退休。尽管犯罪现场的DNA数据与乔伊的不相符，但他仍旧相信乔伊就是杀害那15个人的罪魁祸首。

乔伊·米诺托于1985年那晚消失后，再也没有出现过，约翰一生都在寻找乔伊的下落。

时间来到了1946年春天，在欧洲的某个港口，一对新婚夫妇正准备踏上开往异国的轮渡，为他们送行的只有一位快要做妈妈的女人。

这三个人便是从奥斯维辛集中营逃出的杀人狂母体。他们本以为逃离了纳粹的魔掌，就可以过上普通人的生活，但他们却没有料到，这种病症的恐怖之处远远不是想象中那么简单——被实验者的孩子将有很大的概率遗传上这种精神疾病。这就意味着，他们从降生的那一刻起，便成了战争的牺牲品，成了天生的杀人狂。

当整个世界的战争都已经结束的时候，属于他们的战争才刚刚拉开序幕。在无休止的折磨下，那对夫妇终于选择了一种最无奈也是最有效的办法。临行前，他们把自己新诞生的孩子放到了一家孤儿院门口，并在那个婴儿的襁褓里夹上了一张纸片，上面用花体字工整地写着——

活下去便有希望。送给我们的约翰·亚努斯。

# 大荒

文/北冥有鱼

## 大荒

记得那年大荒，村里好多人都饿死了。我的家乡白水村，本以福泽百里的清泉闻名，谁又能想到会因为干旱而大荒呢？

但凡可以吃的东西都吃了，树皮、草根，甚至死人。我常想，人间末日也不过如此吧。家里只有我一个男孩，那时候我也就七八岁。我常常在深夜里被饿醒，娘总是跟我说："睡吧，睡着了就不饿了。"再摇一摇床头挂着的平安符。那上面绣着我的名字，是我很小时爹娘从庙里求来的。

小孩子并不会想很多事，但我一直不明白爹娘是如何忍受夜里袭来的阵阵饥饿感的——直到有一天，我又一次在深夜被饿醒，看到了让人无法接受的一幕。

"你看到了什么？"张毅问我。但我现在并不想告诉他，况且，我们还处于非常尴尬的境地中。

此时此刻，我们正被困在敌军的营地里，张毅又受了伤，情况十分危急。

事情还得从我小时候讲起。那年饥荒以后，我大难不死，后来淮南王叛变，我就参了军。再后来我在军队里遇上了张毅，彼此很投缘，常带他一起混。

早上，头儿问谁愿去烧叛军的粮草，我这个愣头青哥们儿张毅被后面几个浑球推了一把，光荣地接下了任务。我暗骂了一声"怎么这么笨"，但也不能眼看着他送死，只好表示愿意同去。

我们等到夜幕降临，潜入敌营，打晕了两个守卫，替换了他们，便开始分头去找粮仓。

结果会合时却发现，我们竟然都没有找到粮仓。

那么只有一个可能，他们的粮草已经吃完了！两军对垒，没有粮草就意味着绝对的失败。还来不及高兴，张毅却提出一件更奇怪的事：除了粮仓，连厨房厨具我们都没看到。他们都不用吃饭的吗？这个想法让我们大吃一惊，决定先探一探虚实再回去报告。

这时，张毅忽然发现在他们军帐的边缘，有一大片土看起来很不一样，像刚刚掩埋过什么。他蹲下来稍稍一扒拉，发现里面竟然是一些锅具的碎片。

这太奇怪了！正在我们摸不着头脑的时候，一声"什么人"炸雷一般响起，眼看对方已经走了过来，我连忙说道："自己人，自己人，我和哥们儿多喝了两杯，来树林里放水。”估计是我学得挺像，对方听罢便放松了警惕。还来不及呼一口气，张毅扯了扯我的衣角，刚刚扒出来的碎片还在脚下，对方看到一定会起疑的。果然，对方已经注意到了脚下，我慌忙大叫一声“快跑”就飞似的逃起命来。

后面的人一边追，还一边放箭，张毅这小子跑得慢了点，肩膀中了一箭。我们刚好跑到一个帐篷边，帐篷里黑黢黢的，估计没人。我顾不了许多，拉着张毅就闪了进去，摸黑赶紧钻到桌子底下。

听了听没动静，我开始检查张毅的伤势，整个箭头都没入到他的肩膀里，看来伤得不轻。眼看他越来越虚弱，我突然想起小时候大荒那年，那一个个难熬的夜晚，我也是这样全身软绵绵地躺着。想到这小子还老说以后要娶个漂亮媳妇，可如今……我眼角一湿，跟他讲起了我小时候的事。

“你看到了什么？”张毅的话将我的思绪拉回现实。话音刚落，帐篷外忽然有光亮靠近，我们立即屏住呼吸，全身警惕，不敢出一点声音。

有人进来了，在桌旁坐下。

“炼好的药，我已经吩咐人发下去了，明天就能见识这秘药的厉害了。”说话的是个中年人。

“士兵吃了这秘药，便会成为战场上的杀人狂魔。眼中所见，只有‘杀戮’二字。以一敌百都不成问题。王爷雄图，指日可成。”这是个年轻些的声音。

“这秘药炼制不易，我找了七处龙脉龙眼，这龙眼还得是清泉源头才会凝结晶石。取了晶石，那清泉源头便会干枯，方圆百里的村庄都将寸草不生。不过为了成就霸业，这些贱民的牺牲倒也算不得什么。”那个中年人说罢，又问，“兵士们都吃了吗？”

“王爷放心，底下的士兵听说吃了这药，不仅可以勇猛无比，还可以一连半月都不用进食，兴奋得连厨房锅具都砸掉埋了。本想反正粮草已尽，这药他们不吃也得吃了，却没想到这么顺利，哈哈哈哈。”声音年轻些的人大笑起来。

清泉、龙眼……我家乡当年的大荒……难道是因为淮南王炼药挖取了晶石？我不敢再想下去，脑子里一片空白。所有奇怪的事都有了合理的解释，竟然还牵扯出这么大的秘密。

我回过神来，发现张毅正用手紧捂着伤口，努力不让血流出来。他的手上、衣服上已经满是鲜血。终于，啪嗒一声，一滴血滴到了地上。谈话声戛然而止。不好！桌布一瞬间被掀开！

让张毅怎么也想不到的是，我会在这时突然出手打晕了他。

我回到营地时已是清晨时分。此时我衣服破烂，身上还有好几处刀伤，我的表情控制得刚刚好，疲惫、忧伤又喜悦。“报告将军，”我跪下来，几乎是哽咽着继续道，“昨夜我和张毅奉命去烧敌方粮草，不幸被发现。我们拼死抵抗，张毅他……牺牲了，但我带回了重要情报！”我抬头看了看将军，他的表情没有一丝变化。我心头闪过一丝异样，但没有时间多想，“敌军粮草已尽，自知大势已去，尽是颓丧之气。我军现在进攻，必然大胜！”

“这个消息，我已经知道了。可是有些消息，你好像还没告诉我。”将军慢悠悠地说道，“把张毅带过来。”

这怎么可能？！张毅，怎么会在这里？！

“把这个奸细拿下！”两边的人立即冲上来将我反手按倒在地。

“我早就怀疑敌军安插了奸细，有人报告你的行为鬼鬼祟祟，我一直派人留意着。张毅刚刚报告了实情，你就回来报告‘情报’。你还知道多少敌军情报？通通交代！”

我自知身份暴露，也没得选择，当即咬断自己的舌头，一口鲜血吐了出来……

我曾经见过一个奸细被抓到，严刑拷打后被活活饿死。我去看过他的尸体，瘦得没个人形，我这一辈子，最怕的就是挨饿。

说来也可笑，我从昨天到现在，一口水都没喝过。一夜的紧张，倒也没觉得饿。现在快要死了，反倒觉得好饿。好像又回到小时候那个夜里，我在深夜被饿醒，却看到娘在偷偷地大口吞咽着馒头。认识张毅以后很久，我都想不明白，同样是骨肉，为什么偏偏对我如此狠心。

我也恨过，不过如今快要死了，也就释然了，何必偏要问个为什么。或许冥冥之中自有天意，就像老天让我遇见张毅，又让我发现原来我们竟是兄弟，我就必然要保护他。

恍惚间，我看到赶过来的张毅，他的眼里满是震惊。我不怪他，只是可惜，看不到他娶媳妇了……

## 张毅

刚入军营时，我就结交了一位大哥。这位大哥人很好，很多事情都帮我。

我曾和他聊起过，我小时候家在白水村，我娘说怀我的那年，正赶上大饥荒，我爹就在那年饿死了。记忆中娘常望着床头挂着的平安符默默地流泪，我很好奇，仔细看过那平安符，上面绣着个“凌”字。那位大哥听了以后，很仔细地询问我爹娘的姓名，我说了以后，忽然看到他眼圈很红。我问他怎么了，他说是沙子进了眼睛。这毕竟是件小事，时间一长，我也就忘了。

那天夜里很惊险，我所记得的最后一幕就是他把我打晕了。我在一个山洞里醒来，天还黑着，身上的伤也已经处理过了。旁边有一包银子，还有一张字条，写着：“快走，找个地方逃命吧。不要回军营送死！”他在哪里？是已经被抓了吗？我为什么会在这里？

我心里有一大堆谜团，但我来不及想。我不能去逃命，我必须赶在天亮之前回去，报告秘药的事情。时间很紧急，敌军的士兵已经变成杀人狂魔，硬打的话，我们一定会全军覆没的。我出了山洞，看了看周边，竟发现这一片我曾无意中来过，有一条近道，不到半炷香时间就能回到营地。

我抄了近道，一路跑回去，向将军报告了昨夜的事，但没说自己被打晕的那一段。只说我们只顾着逃跑，中途跑散了。

不知道怎么回事，这么紧急的时候，我竟然突然想起娘临死前的情景。她说我的命，是两条命换来的。除了我爹，还有一个人，她一辈子都对不起。大夫曾说娘不能生育，爹娘就领养了一个婴儿，养到七八岁。谁想大荒那年，娘竟怀上了我。为了能生下我，爹娘狠下心，把家里不多的食物让娘偷偷地在夜里多吃点。后来，领养的那个哥哥到底饿死了。我常想，若是他当初没有死呢，现在一定就像军营里这位大哥一样，和我一起出生入死吧。暗暗地，我总把这位大哥当成我那个没缘见面的哥哥。

没想到再见到他时，竟是这种场景。他口中全都是血，没得救了。他们说，他是奸细。

## 尾声

大荒那年，我最后还是饿死了，或者说，是爹娘以为我饿死了。我被用一张破席卷了，草草下葬。当天夜里下大雨，泥土被冲开，我竟醒了过来，爬出来就又晕了过去。再次醒来的时候，我在一个房间里，桌上有一碗粥，我知道，我得救了。

救我的，是淮南王手下的人。我被作为一名死士培养，舍弃了我的名字张凌。后来，我被派去混入平叛淮南王的军队，里应外合，传递情报。

那天，我其实正好要去传递情报，就自告奋勇地和张毅一起去了。分头找粮仓的时候，我已经进行了情报交接。后来的事我也没料到，直到桌布被掀开的那一瞬间，我打晕张毅，拿出信物向密使表明了身份，毛遂自荐地去解决掉他。

我把他安置在山洞里，我想他醒来，就算真回军营也要两炷香时间。那时我已经传了情报，大军应该已经出发去进攻了。真是命运弄人，即使我知道那年饥荒是王爷所害，却还要继续完成我的任务，才能保住张毅的性命。尽管我无力拯救苍生，但我总可以选择拯救我想保护的人吧。

我把自己弄伤，走的时候，回头看了他最后一眼。

握手
文/苏伐

## 1.夏洛特

夏洛特在跳舞。

她是突然跳起来的，桌上的咖啡被她推开，小匙在杯里晃动，叮当叮当的。她跳得其实并不好，随性地踩着节拍，完全没有接受过专业训练的样子。她滑动着步子舞到钢琴前，背对着琴师，在一个高音过后停下，回眸。

尤斯汀手指硬了一瞬，差点弹错一个音节。

夏洛特扭着脖子冲他笑，灯光照在她褐色的头发上，竟有点儿像是金色的。

下一个瞬间夏洛特就从他面前消失了，同时还有“咚”的一声。

是夏洛特摔在了地上。

尤斯汀从钢琴后面跑出来，夏洛特蹲坐在地上捂着脚：“抱歉，我总是笨手笨脚的。”

咖啡厅的鲍曼慌忙搬了把椅子，尤斯汀扶着夏洛特坐下，她的脚似乎没有什么大碍，脚踝也没有肿起来。鲍曼匆匆忙忙地找冰块去了，咖啡厅里只剩下了尤斯汀和夏洛特。

战争年代，人们更愿意去的地方是酒吧，夏洛特是除尤斯汀外唯一的顾客。老板希望再过半个月能有一点儿起色，因为尤斯汀偶尔愿意在这里弹上两曲，他可是半个月后将为元首演奏的人。

尤斯汀懒得纠正那个有些谢顶的咖啡厅老板莱昂，音乐会上他不是钢琴师，而是指挥。这对莱昂的差别也许不是很大，对他却很重要，因为元首可能不会握钢琴师的手，但元首一定会握指挥的手。

那将是他一生中最重要的一天。他为此已经等了太久。

鲍曼托着冰块赶回来的时候，尤斯汀已经扶着夏洛特站了起来。夏洛特倚在尤斯汀的肩上，一只手抓着他的胳膊，另一只手被尤斯汀握在手里。

“我想你们已经不需要冰了。”鲍曼特地用了复数人称。

夏洛特半眯着眼睛望向鲍曼，冲他轻轻地笑了笑：“尤斯汀家里备有药箱。”

鲍曼很有眼色地出门叫车，目送两人上车后，他暗笑尤斯汀的药箱里能有什么药去治夏洛特那完好无损的脚，看来两人独处的时候果然容易产生奇妙的化学反应。

看着低沉的天幕，也许今晚夏洛特会在尤斯汀家过夜也说不定，关于这一点他很快就会知道猜得对不对。

虽然脚并不痛，夏洛特还是让尤斯汀扶着自己上楼，戏可是要演足一点儿的，她踮着脚走路，一瘸一拐的。进门后夏洛特靠在墙上，随手抚弄着头发，转头的时候望了一眼窗外。

“天都黑了，你不开灯吗？”她在墙上摸到了开关，摁亮。

“本来是要开的，如果不是你挡住了开关的话。”于是尤斯汀去做大部分人开灯后紧接着会做的事——拉上窗帘。

“窗帘很漂亮。”夏洛特称赞道，但尤斯汀没有回应。

夏洛特坐在椅子上，脱掉鞋，高跟鞋落在地板上，声音有点响。

“那么……药箱呢？”她握着自己“受伤”的脚，另一只脚则自然垂着，脚趾蹭着地。

德国的战机在伦敦三天两头地空袭，德国的首都也未必能好到哪儿去，药箱是家家都备有的。等尤斯汀抱着药箱回来，夏洛特已经站起来了，单手扶着桌沿，另一只手在桌上轻轻画着圈：“脱掉鞋后，我的脚已经不那么疼了。”

她向他走过来，突然身子歪了一下向前扑倒。尤斯汀手里的药箱滚落，夏洛特扑进了他的怀里。

他们的身影映在窗帘上，两个人抱在了一起。

“抱歉，似乎也不是一点儿都不疼。”夏洛特的声音清清楚楚的，语调柔柔软软的。

尤斯汀想是不是该推开她，或者扶着她坐回到椅子上去。她的身体硬邦邦的，一点儿也没有她的语调柔软。她的脸离他很近，在这么近的距离看她的脸一点儿也不像莉亚。

本来也就没那么像，甚至连头发的颜色也不一样。

夏洛特扶着他的胳膊站起身：“不请我喝点什么吗？”

尤斯汀回过神来：“我去厨房看看。”

他在厨房抽出根烟来给自己点上，他已经很久没抽过烟了，每天烟叶的味道已经够他受的了。但抽烟能平缓他的紧张，他一边抽着，一边四下打量着厨房里的方寸之地。

这里也有吗？在这厨房里。

在夏洛特跌进他怀里的那一瞬，他的心狠狠地跳了一下，他仔细回想那个感觉，他想，那一定只是因为她长得好像莉亚。

他蹲下来，双臂抱住膝盖，烟灰落在地上。

莉亚，我没有爱上别人。我会给你报仇的，很快就会。

他在心里对莉亚说，他希望她能听得到。

## 2.金发的女孩

夏洛特等急了，到厨房来找他。“抱歉，烟瘾犯了，怕熏到你。”他抬手，烟灰落下。

夏洛特对他报以理解的微笑。“看来你有不少好酒。”她拉开镶着玻璃的柜门，从里面抽出两瓶来，“你喝醉过吗？”

他摇头。“酒量真大。”“不，我喝得很少。”夏洛特把酒塞进他的怀里，又翻出两个杯子来：“今晚想不想喝醉一次试试？”

只听声音，一定觉得她眼波流转，引人遐思。

就当作这里也有吧，尤斯汀想。从厨房离开的时候，他顺手拉上了门。

尤斯汀果然喝醉了，他其实一点儿也不能喝。夏洛特一直很有兴致，谈天，给他倒酒，她自己喝得不多，但她让尤斯汀喝了不少。

“你有什么想去的地方吗？”尤斯汀突然问，带着一点儿醉意。

夏洛特咯咯笑了起来：“月球怎么样？”

“因为那里没有战争吗？在那里你认识的人不会因为是劣等民族而被列在最终

解决方案的名单上？”

夏洛特愣了一下，她不知道自己随口说出“月球”的时候是不是真的考虑过这方面的原因——那里没有战争。

“那么，你想去哪里呢？”她反问他。

“我想去美国啊。那里是中立国，听说每个人都很平等，而且自由。”尤斯汀看着床头的照片，照片上的女孩金发披肩，乖巧地笑着，“她跟我说那里才是理想的国度，可惜她再也到不了了。”

夏洛特看着窗帘、沙发罩、桌布……“是她吗？帮你布置房间的人。那些花边真漂亮，我肯定也选不出更好的了。”她帮他添满酒，向他做了一个干杯的动作，“她离开你很久了吧，你的沙发罩和窗帘看上去有段时间没清洗了。”

尤斯汀没有回答她，一口气喝完了杯中的酒，酒劲儿冲上了头，晕乎乎的。

夏洛特不依不饶：“她人呢？”

是该说了吧，尤斯汀抓着头，是到了该说出来的时候了吧。

于是他说出来了：“她死了。”

夏洛特的眼神暗了一瞬，“你醉了。”又为他添满了酒。

尤斯汀心里突然有团火冒了起来，就好像夏洛特的那一句话是浇在火上的酒。他猛地站起来，手扫过桌子，酒瓶摔在地上，“我没醉！”他喊了出来，“我没醉！”他一把推在桌沿上，桌子被掀翻在地，一条桌腿绊住了他，他一个踉跄，也扑倒在地上。他的酒杯还攥在手里，居然完好无损。

夏洛特弯下腰来，向他伸出手，什么也没说。

尤斯汀用胳膊遮住双眼，“也许你是对的，我确实喝醉了。”他的双眼被遮住了，他看不到夏洛特是不是还在向他伸着手，仿佛她要把溺水的人打捞上来一般。

“她死了啊。”遮着眼睛，他自言自语地说，“她死了啊。”恍惚中听到夏洛特在问：“她是犹太人？”

元首憎恶“下等民族”，尤斯汀认识的和听说过的犹太人几乎消失殆尽。

尤斯汀憋了口气，笑了出来，这是他一生中笑得最狰狞的一次，让他接下来的话听起来一点儿都言不由衷：“不，当然不是。”

然后他翻了个身，蜷起身子，打起了小鼾。

夏洛特喊了他两声，一声和平时说话的声音一样大，第二声响得足以叫醒熟睡的人。尤斯汀没有回答她，她翻出条毯子给他盖上。

然后她扭头，看到刚刚被尤斯汀掀倒的桌子的底面。

尤斯汀对面的楼上，舍费尔正死死地盯着尤斯汀的窗户。

窗户被碍事的窗帘遮住了，除了偶尔投在上面的影子，他什么也看不见。

“我想去美国啊。”尤斯汀的声音从监听器里传来。

美国吗？舍费尔心里动了一下，也许这会是个筹码，将来能用得上。

他带人在尤斯汀的房里已经搜过两次了，什么也没搜到，这不正常。他了解汉娜，她不会平白无故地盯上一个人的。

既然她介入了，尤斯汀就一定是有问题的。关键是他有什么问题？

经过调查，他发现尤斯汀非法购买了大量的烟叶，但在两次搜查中，他居然连一片烟叶也没找到。这让他很不安，尤斯汀究竟是怎么藏起来的，他买那么多烟叶来做什么？

盯着尤斯汀的窗户，他心里的不安加剧，他可不想输啊。

他命令狙击手瞄准窗户，他一下令就射击。

如果再开枪，一定要射中！

## 3.刺杀的情报

尤斯汀醒来的时候，夏洛特已经走了。桌子如昨晚一样翻倒在地上，他盯着桌面的底部，底面光溜溜的，居然比桌面还干净些。

夏洛特说得没错，这里已经很久都没人收拾了，他一直任由着灰尘遍布，甚至都没注意到桌面有多脏。

他自嘲地笑了一下，其实莉亚从没给他收拾过房间，他们之间的恋情从没公开过，仅有的几次她来到这里，他都会提前花上一整天打扫，仿佛接下来是某个重大节日一般。只来了那么几次的莉亚却帮他配了窗帘和沙发罩，他还记得是他们一起更换的，莉亚说等他们能公开在一起了，他们就一起上街挑选，手拉着手。

他在梦里又梦到莉亚了，梦里的莉亚跳着舞，和他记忆中的一样，梦里的曲子是《吉卜赛男爵》，他还记得他在梦里发抖，仿佛是在哭泣。

在梦醒的那一瞬间，莉亚变成了夏洛特。

“一个人长得像另一个人并不是不会碰到的事情。只是长得像而已，又不是一模一样。”

在梦里，有人这么对他说。

床上平平整整的，没有人睡过的痕迹。等夏洛特下次再去那家咖啡厅见面时，他该问问她为什么没在这里过夜。

他伸出手来，对空做了一个握手的动作，干净，利落，有力。他注意到刚才自己的手腕抖了一下，于是又重新练了两遍。

下午乐队练习的时候，他还在回想手腕的动作，究竟该不该抖那么一下，不抖手腕会不会太僵硬不自然，抖的话会不会太引人注意?

练习结束后，第一小提琴手来找他，提出他的手腕有点僵硬。毕竟他们将要为元首演奏，每个人都希望他们展示出最高的水准。尤斯汀谢过他的建议，随手做了一个握手的动作，开玩笑说在为元首的演奏中指挥不是最重要的，握手才是。小提琴手半是嫉妒半是真心地表达了对指挥特权的羡慕，尤斯汀继续半开玩笑说自己为此特地准备了好几双崭新的白手套。

换衣服的时候他脱下白手套，换上了黑色的。他这段时间总是戴着手套。

舍费尔正在为尤斯汀伤神。他眼前摆着一张照片，照片上是一只手，是尤斯汀的。昨天他们在门上设了机关，夹掉了尤斯汀的手套，拍下了这只手。虎口和指尖都泛着黄色，仿佛老烟鬼一般。

可尤斯汀的牙很白，他近距离观察过，那绝不是老烟鬼的牙。

他翻出了另一张照片，是从侧面偷拍的。照片上尤斯汀伸出右手，仿佛在和对面看不见的人握手。

尤斯汀私下练习握手这个动作很多次了。在舍费尔看来，他在这个动作上练习所花费的精力比在排练上多多了，仿佛在音乐会上他不是去指挥的，而是去和元首握手的。

等等，舍费尔觉得有思绪冒了出来，和元首握手……烟叶……尼古丁……音乐会……以及尤斯汀房里的照片，那个金发的女孩……他查出那女孩生前是尤斯汀所在乐队的候补小提琴手，犹太人，她的结局以及死因不言而喻。

舍费尔从椅子上跳了起来。尼古丁是会致死的！如果尤斯汀和元首握手时手里有什么尖锐的东西！如果那尖锐的东西上有足够量的尼古丁！

音乐会的指挥居然蓄谋刺杀元首！

舍费尔觉得自己好兴奋，阻止刺杀元首，这该是多大的功绩啊！

刚好他就是在音乐会上负责元首安全的人。不，一团阴云掠过，不止是他，还有汉娜。

他们两个组一直在私下竞争，竞争的目的是挤走另一组，最好是能完全打垮对方。挫败行刺元首的阴谋无疑会在两组的竞争中获得更多的胜算，得到上级更多的信任。

这案子是汉娜跟进的，他发现汉娜在盯尤斯汀后才开始查她，她一定早就知道他的目的了。搞不好，搞不好她的报告都已经写好了，毕竟她已经盯了他那么久。

就在这个时候，他遇到了汉娜，她端着两杯咖啡，就像是专门来找他说话一样。

舍费尔对着递给他的咖啡狠狠地皱了下眉，似乎是已经受够了这种东西。

汉娜看上去心情很好："我的报告已经递上去了。"享受了舍费尔的惊诧与不安之后，她继续说："我猜你并没有掌握完全的证据，你的报告一定还没完成。"

"好吧，你赢了。"他摊手认输。他的地位很难保住了，他这一组也是，如果汉娜这次果真赢了的话。

"介意分享细节吗？"既然报告已经递上去了，她会愿意说的。果然，"尤斯汀的柜子里有暗格，他藏得很隐秘，所以你没有搜到。里面有化学仪器和烟叶，他在用烟叶提炼尼古丁。"

如果再不做点什么的话，她就真的赢了，他和他的小组的处境会很不利。他早该杀了她的，事实上他之前真的那么做过，但是失手了。要是再来一次一定会被她抓住的，之前的那次她一定已经发现了。

## 4.舍费尔与汉娜

自从那晚无疾而终的浪漫之后，尤斯汀接连几天都没见到夏洛特，几天来服务生鲍曼半打趣地问他们是不是吵架了，老板莱昂也跟着凑热闹，建议他买点东西上门赔罪。尤斯汀告诉他们他根本不知道夏洛特住在哪里，做什么工作，他们是在这家咖啡店认识的，而且他们从来只约在这里见面，或是偶遇。

“我说，你对她其实一无所知吧。”鲍曼笑他。他也笑笑回应，对于夏洛特，他倒还真不是一无所知。

他正打算跟鲍曼说句笑话岔开话题，一抬头，看到夏洛特进来。

“那晚你先走了。”他脱口而出，完全不顾鲍曼和莱昂就在旁边。

围观的家伙知趣地让开了，不过以他们刻意拉开的距离来看，尤斯汀很怀疑他和夏洛特说话他们还是听得到的。

夏洛特在他面前坐下来，对他的问题不予回应。

“为什么？”他继续问，这是他应该问的。

不用回头他也知道，八卦的老板和服务生正支着耳朵听着。

“那晚你醉倒了，我想扶你上床，帮你整理床铺的时候我发现，你的床上有头发，金色的长发。你是著名指挥，我不是唯一一个和你保持这种关系的女人吧。”

夏洛特低着头，她的声音里除了不满，还带有一点儿嗔怪，就像是在撒娇。

尤斯汀斟酌着措辞：“你昨天不是看出来了吗，我的房间很久没有人收拾了。”

“你是想说那头发是很久以前留下的？”

“我还想说已经很久没有女人和我保持那种关系了。”然后他补充了一句，尽量压抑自己的感情，“你刚说过的，那是金发。”

他床头照片里的女孩就是金发。

于是，夏洛特为她的误解道了歉，两人像平时那样聊天，亲密程度似乎比原来更近了一层。在约会的最后，夏洛特临走前娇笑着要尤斯汀当心，没准儿哪天尤斯汀开门时会发现她就站在门口，等着帮他收拾房间。

夏洛特走后，鲍曼坐到了她的位子上："如果我是你的话，就不该那么期待她突然出现在门口。"

鲍曼不同于以往的严肃让尤斯汀小小地吃了一惊，他严肃的不只是语气，还有他的整个人。他在一瞬之间仿佛换了一个人，仿佛突然之间摘掉一张面具，戴上了另一张。

尤斯汀四处张望，刚才还在这里的老板莱昂已经不见了。

"莱昂被我的手下请出去了，我不希望有人打扰我们的谈话。"几分钟前还是咖啡厅服务生的人一本正经地说，神态仿若运筹帷幄的指挥官。"不，莱昂确实是这家咖啡店的老板，和我们完全无关，对我的身份也毫不知情。我们这样请他出去确实很冒险，等于挑明了我的身份，我再也不可能在这里做服务生了。"他盯着咖啡杯，做了一个介于厌恶和痛恨之间的表情，"就我个人的立场而言，这倒也不算是太糟，其实这个身份我想本来也就没有再继续下去的必要了……"

尤斯汀打断他："你所说的'我们'指的是……"

鲍曼向他展示了他的身份证明，那上面有两个交错的"S"标记。

"那么……我们需要重新认识吗？"尤斯汀问。

"其实名字什么的倒不重要。既然你问的话，我比较习惯别人叫我舍费尔。"

"有迹象表明你打算行刺元首，在为元首演奏的那天。"几分钟前还是叫鲍曼的服务生说，现在他要尤斯汀叫他舍费尔。

尤斯汀掩饰地笑笑，可惜笑得有点假。

舍费尔预料到尤斯汀终究会问他要证据，他摸出一张照片来，压在桌子上向尤斯汀推过来："她可真漂亮，不是吗？"

尤斯汀瞄了一眼，没有正面回答："我没见过她这张照片，从哪儿找到的？"

"也许你更了解她这个人，但我们更了解她的资料。你的同事们都没看出你们的关系，不想公开恋情是因为她是犹太人吗？虽然以我的身份不该这么说，不过她的死我很遗憾。你是想为她报仇吗？从动机上来讲，你已经具备了。”

尤斯汀不说话，也不抬头。

“在不被你觉察的情况下，我们搜查了你的家。我们找到了你柜子里的暗格，很隐蔽，里面的设备还算专业，足够以烟叶为原料提炼尼古丁。”舍费尔冒险撒谎，他没查出暗格，这都是听汉娜说的，但他相信尤斯汀不会也不需要知道这些细节，“另外你的手，我注意到你无论什么时候都戴着手套，能摘下来看看吗？”

尤斯汀双手攥在一起，他知道即使他不摘下来舍费尔也会强迫他摘下来，他迟疑了几秒，扯掉了左手的手套，然后是右手的。

他的手指泛黄，尤其是指尖和虎口的地方，即使是抽了几十年的老烟鬼，也不会把手弄成他这个样子的。

“提炼尼古丁的时候弄成这样的？”舍费尔的问句里完全没有疑问的语气。

尤斯汀点头，反正点不点都是一样的。

“不，不，不，我不打算抓你，如果我是来抓你的，我就不会在这里跟你废话。我想你也知道蓄谋行刺会有什么样的下场，我其实蛮喜欢你的，真的，我是想帮你的。”他停了一秒，观察了一下尤斯汀的表情，“我是想跟你做一笔交易。”

看尤斯汀没有反应，他决定再敲打他一下：“你不用担心夏洛特，不用担心会牵连她，完全不用担心。事实上她是我的同事，我们平时都叫她汉娜。”

## 5.交易

尤斯汀扶着脚“受伤”的夏洛特回公寓的那晚，尤斯汀躺倒在地上发出鼾声后，夏洛特在翻倒的桌子底面卸下窃听器，放在嘴边说：“舍费尔吗？我知道你听得到，可惜我没办法听到你回答。桌子倒了，窃听器要还留在那儿，尤斯汀醒来后可是会看到的，还是我帮你收起来吧。”

她走到窗前，撩开窗帘，捏着窃听器的手伸出窗外，即使隔着一臂长，她知道她说话窃听器那头的人也听得到，“我可一直是很好心的。另外，不用谢。”

她的手松开。关上窗户，拉好窗帘。

舍费尔听她说她找到暗格的时候恨得咬牙切齿，他相信她把窃听器丢出来是不想他从声音判断出暗格的位置。找不到暗格，他就不知道尤斯汀打算用烟叶做什么，他就没办法赶在她的前面报告。

夏洛特扔掉窃听器的时候，身子藏在窗边的墙后，而不是窗帘后。在面对舍费尔的时候，她必须极为小心，她可不想被楼下的冷枪击中。

舍费尔来杀过她一次，在剧院散场的人群中开了一枪，然后趁乱消失。她记得那晚演的是一出舞剧，有关爱情、离别以及死亡。

她那晚之所以会在剧院是因为有任务，没有被冷枪击中则纯粹是运气，因为舍费尔不知道她那晚的伪装。

舍费尔敲了敲桌子，问尤斯汀要不要来点咖啡，不过他得自己去弄，伪装成服务生的时候，他已经受够了咖啡的味道。

“汉娜是我们中最好的，至少也是其中之一。我不知道她是怎么得到你蓄谋行刺元首的消息，她一向很擅长安排和目标的‘偶遇’，让目标迷恋她，然后得到她想要的情报。别太沮丧，折在她手上的人不少，你一点儿也不丢人。看来我这么说并没让你好过点，你不会是真的爱上她了吧？”

为了避免回答这个问题，尤斯汀去给自己弄了杯咖啡。

“那晚你有没有觉得自己醉得特别快？那是她在你的酒里下了药。第二天白天，我们又搜了你的房间，你的杯子证明我猜得没错。在你昏迷的时候，她搜出了你想隐藏的一切，你的计划可能已经随着她的报告递到了某个连我都不知道的长官手里。放弃你报仇的计划吧，除非你行刺的初衷不过是想寻死而已。”他停顿了一下，看了看尤斯汀的反应。

“意图行刺元首，你不是第一个，他们没有成功，你也一样。放弃不切实际的想法吧，为自己想想如何，你的金发姑娘一定希望你能好好活着，安全，自由。我知道你还有别的愿望，比如……去美国。”

尤斯汀的眼皮跳了一下，舍费尔没有错过。

“我能安排你去美国。希望你到那儿后发现那里和你期望的一样。”

尤斯汀迟疑了有两三分钟那么久，仿佛在艰难地体味舍费尔话里的意义并做权衡。“这就是你说的交易？”

舍费尔点头，他对他的反应非常满意。

“我猜交易的内容不只是让我放弃行刺这么简单。”尤斯汀努力想开个玩笑，可惜语调完全不像。

舍费尔继续点头：“那是第一点，你可以称之为基础条件，不过附加条件也只有一点：假装你没有放弃计划，尤其是在你的夏洛特我的汉娜面前。”

显然尤斯汀需要一个解释，舍费尔立刻给了他：“向元首报仇太不理智了，但你可以向欺骗你的女人报仇。你真的不恨她吗？她怀着这样肮脏的目的接近你，让你爱上她，可她却只是想用你换一枚勋章。你恨她，对吗？你还是恨她的，很好，那么别让她有太好的结果。刚好我也不喜欢她，老实说我其实是恨她。”

舍费尔本来以为汉娜已经赢了，她只要提交报告，抓走尤斯汀就赢了。可尤斯汀还在这里，而且她居然还来和他约会，还编了个借口解释她那晚的离开。

他知道尤斯汀床上没有金发，他搜过尤斯汀的房间，两次，床上有女人的头发他会发现不了？

也许汉娜并没有提交报告。如果她现在的报告就只是一起普通的挫败行刺计划，根本不会惊动太高层的人物，她就只是赢了一场而已。

也许她想要的不只是赢一场，而是把这变成最后一场。

如果是这样的话，他舍费尔也是有机会赢的。

尤斯汀握着指挥棒，这是他一生中至关重要的一天。这一天对鲍曼和夏洛特也是至关重要的一天，现在该称呼他们为舍费尔和汉娜了。

尤斯汀站在指挥台上，背对着元首，他看不到身后的元首，也看不到舍费尔和汉娜。舍费尔穿着军装站在墙边，位置方便处理突发状况以及保护元首安全。汉娜坐在人群中，穿着便装。与平日不同，她穿的是男装，戴了假发，脸上还特地贴了两撇小胡子，不知情的人完全看不出这其实是个女人。

舍费尔就被她骗过一次，他那次守在剧院门口，在散场的人群中没认出穿着男装的她，结果他开枪杀错了人。于是暗地的竞争变成了宣战，她一定会报复的，他必须在她报复之前再下一次手。

他不能再用暗杀这样的方法了，她一定已经做好了准备。如果他还想赢，就只能毁掉她的地位，毁掉上面对她的信任。

尤斯汀深吸一口气，手向下打，乐曲奏响。

他挥动双手，这是他的演出，他是最好的指挥，不管他心里装着什么，演奏之后要做些什么，但演出的时候都要先做到最好，他要施展出他全部的才华，无论结局怎样，这都是他在德国的最后一场演出，是他的告别演出，他要留给自己留给整个乐队和全部的听众最好的回忆。

元首未必会握指挥的手，但一定会与引起全场掌声雷动的指挥握手。

演奏的曲目是精心挑选过的，都是元首最推崇的：贝多芬、瓦格纳的名曲选段以及小约翰·施特劳斯的《吉卜赛男爵》选段。在演奏到《吉卜赛男爵》的时候，尤斯汀的手抖了一下，那是他唯一一次为莉亚演奏过的曲子。那天她来求他调琴，她们常用的调琴师突然生病了，而她想趁机和他多见一面。调完琴后，他随便按了几个音符，越按越流畅，最后他弹起了这部著名歌剧中的《入城式进行曲》。莉亚随着他的弹奏轻轻跳了起来，在钢琴前回头，她的金发散在脖颈，她的笑只有他才看得到。

后来他得到了歌剧院的票，演出的剧目就是《吉卜赛男爵》。

## 6.演出

演出很精彩，歌舞都是，一个人从剧院里出来的时候他暗想：有时间一定要再来一次，不，不止一次。

后来他再没去过，再也没有。

“砰！砰！砰！砰！”演奏到了最后一曲——贝多芬的《第五交响曲》，这首交响曲通常的叫法是：《命运交响曲》。

开头连续的强音仿佛命运的叩门，也像是破空的枪声。

尤斯汀从莉亚的墓碑前离开，在回家的路上遇到了一个问他是不是需要帮助的女人。

她的口气中带着同情与关怀，她的脸猛看之下居然长得很像莉亚。

恢宏的和声一级一级地向上，《命运交响曲》的高潮到了。

她问他是不是需要帮助，然后带着他找了家人声嘈杂的酒吧，之后他们聊了很久，那天是她请的客。

她往酒杯里倒着白色的粉末。他倒在地上假装打着鼾，睁着眼睛看她把窃听器扔出窗外。

…………

音阶越走越高，他的手臂挥动幅度也越来越大。《命运交响曲》的音阶叩击着他的心坎，他答应过莉亚下次指挥会请她来看，可她现在躺在冰冷的坟墓里，听着这场演出的是杀死她的凶手。

他就在这里！就在他的身后！

他怎么可以好好地、平安无事地待在这里！他杀了人，却没有受到一丁点儿的惩罚！

也许这个国家可以容忍这样的行为，但他不能容忍，他不容忍！

他双手骤然收在一处，音乐辉煌地收在一处，演奏结束。

听众停了几秒，然后爆发出雷鸣般的掌声。

尤斯汀回身鞠躬，抬头看见元首起身鼓掌，眼里满是赞许。

尤斯汀明白，舍费尔明白，汉娜明白，尤斯汀得到了和元首握手的机会。

元首缓缓地走下来，走向乐队的指挥。他要与这个才华横溢的年轻人握手，也许还要再说上几句鼓励的话。他认为自己有着极佳的音乐鉴赏力，对于如此卓越的一场演出，他理应不只是听完就走。

舍费尔跟上元首，在其背后小心地调整步伐，缩短与元首的距离，同时也不至于跟得太紧。他的眼睛在尤斯汀和汉娜之间来回扫，在汉娜身上停留得更多一些。

几乎就在元首和舍费尔移动的同时，汉娜也行动了，她向外踏了两步走出人群，向着尤斯汀，也就是元首将要到达的位置移动起来。

元首拐上楼梯，踏下台阶。

尤斯汀觉得自己心跳得厉害，他猜想自己的手心一定全是汗，但隔着手套他感觉不到。

舍费尔握着枪的手满是汗，记忆中他已经很多年没有这样过了。

汉娜走走停停，向着演出池走去。

元首走下最后一级台阶，踏进了演出池。

尤斯汀满额头都是细细密密的汗珠，不知是因为紧张还是因为刚才的演奏。

舍费尔的枪握在身侧，他盯着尤斯汀和汉娜，他发现汉娜只盯着尤斯汀，一点儿也没有看他。

他突然焦躁起来。

汉娜号称完成了报告，但尤斯汀并没被抓甚至还好好地完成了演奏。舍费尔想，也许汉娜想要的是更大的功劳：比如在元首的面前制止千钧一发的刺杀。

所以，她仍和尤斯汀保持似是而非的情侣关系，时刻关注他的计划是否有变。

汉娜要的是在大庭广众之下阻止尤斯汀，当场拿出证据。而如果尤斯汀已经放弃刺杀了呢？他的身上不会有能被她搜出来的证据。

她的行为将是巨大的闹剧，甚至丑闻。

他跟在元首后面只是为了做做样子，在汉娜看来他是应该跟上的。可汉娜居然完全没有看他，这让他隐隐觉得不妙。

她只看着尤斯汀。

舍费尔也看向他，他额头有细细密密的汗珠，他满脸都写着紧张。他不该这么紧张的，他不是来行刺的，他接下来只是要和元首握手而已！

这可是关系到元首的性命。为了以防万一，他还特地收走了尤斯汀公寓里全套的设备、剩余的烟叶以及提炼好的尼古丁。

在尤斯汀上场前他甚至还搜了他的身。

元首已经走到尤斯汀面前，伸出了手。

“祝贺你，真是场精彩的演出。”

汉娜向前又走了几步，舍费尔也是，他们离元首和尤斯汀都不过几步远，他们只要迈出这几步，一伸手甚至只要一句话，就能阻止这两个人握手。

阻止的人会有什么样的下场，这可是谁也说不准的。

尤斯汀也伸出了手，不管是从汉娜还是舍费尔的位置，都看不到他的掌心。

尤斯汀伸手的同时，汉娜向前踏出了半步，舍费尔吐出了半口气。

但就在踏出这半步之后，汉娜立刻又把她踏出的脚收了回来。

舍费尔猛地吸了一口气，不由自主地向前，想要拦住元首。

也许尤斯汀用什么手法骗过了他，也许他答应他也是在骗他，他还是要报仇，爱人的死是那么刻骨铭心，他怎么可能仅凭一个去美国的机会就随随便便地放弃？

他看到尤斯汀的眼里满是疑惑，而汉娜的嘴角似乎凝着一丝笑意。

尤斯汀的眼里不是紧张、冲动或者孤注一掷，不是！

舍费尔停住脚，退了回去。

尤斯汀和元首的手握在了一起。

“谢谢您，”他说，“谢谢您喜欢这场演奏。”

人群再次爆发出雷鸣般的掌声，元首甚至还拍了拍尤斯汀的肩膀。

## 7.握手

舍费尔在最后一刻突然反应了过来，汉娜一定是通过她的情报渠道知道了他和尤斯汀达成了协议，她是想要引他去制止，把他用来对付她的计划丢还到他身上。

这次算是平手了吧，他想，算了，以后机会还多的是。

和尤斯汀再见面还是在莱昂的咖啡馆，他给了他去美国的全套手续。虽然尤斯汀最终没能帮他扳倒汉娜，但他好歹是遵守了他那部分的承诺，那他舍费尔也得遵守他的那部分。

尤斯汀依旧戴着手套，舍费尔明白，这是因为他提炼尼古丁留在手上的痕迹一时难以清除。

“你们把这里的窃听器拆走了吧？”尤斯汀问，“我来得早，莱昂说你们前些天来拆过了。”

舍费尔点头，他很好奇他为什么会专门问到窃听器。

“因为我接下来想跟你说的话不想有别人听到。能让莱昂也别打扰咱们的谈话吗？”

这对舍费尔来说很容易，他招呼莱昂说了几句话，莱昂就到店的另一端去了，把服务生也都支走了。

尤斯汀掏出一张照片来，是摆在他床头的那张：“你还记得她吗？”舍费尔点头。

“你还记得她叫什么名字吗？”

舍费尔当然记得，人名、相貌他都是过目不忘的，这是他的职业素质。“苏珊娜·默克来。”姓氏不是犹太的，可惜她母亲是犹太人。

尤斯汀低头看他的手指：“能找到她的尸体吗？骨灰也行。她应该得到安葬。”

这个很难，尤其是安葬一个犹太人，但舍费尔觉得他可以先答应下来，他给尤斯汀的机票是当天下午的，即使他没做到，尤斯汀在美国也不可能知道。

尤斯汀很感激，他说了很多感激的话，他拎起舍费尔给他的小皮箱，告别前和他握手表示感谢。

舍费尔的“不客气”刚说了一半，就感到有针样的东西刺进了他的手心。

“我的女友叫莉亚·诺曼。还记得这个名字吗？”他在舍费尔耳边低声说，仿佛在说告别的话语。

舍费尔记得，他当然记得。

那是他亲手杀的人，就在剧院的外面，那晚演出的剧目是《吉卜赛男爵》。

“你记得就好。”尤斯汀把他扶在座位上，“还有，谢谢你送我去美国。”

舍费尔甚至都没听完尤斯汀最后对他说的话，尼古丁果然发作得很快。

莉亚的葬礼过后，尤斯汀遇到了一个长得很像莉亚的女人，她说他看上去像是需要帮助，然后她领他去了一家酒吧。

在酒吧里他浑浑噩噩地对她说：“你长得很像我认识的一个人。”

“一个人长得像另一个人并不是不会碰到的事情。只是长得像而已，又不是一模一样。”她说，声音轻柔得仿佛不想伤害到他。

是的，她们并不是一模一样，头发的颜色完全不同，五官和脸形也有诸多差异。

“她叫莉亚·诺曼对吗？”她继续说，声音轻柔，“你在她的葬礼上好悲痛，你们的关系不一般吧。”

他突然就那么说了出来，他说他们是情侣关系，但是没有公开，因为莉亚是歌舞剧的演员，她所在的团禁止二十岁以下的团员恋爱，否则她就会失掉登上舞台的机会。

还有三个多月莉亚就二十岁了，他们一直在等着那一天，等过了那一天，他就可以公开去她的剧团找她，接受旁人祝福与羡慕的目光。

她没等到那一天，她也没等到尤斯汀再次去看她的演出，没等到尤斯汀为她伴奏看着她起舞。

“真可惜。”长得像莉亚的女人说，说的是尤斯汀此时所想，“你想给她报仇吗？”

尤斯汀心里猛地一个激灵，女人继续说：“我知道是谁杀了她。不要指望警方，警方动不了他，我有完整的计划，可以让你杀了他，亲手杀了他。”

“你可以叫我汉娜，在接下来的计划中我会假装接近你，那时候我会说自己叫夏洛特。”

## 尾声

是舍费尔开枪杀的莉亚，他想杀的人其实是汉娜，他得到汉娜在剧院执行任务的消息，计划趁散场的混乱杀了她。他在人群中找到了一个长得像汉娜的女人，他知道她执行任务时一定会伪装自己，于是看到她们长得并不完全一样的时候他一点儿也没多想。

他开了枪，顺利撤离，没留下一点儿证据。第二天才知道自己杀错了人，被他杀死的是一个叫莉亚·诺曼的歌剧演员，而汉娜前一晚的伪装是把自己打扮成了男人。

汉娜给了尤斯汀计划，帮他在柜子里隔出了暗格，她知道怎样做才能让舍费尔搜查不到，她告诉他去哪儿能弄到化学仪器和烟叶以及怎样留下适当的可以被舍费尔追查的证据。

汉娜给了尤斯汀苏珊娜的照片，选择她是因为她是犹太人，她曾经是尤斯汀的同事，她也是金发，汉娜解释说也许舍费尔搜查房间时会发现莉亚的金发。

然后尤斯汀开始流连莱昂的咖啡馆，然后是汉娜化名夏洛特假装接近他，然后是舍费尔听说了汉娜的行动并安插自己做了服务生。

按计划汉娜在舍费尔面前“制造”了去尤斯汀公寓的机会，拉上窗帘隔绝室外监视人员的视线。尤斯汀去拿药箱的时候她光着脚不出声音地搜查了他的房间，在桌上画圈表示下面有窃听器，于是尤斯汀找借口掀翻了桌子，让汉娜有把窃听器扔出去的机会。

她没检查厨房，所以他们在那里继续演戏，假设那里也有窃听器。

扔掉窃听器后汉娜和他商议了接下来计划的细节，主要是汉娜继续假装接近尤斯汀引舍费尔上钩的部分，在他的杯子里撒下药粉，留给第二天搜查的舍费尔检测。

舍费尔确实没收了尤斯汀全部的尼古丁，不过在为元首演出之后，汉娜又给了他一些纯正的、不是用简陋化学仪器提炼出来的尼古丁。

和元首握手前，尤斯汀确实对冲出来的舍费尔感到疑惑，他和汉娜计划的目的不是让他出丑失掉地位，而是——杀掉他。

把舍费尔扶上座位后，尤斯汀快步离开了咖啡厅，临走前他对莱昂说舍费尔还想再坐一会儿，不要打扰他。

等莱昂发现舍费尔已死，他自然会报警，而接手案子的人会是汉娜。然后汉娜会调查出他出国的手续和机票都是舍费尔提供的——她甚至不用伪造证据，因为事实如此；她还会调查出舍费尔从尤斯汀手里拿到过他提炼出的尼古丁——和置他于死地的是同一种物质。最终她会提交调查结果：尤斯汀为舍费尔制造尼古丁，用以杀害同僚。

她重新为剧院门口的枪杀事件写了一份报告，到时将会一同呈上去，以证明他这不是初犯。

她的报告中还将提到：舍费尔指使尤斯汀接近她，等待机会将涂有尼古丁的尖刺刺入她体内，如此她的死将只与尤斯汀有关，与舍费尔无关。至于舍费尔的死，共谋者之间总会有争执和心怀不轨，谁让舍费尔在尤斯汀杀掉目标之前就给了他去美国的手续呢。

在飞往美国的航班上尤斯汀对着空气做了一个握手的动作，邻座的人问他做什么，他答道：“我在向这个国家握手告别。”

# 食客物语

## 惜鳞鱼

文/周浩晖

## 西施笑

文/周浩晖

# 惜鳞鱼

文/周浩晖

初夏，古城扬州。

前一阵连绵的梅雨把整个城市洗刷得干干净净，现在太阳出来了，便别有一番鲜亮明媚的感觉。街头的那些高楼大厦也似换了新装，矗立在灿烂的阳光中，展现出这座城市蓬勃的新生气息。

然而古老的东西也并未逝去。它们藏在那些商厦豪楼的背后，藏在那幽深曲折的古巷之中。这里全无都市的喧嚣和繁华，有的只是寂寞的巷道和两侧青砖黛瓦的民屋。

一个年轻人正在这古巷中辗转穿行。他穿着洁白的衬衫和笔挺的西裤，一身装扮与古巷的气氛格格不入。他的脚步也过于匆忙，那坚硬的皮鞋踩在光光的石板路上，激起一连串“嗒嗒嗒”的声音，划破了古巷的宁静。

拐过了两个弯，前方的巷道愈发狭窄，年轻人的步履却渐渐彷徨。他似乎急着要去某个地方，但又不知那目标具体位于何处。在一个十字巷口，他终于茫然地停下了脚步。

正踯躅间，年轻人忽又精神一振。他微微仰起脸，鼻尖急速地翕动了两下。他闻到了一股奇妙的香味，那香味如此纯正，让人在瞬间便有了饥肠辘辘的感觉。

年轻人闻了片刻，然后转身迈步，拐进了右手边的巷口。这是一条死巷，只有一个入口，另一头却是封闭不通的。位于巷道尽头的是一座独门小院。越接近那小院，香味便越发浓郁。年轻人知道自己的判断没错，他加快脚步来到院门前，伸手在门板上轻敲了两下。

一个略显苍老的男声在院内应道：“门没锁，进来吧。”年轻人推门而入，一个小小的院落出现在他的眼前。院子正中摆了张方桌，桌前坐着一长一少两名男子。少年十四五岁，长者则年近半百。从相貌上来看，他们当是一对父子。方桌上摆着两碗饭，一盆汤，都腾腾地冒着热气，那奇妙的香味正是源自于此。

来访的年轻人用力抽了两下鼻子，神色陶醉。然后他衷心赞道：“蛋炒饭！神仙汤！妙不可言啊！”

年长的男子闻言便把手中的筷子一放，饶有兴趣地问道：“你也懂烹饪？”

“我是临江楼的总厨。我姓王，叫王晓东。”年轻人介绍着自己的身份。临江楼是扬州城内赫赫有名的百年酒楼，而总厨则是统领酒楼厨房的烹饪主管。

半百男子点头道："不错，年纪轻轻就入主名楼后厨，在烹饪界也算是难得的人才了。"

王晓东冲那男子谦卑地鞠了一躬，道："在前辈面前，我怎么敢妄称人才？"

"哦？"男子眯起眼睛问道，"你认识我？"

王晓东微笑道："就冲这蛋炒饭和神仙汤的功力——您不是闫长清闫师傅还能是谁？"

那男子也笑了，"这么多年了，没想到烹饪界还有人记得我的名字。"坐在一旁的少年此刻也抬起头来，好奇地看着他。闫长清便摸了摸少年的脑袋，道："你先吃饭，不要管我们。"

少年"嗯"了一声，捧起面前的饭碗，吃得香甜无比。

闫长清又转过头来问年轻人："你是专程来找我的？"

"是。"王晓东恭恭敬敬地说道，"我们老板想请闫师傅到临江楼一展身手。"

闫长清想也不想，摇头道："我已经十多年没有正经把过厨刀了。现在烹饪界人才辈出，何必来找我这个技艺生疏的老家伙？"

"您太自谦了。就凭这桌上的蛋炒饭和神仙汤，放眼扬州城，有几个人能做得出来？"王晓东顿了顿，又向前迈了一步，道，"而且今天的这道菜，必须由您亲自出马不可！"

见对方说得如此坚决，闫长清便皱起眉头问道："什么菜？"

王晓东轻轻吐出三个字来："惜——鳞——鱼。"

"惜鳞鱼？"闫长清蓦地一愣，"这怎么可能？惜鳞鱼已经绝迹十多年了！"

"确实是惜鳞鱼！"王晓东认真地说道，"我们老板今天上午刚刚找到的，立刻就让我来请您出山呢。"

"哦？"闫长清用手指轻轻地敲着桌面，面色沉吟，也不知在想些什么。片刻之后，他喃喃地说道："那我倒真得过去看看……"

王晓东心中一喜，连忙躬身让了个礼："您请！"闫长清却不急着起身，他转头向桌边的少年嘱咐说："晓峰，你吃完饭自己把碗筷收拾了。中午睡一会儿，睡醒了再做功课。"

“放心吧。”那少年乖巧地应道，“爸，您早点回来。”闫长清点点头，他看着那少年，目光中充满了慈爱。一旁的王晓东见此情形，忍不住赞道：“很多前辈提及闫师傅的时候，都会说起您父子情深。今天一见，果然叫人羡慕。”

闫长清淡淡一笑，眉宇间却掠过一丝忧伤。不过他很快便掩饰住自己的情绪，起身招呼道：“走吧。”

王晓东前头领路，两人一路走出了古巷。到了繁华的街面上，却见早有一辆小车在路边等候。大约半个小时之后，小车载着二人来到了一座古色古香的楼宇前，那楼门上的金字牌匾绚丽夺目：临江楼！

临江楼，顾名思义，毗邻长江而立。这座酒楼以各类江鲜作为主打招牌，在扬州城独树一帜，历经百年风雨而不倒。经营临江楼的陈家也早已成了扬州餐饮界屈指可数的名流。

小车并未在楼前停靠，而是贴着楼侧转了个弯，又向着楼后驶去。原来那楼宇背面自有一片园林。园子里不仅遍布着绿树假山，更藏着一汪湖泊。那湖面虽然不大，但湖水清澈，波光盈盈，真是个极为美妙的去处。

小车贴着湖泊停下，王晓东把闫长清让下车，伸手指着湖边的一座水榭说道：“这里叫作柳湖榭，我们老板正在厅里等着您哪！”

闫长清一边向着水榭走去，一边暗自观赏。只见那水榭探在湖面之上，三面环水，两侧柳岸成荫，果不负“柳湖”二字。片刻两人便到了水榭门边，王晓东扬手说了声：“请。”闫长清点点头，迈步而入。

厅中早已围了一桌人，主座上一名老者身着唐装，相貌清癯。王晓东从闫长清身后抢上来，对那老者说道：“陈老板，闫师傅请到了。”原来那人就是临江楼的老板陈风扬，他起身迎了两步，热情地打着招呼：“闫师傅大驾光临，这可真是临江楼的荣幸。”

“陈老板太客气了。”闫长清还了个礼，随后便直入主题问道，“那鱼在哪儿呢？”

陈老板招了招手：“请到这边来看。”他一边说一边走到了水榭的东南角上，那里的地板被镂空了，往下砌了一个水池，池中水波轻荡，一条鱼儿正静静地沉在水中，一动不动。

闫长清三两步赶过去，蹲下身来细细端详。只见那条鱼身长约有一尺，体扁呈椭圆形，鱼体背部灰黑，略带着蓝绿色的光泽，鱼腹则是一片银白，充满了富贵之气。

“闫师傅，你看仔细了。”陈老板在一旁提醒道，“我这池子可是和湖水通着的，而且我只用了一根丝线穿着那鱼儿背部的一片鱼鳞。”

闫长清定睛再看，果然在碧水中发现了一条黄色的丝线。那细细的丝线一头拴在水池边的木桩上，另一头则穿过了鱼背上的一片鳞片。丝线在水中绷得笔直，看来那鱼儿本想向着湖水中逃脱，但受那根丝线所限，游出一段距离之后便无法再动了。

当看清这一幕之后，闫长清深吸了一口气，赞叹道：“果然是惜鳞鱼。”

陈老板得意地哈哈大笑起来：“没有这条惜鳞鱼，又怎能请得动你闫长清？”

闫长清也笑了，但他的笑容中却明显夹杂着苦涩的滋味。“我终于又见到了这鱼儿。”他感慨万千地说道，“我还以为这辈子都没机会了……”

“我就知道你心里放不下这惜鳞鱼！”陈老板负手说道，“二十年前，扬州的厨王大赛，你用惜鳞鱼做了那道‘细雨鱼儿出’，一举夺得厨王的称号。当时我作为大赛的评委，亲口品尝了惜鳞鱼的美味。那滋味叫人怎能忘怀？后来你封刀退出厨界，别人都以为你是因为夫人意外身亡而一蹶不振，但我却知道事情并非那么简单——你的归隐其实和惜鳞鱼的消失有关，我猜得对吗？”

闫长清沉默了片刻，反问：“你为什么这么想？”

陈老板说：“每年初夏，到了惜鳞鱼入江的季节，我都会看到你在江边辗转徘徊——你不是在等那鱼儿回来吗？”

闫长清点头承认：“不错。我确实在等，等那惜鳞鱼重回江中。”

“我也在等。只不过你在岸边，而我却在江面上。我坐着快艇，寻遍每一艘渔船。我希望能在那些渔民的网里发现惜鳞鱼美丽的身影。自从你归隐之后，我年年如此，从未间断。功夫不负有心人，就在今天早上，终于被我找到了这条鱼儿。我当时的心情真是无法形容！我邀来了这些客人——他们都是当今扬州城厨界的名流，同时我让晓东把你请出山。闫师傅，惜鳞鱼回来了，你也该重出江湖了吧？扬州的食客已经十多年没有尝到真正的江鲜啦！”陈老板越说越激动，最后话语中竟带出了颤音。

闫长清回头向厅中看去，那满满一桌的客人都在翘首以待。回想往事，他心头却是五味陈杂。良久之后，他才慢悠悠开口："诸位今天都是为了这惜鳞鱼而来？"

"可不是吗？"一个胖乎乎的男子率先响应，"我跟陈老板交往三年了，他年年都要夸赞惜鳞鱼的妙处，好像我们没吃过惜鳞鱼的人就根本不懂什么叫作江鲜！今天终于有机会开开眼啦！"

另一人道："闫师傅，您当年勇夺厨王的事迹我也曾听说过。今天能尝到厨王的手艺，那真是口福不浅。"

还有一个年轻人此刻却满脸困惑，等别人都说完了，他这才忍不住问道："你们说的惜鳞鱼到底是个什么鱼？我怎么从来没听过这个名字？还请诸位前辈多多指点。"

陈老板看着那年轻人微微一笑，说："惜鳞鱼你没有听过，那'鲥鱼'你总该知道吧？"

"知道知道。"年轻人连连点头，"鲥鱼那是长江三鲜之首啊！张爱玲曾经提到人生的三件憾事：一恨鲥鱼多刺，二恨海棠无香，三恨《红楼梦》未完。由此可见鲥鱼的美味。"

"这惜鳞鱼就是鲥鱼。"陈老板顿了一顿，又问对方，"你吃过鲥鱼吗？"

"哎哟，这鲥鱼可难得了。这几年市场上的价格据说要好几千块一斤！就算这样，那也是有价无市，一鱼难求！不过去年城北有个富商请我吃饭，那席上就有一条鲥鱼。我有幸尝过，确实美味无比。原来这鲥鱼就是惜鳞鱼啊！"年轻人说得眉飞色舞，隐隐有炫耀之意：这么多前辈聚集一堂，只为品尝惜鳞鱼的滋味，自己可早就吃过啦！这番经历岂不抢足了风头？

不过他的得意只维持了短短几秒钟，因为陈老板已在一旁郑重纠正："你说错了。惜鳞鱼是鲥鱼，但鲥鱼却不是惜鳞鱼！"

"啊？"年轻人莫名其妙地张大了嘴，"这……难道还有什么区别吗？"

"当然有区别了——我问你，你去年吃的那条鲥鱼有没有刮鳞？"

"没有啊。"年轻人淡淡一笑，说，"吃鲥鱼不刮鳞，这道理谁不懂？鲥鱼的鳞片下面富含脂肪，这些脂肪融化后渗到鱼的身体里，鱼肉吃起来才会肥美。吃鲥鱼如果刮了鳞，那就是暴殄天物了。”

“你明白这道理就好。”陈老板冲那年轻人一招手说，“来，你过来仔细看看。”

年轻人起身离席，三两步走到了水池边。陈老板指着水中的鱼儿问他：“你看，这条丝线为什么能拴住这么大的一条活鱼？”

年轻人看了片刻，讶然道：“这可真是奇怪！这么细的丝线，轻轻一挣就会断掉吧？这鱼儿怎么这么老实，竟然没有逃走？”

“因为它舍不得弄伤自己的鳞片。这样的鱼儿才称得上‘惜鳞鱼’，是鲥鱼中的极品！”

年轻人“哦”了一声，表情却是一知半解的。于是，陈老板又详细解释：“鲥鱼的鳞片下藏有脂肪，而这脂肪的丰满程度又因鱼而异。越是脂肪丰满的鱼儿，它对自身的鳞片便越是爱惜——这就是鲥鱼的天性。你看这池子里的鱼只需一根丝线拴住它的背鳞，它便不敢逃脱。这说明它的鳞片下已经布满了肥美的脂肪！这种‘惜鳞鱼’在鲥鱼里是百里挑一的角色，是真正的极品！我苦苦寻找了十多年，才终于找到这么一条！”

“原来是这样……”年轻人听明白了，他忍不住要问：“那这惜鳞鱼的滋味和普通鲥鱼相比，能有多大的差别呢？”

“这个还真是不好形容……”陈老板沉吟道，“这么说吧，如果惜鳞鱼是黄金般的品质，那普通的鲥鱼最多也只能算是一块黄铜。”

年轻人愕然惊叹：“竟有这么大的差别？”他回想自己去年吃的那条鲥鱼，自觉滋味已然妙不可言。若按陈老板的说法，那这条惜鳞鱼该美味到何种地步？他简直无法想象。只能眼巴巴地看着那鱼儿，干咽了一大口馋涎。

陈老板笑眯眯地伸手在年轻人肩头一拍：“小伙子，你今天真是好口福啊。不光能尝到惜鳞鱼，而且还能见识闫长清闫师傅的手笔，这可是天造地设般的组合，世间仅有！”

“这鲥鱼只要清蒸就可以了吧？”年轻人小心翼翼地问道，“不知道闫师傅烹制时有什么独到之处？”

陈老板道："这里面学问深着呢！别的不说，你去年吃的鲥鱼没有刮鳞，从做法上来说，这就已经落了下乘！"

年轻人茫然眨了眨眼睛，又糊涂了："啊？这鲥鱼的美味不都在鳞片上吗？怎么能刮鳞呢？"

"刮鳞不等于弃鳞。鳞片虽然美味，但如果留在鱼身上烹制，难免要影响口感。闫师傅的做法，素来是将鳞片全部刮下，然后再用丝线一片片地穿起来，烹制时悬挂在鱼身上方。那热腾腾的蒸汽氲上来，脂肪融化滴落，恰好能渗入鱼肉之中。"

"把鱼鳞一片片地穿起来？这得费多大的功夫？"

"你觉得不可思议？可这活儿到了闫师傅手里却是小菜一碟。他不但能把所有的鳞片穿起来，而且最后上蒸锅的时候，那去了鳞的鱼还是活的。绝对能保证肉质的鲜活美味。"

年轻人听到这里，已然目瞪口呆。而厅中的那些客人也忍不住连声赞叹。

"绝了，真是神乎其技！"

"难怪这菜名叫作'细雨鱼儿出'！你们想啊，这鱼脂滴落，鱼身在蒸汽中若隐若现，这副场景岂不正应和了大诗人杜甫的名句！"

"色、香、味、意、形全都做到了极致——果然是厨王的手笔！"

…………

在满堂赞誉声中，闫长清却沉默不语。他始终蹲着身子，目光只看着池中的那条鱼儿，思绪翩翩，不知落于何处。

"闫师傅，这条惜鳞鱼今天可就交给你了，请你赶快一展身手吧——"陈老板在一旁催促道，"大家都已经迫不及待啦。"

闫长清慢慢站起身，神色依旧惘然。陈老板注意到他反常的表现，便皱眉问道："闫师傅，你怎么了？"

厅里其他人也感觉到气氛有点不对，他们不再喧哗。一时间所有人的目光都聚焦在闫长清身上，水榭中出现了短暂的静默。

片刻之后，闫长清终于开口了。他环视着众人，悠悠说道："惜鳞鱼，惜鳞鱼……你们可知道，这鱼儿为何会对鳞片如此珍惜？"

众人皆是一愣。他们只知道爱惜鱼鳞是鲥鱼的天性，但具体的原因却从未细想过。而惜鳞鱼爱鳞如命，这的确让人难以理解。就说池子里的那条鱼儿，其实只被丝线穿住了一片鱼鳞。它若奋力挣扎，最坏的结果不过是损坏了那片鱼鳞，它为什么不敢呢？难道在它看来，一片鱼鳞竟比自由和生命还要宝贵？

却听闫长清又继续说道：“十多年来，不要说惜鳞鱼，就是寻常的鲥鱼也难觅踪迹。你们可知道，这又是为什么？”

“这个我知道。鲥鱼如此美味，大家当然都爱吃啊。你也吃，我也吃，最后不就吃绝了吗？”说话的人是王晓东，而其他人也频频点头，显然是赞同他的观点。

闫长清却摇头道：“你们只知其一，不知其二。这鲥鱼消失另有一个关键的秘密，而这秘密就藏在这条惜鳞鱼的鳞片之中。”

“哦？”陈老板立刻拱手道，“其中奥妙，烦请闫师傅指点。”

“指点二字就说不上了。其实参透这秘密的人并不是我，而是我那去世多年的妻子。”闫长清一边说一边缓缓转头，他目视着窗外的湖面，神色哀伤。

陈老板知道对方定是忆及了如烟往事，他轻轻一叹，“唉，夫人离去也有十多年了吧？”

“十四年。那时晓峰才刚刚出生两个多月。”闫长清看看陈老板，又道，“你我也算老相识了——我妻子当年遭遇的那场意外，具体情况你应该知道吧？”

“我听说夫人是在带孩子回娘家的路上遭遇了车祸：那辆大客车撞上了一辆货车的尾部，失事起火。当时夫人本来是可以逃生的，但是装孩子的婴儿篮被变形的座位卡住了。夫人便趴在座位上，用身体护住了孩子。等救援人员扑灭大火的时候，孩子安然无恙，夫人却被严重烧伤，虽然医院全力救治，最终还是没能挽回她的生命……”陈老板诉说着那段往事，声音低沉。在场的其他人闻之无不动容。

闫长清默然听完，眼中隐隐泛起波光。然后他又回忆道：“我妻子在世的时候，也是最爱吃我做的惜鳞鱼。她这个人好奇心很重，一边吃鱼还要一边问我：这鱼为什么要鳞不要命？我答不上来，她就笑话我，说我终究是个厨子，只知道做菜，却不明万物之理。”说完这番话后，闫长清自惭地笑了笑，那表情中有七分凄凉，但也有三分温馨。

“那后来是夫人把这事弄明白了？”

闫长清回答说："她专门买了一本有关鱼类的科普读物，对鲥鱼的习性好生研究了一番。不过那惜鳞鱼为何爱鳞如命，她当时还是想不明白。她真正理解惜鳞鱼的秘密，是在出了那场车祸之后……"

陈老板心中暗想：难道这事和车祸有什么联系？不过这话又不能细问，只好继续看着闫长清，等待对方的解释。

闫长清沉默了一会儿，然后他环视着厅内众人问道："对世上的生灵来说，有什么会比自己的生命更加重要？"

陈老板的思维敏锐，他把对方的前言后语联系起来一琢磨，蓦然间有了答案，脱口而出："孩子！"

"不错。为了孕育后代，宁可牺牲自己——这正是世间万物的本能。"闫长清一边说一边又蹲下身，他把手探入水池中，轻轻抚摩着那鱼儿的身体。鱼儿一摆尾巴避让开去。它躲避的方向是游向池尾，紧绷的丝线在水中软耷下来。

"你看，它无论如何也不肯伤了自己的鳞片，因为那鳞片里的脂肪正是为了孕育后代所用。"闫长清抬头看了看陈老板，起身继续详解，"鲥鱼是洄游鱼类，平时生活在海水中。但每年初夏时分，发育成熟的鲥鱼便会沿江而上，到合适的江水浅滩中交配产卵。鲥鱼交配之后就不再进食，此后的生命全靠鱼鳞下的脂肪来维持。什么样的鲥鱼最肥美？那就是刚刚完成交配的母鱼。在交配前它们会大量进食，于是鱼鳞下便储存了厚厚的脂肪。有了这些脂肪，它们才能孕育腹中的新生命。在这个过程中，母鱼会日渐消瘦，直到鱼子成熟，排出体外。这时母鱼早已油尽灯枯，鱼鳞也成了薄薄的一层，有很多母鱼甚至在排卵后就死去了。"

陈老板听到这里，忍不住啧啧称奇，他凝目看向脚下的水池："难道这一条也是刚刚受孕的母鱼？"

闫长清答道："那当然——惜鳞鱼无一例外。因为承载着繁育后代的使命，所以它们才会惜鳞如命。那鳞片下蕴藏的不仅仅是肥美的脂肪，更是孕育新生命的希望。当年我妻子舍命护子之后，这才理解了惜鳞鱼的天性。在弥留之际，她把这个道理讲给我听，其中一句话则令我永生难忘……"

陈老板轻声问道："夫人说了什么？"

"她说我们是人，它们只是小小的鱼儿，但做母亲的情怀，却是万物相通的……”

闫长清说完这话，便陷入了长久的沉默。而厅中众人也各自低头沉思，心中难免感慨万千。

也不知过了多久，忽听陈老板叹道：“难怪，难怪……”

一旁的王晓东问：“难怪什么？”

“难怪这鲥鱼会日渐绝迹。人人爱吃惜鳞鱼，那鱼儿不绝后才怪呢！”

闫长清点头道：“正是这个道理！我妻子去世之后，我便发誓再也不烹制惜鳞鱼。为了确保实现这个誓言，我甚至退出了厨界。这十多年来，我每年初夏都在江边徘徊。我的确在寻找惜鳞鱼，但我不是要吃它们。我只是希望它们能够回来。”

陈老板“嘿”地一笑，说：“我全都明白了。”

“陈老板，”闫长清忽又正色说道，“你之前说今天这条惜鳞鱼就交给我了。这话现在还算数吗？”

陈老板一愣，但他很快就明白了对方的意思，忙道：“算数，当然算数！”

闫长清拱手微笑道：“谢谢了！”然后他蹲下身，探手到池水中捏住了那根丝线，两指轻轻一扯，丝线已从中而断。当他再起身的时候，那条惜鳞鱼摇摆着漂亮的尾鳍，早已向着湖水深处游去了。

湖水与江水相通，远处自有它的驰骋之地。

闫长清凭窗而眺，似能在隐隐波光中看到那鱼儿自由的背影。他的脸上充满笑意，但眼角却泛起点点泪花……

# 西施笑

文/周浩晖

# 1

“竹外桃花三两枝，春江水暖鸭先知。蒌蒿满地芦芽短，正是河豚欲上时。”

苏东坡这首七绝中提到的“河豚”乃是一种洄游习性的鱼类，与鲥鱼、刀鱼齐名，并称为“长江三鲜”。

河豚的美味天下皆知，苏东坡另有赞曰“食河豚而百无味”，颇有一种“曾经沧海难为水”之意境。而民间的描绘则直白而又生动——家乡的老人常常会说，吃起河豚来“打着耳刮子也不丢”，意思是就算有人猛扇你一耳光，你也不会舍得松口。

河豚如此美味，却又被很多人视为洪水猛兽。

与苏东坡同时代的诗人梅尧臣也曾留下五言诗句，描绘出河豚令人心悸的一面：“河豚当是时，贵不数鱼虾……皆言美无度，谁谓死如麻！”

梅尧臣绝非危言耸听，河豚确实能置人于死地。因为它体内含有一种特殊的毒素，其毒性比氰化钠还要大一千倍，一条河豚足以让一桌食客中毒身亡！且河豚之毒，至今尚无药可解。

在江南一带，每年因食用河豚而中毒身亡的人一度数以百计。相关部门不得不颁布“禁食令”，从此，这道美味便渐渐远离了寻常人家的餐桌。

不过，近年来已通过人工养殖的方法培育出了低毒甚至无毒的河豚。于是每到烟花三月之时，河豚又成了扬州各大酒楼的招牌菜，专门把江鲜作为经营特色的“满江红”也不例外。

在品尝美味这件事情上，我素来是不甘人后的。那天日暮时分，我独坐在满江红二楼一角，点起几道佳肴，浅杯慢饮，自得闲情雅趣。酒楼生意红火，不多时已宾朋满座，人声喧繁。

忽然间感觉有一双眼睛正凝视着我，顺势看去，却见一名老者坐在二楼的死角处。他也是独自一人，面前无酒无菜，只在手中捧了一杯茶水。

从表情看他似乎对我颇为关注，我便举起酒杯冲老者晃了晃，邀对方过来同坐。

老者七八十岁，但步伐矫健，两眼也熠熠有神。寒暄之后，我得知老者姓王，是这酒店后厨的顾问。我赶紧谦卑拱手：“哎呀，王老师，不得了不得了，厨界前辈！”我这话不算是拍马屁。满江红也算是扬州城第一流的酒店了，能给这里的后厨当顾问，此人绝不是等闲人物。

老者却把头一摇，说：“‘老师’这词我听不习惯。我就是个做菜的厨子，叫我王师傅就好。”

我笑着说：“好。”然后又自我介绍，“我姓周，也算是满江楼的常客了。”

王师傅“嗯”了一声，看着我说道：“你点的菜不错——”我点了三个菜。一道凉菜是烫干丝，小小的一碟，清爽开胃；一道餐后汤是文思豆腐羹，滑腻滋润；主菜则是一道秧草烧河豚。

河豚如若红烧，需重糖重油，以十足的火候炖至酥烂，才能将鱼肉的鲜美渲染到极致。但如此做法略过油腻，须在配菜上用些心思。秧草性凉清淡，能吸油解毒，并且本身的独特香味也与河豚的鲜美相得益彰。烟花三月品河豚，秧草正是配菜的不二之选。

我素来以美食家自居，这三样菜点来算是颇有心得。今天能得到厨界前辈的赞誉，心中不免暗喜。

这时王师傅一口茶下肚后，又颔首道：“你算得上是个食客了。”

“哦？”我抬手在二楼厅堂间虚虚一指，笑道，“难道这满屋子的人都算不得食客？”

王师傅摇头道：“有酒要浅酌，佳肴更要小口久尝。刚才我观察了很久，这满厅堂的客人里只有你能达到这样的境界，所以，我也只想和你聊上两句。”

前辈如此赞许，我不禁有些飘飘然，便自鸣得意地总结说：“首先心要静，目的要单纯；其次要有自控力，要控制住你面前的美味，而不能让美味控制了你。这样才能成为一个美食家。”

王师傅听到我最后那句话却摇头了：“美食家？我可没说你是美食家，我只说你是个食客。”

啊？我不免有些沮丧，尴尬地问道：“那我还得怎样修炼，才能成为真正的美食家呢？”

老人淡淡一笑，道：“你还没尝到真正的美味，又怎能称得上是美食家？”

“这……”我指着面前那道秧草烧河豚，茫然问道，“这河豚号称百鱼之王，天下第一鲜，难道还不算真正的美味？”

老人不答，反问：“你觉得这道菜滋味如何？”

“好啊，妙不可言！”我接连赞了两句，同时还把餐盘往对方面前推了推，道：“不信你也尝尝！”

“尝尝也好，让我看看这些家伙的手艺长进了没有。”说话间老人已拿过一副碗筷，只见他探手到餐盘中夹起一块鱼肉，汤水淋漓地送入口中，然后便闭上眼睛开始品味，足足过了十多秒钟才结束。然后他便没了任何动作，只闭眼沉思，而他的眉头则在思索的过程中一点点地皱成了一团。

然后他慢慢睁开了眼睛，出乎我的意料，他眼中满是一片彷徨之色，同时茫然自语：“怎么会这样？不可能……不可能的……”

他的表情有点吓人，像是遭遇了某个既难解又令人恐惧的谜题。这让一旁的我难免有些惴惴不安：“王师傅，您……您这是怎么了？”

老人顾不上搭理我，他又抓起筷子，从餐盘中夹出第二块鱼肉送到嘴里。这次他咀嚼的动作快且短暂，仅仅两三下之后就停了下来。随即他眉宇间紧皱的疙瘩消失了，两侧的眉角却在慢慢下垂，像是一对蓦然松散的线团。

我注意到他眼中的彷徨消失了，取而代之的是一种深深的悲凉和无奈。他慢慢起身，也不和我道别，就这样自顾自地离去了。我目送着他下楼的背影，他的步履似有些蹒跚，已不像来时那般。

老人临别前的话语此刻才真正在我耳畔响起。那是三个字：

“我老了。”

## 2

那天王师傅离去之后，我特意和满江红酒楼的服务生聊了聊，了解到一些和老人相关的情况。

老人确实是厨界前辈，尤以料理河豚的手艺立足江湖。在国家禁食河豚之后，王师傅一度没了用武之地。不过近几年人工养殖的河豚重新打入市场，满江红酒楼的老板这才又将王师傅请出山，在后厨担当顾问，专门负责指点河豚的料理烹制。

说是顾问，实际情况却近似闲职。因为酒楼用的河豚已基本无毒，后厨那帮晚辈完全能够应付，便不需要王师傅出手指点。只不过“拼死吃河豚”之语流传太广，客人们多少还会心存顾忌。这时候把王师傅的招牌往外一挂，便有立威震场的效果——这才是酒楼老板聘请王师傅的真正用意。

王师傅自然明白其中的缘由，一般也不去后厨。每年河豚上市后，他便到酒店里坐一坐，捧杯绿茶悠然自饮。兴致来了就和客人闲聊几句，讲讲河豚，谈谈往事，以添雅趣。

据说王师傅聊到尽兴处，常常会提及自己的授业恩师。据说那是一个传奇般的人物，曾享有“河豚王”的美誉。但世事无常，据说这“河豚王”最终却也死在河豚的毒液之下。

我对这段掌故极感兴趣，回去之后便在图书馆中找到了相关记述。我细读这段记载，心中有了一个大胆的猜想。我急欲印证这个猜想，往满江红酒楼跑了几天都没见到王师傅，打听到他告假在家中休息，干脆问清楚老人的住址所在，就登门拜访。

王师傅住在东关街附近，那是户独门独院的宅子，位于小巷尽头，偏僻幽静。院门是虚掩着的，我便抬手在门板上轻叩了几下。等了片刻，不闻院中动静。我加重了敲门的力度，同时高喊：“王师傅？”这回有人“哎”地应了，听声音正是我要寻觅之人。

但院中人并无开门迎客的意思。我反客为主，推开院门自行走了进去。打眼往院子里一看，便蓦然愣住：这满院子竟都是绿葱葱的，种满了各色植物。这些植物花不像花，草不像草，多半都让我叫不出名字，其长势参差不齐，排列也杂乱无章，衬得整个院子乱糟糟的，不像是户人家，倒像是一片荒野地。

院子正中有一方矮桌，桌面上也乱七八糟地堆着些无名植物，看样子是刚刚采摘下来的。老人正坐在桌前，眉关紧锁，他的视线盯着桌上的植物，竟没有意识到有人进来。

“王师傅。”我直接凑到对面招呼对方。老人这才醒悟，抬头愣了一下道：“是你？”

我反问道：“您这儿想什么呢？”

“哦，没什么，研究几服草药。”老人尴尬一笑，透出些自嘲和无奈的感觉。

草药？难道这满院子种的都是药材？难怪我认不出来。看来这王师傅对医药还有些研究啊。

我在桌旁坐下，先家长里短地闲扯了一阵。原来老人配偶早逝，此后没有再娶，所以多年来便是孑然一人。一番感喟后，我话锋一转问道：“听说您的师父当年名气很大，不如给我讲讲他的故事？”

老人眼睛一眯，打量我几下道：“你今天就是为这事来的吧？”

对方既然看破了，我便坦然点头：“我在地方志上看到了有关‘河豚王’的记载，不过那件事有些奇怪……所以我想请教请教王师傅，其中是否另有隐情？”

老人沉默了一会儿，问我：“地方志上是怎么说的？”

“记载里说，扬州徐老倌擅烹河豚，数十年从未失手。1947年春，扬州大户王从禀在家中宴客，专门请来徐老倌烹制河豚。徐老倌将河豚洗净烧好，并按行规先尝了一大口。半小时过后，王从禀见徐老倌安然无恙，这才招呼宾客们品尝河豚。可是又过了一刻钟之后，情况突变，徐老倌脸色苍白，继而四肢瘫痪，言语不清，而这正是河豚中毒的典型征兆。王从禀等人大惊，连忙服用催吐和催泻的药物。但为时已晚，河豚剧毒很快发作，继徐老倌之后，满桌主宾全都毙命，无一幸免。”

老人随意向我一瞥，问：“哪里不对了？”

“有两处疑点：第一，徐老倌成名多年，对河豚的烹制方法早已驾轻就熟，怎么会在这么重要的场合失手呢？第二，河豚烧好后由厨师先尝，半小时之后别人再吃，这个行规已流传千年，其中可是大有道理的。正常来说，烧制好的河豚如果没有清理干净，残留的毒素又足够致命的话，那半小时之内在厨师身上就会出现中毒的反应，此时厨师已不能生还，但赴宴的宾客却能得到警报，不会再食用中毒。如果半小时内厨师没有反应，则说明鱼肉无毒或毒性轻微，宾客们可以放心食用，万一还有变故，后食之人只要尽快催吐催泻，是不会有生命危险的。王师傅，我这番话说得不错吧？”

老人点头道：“没错。你在这方面也算是个内行了。”

“那这事就奇怪了。从那场河豚宴造成的惨烈后果来看，残留在鱼肉内的毒素可是非同小可。然而这么毒的鱼肉，徐老倌却坚持了足足四十五分钟才出现毒发的症状——这事不值得深究一番吗？”

老人看着我意味深长地一笑，说：“你倒是个挺能琢磨的人。”

我也笑了。对方既然说这话，说明我的分析不太离谱。我便更进一步说道：“我觉得这次中毒并不是意外，而是徐老倌有意设计的！”

老人目光一凛：“这话可不能乱说！”

“当然不是乱说，我有根据的——我想徐老倌一定是有意隐藏了早期的中毒症状，最后实在支撑不住了，这才暴露。他就是要让王从禀等人放心吃鱼，从而达到将众人毒杀的目的！”

“你的意思是：他明明中毒了却不说，只为和王从禀等人同归于尽？”

“不错。”

老人顿了顿，继续问道：“那他为什么要这么做？”

“四个字：舍生取义。王从禀曾是扬州城内臭名昭著的大汉奸，那天来赴宴的客人自然也没一个好东西。徐老倌舍了自己的一条命，就是要让这帮汉奸走狗得到应有的惩罚！王师傅，我的猜测到底对不对？”

老人“嘿”地一笑，终于正面回应道：“既可以说对，也可以说不对。”

这模棱两可的回答无法让我满意，我立刻追问：“那哪些对，哪些不对？”

“你说的话最正确的一点，就是关于我师父的手艺。以他的能耐，怎么可能失手呢？所以，这件事的背后必然有故事。”

看我眼巴巴地看着他，老人忽又问了句：“这故事你真的想听？”

我毫不犹豫地点头。

老人眯起眼睛，思绪悠悠飘转，将那数十年前的往事展现在我面前。

“那是1947年的事了。那会儿我还是个十来岁的孩子，和另一个师兄一块儿跟在师父后面学徒。我师父号称‘河豚王’，料理河豚的手艺当世无人可比。所以，王从禀在家中宴客时，特意把我师父请过去烹制河豚。

“这王从禀的来历你也知道了。小鬼子占领扬州的时候，他可是卖国求荣，坏事做了一堆。抗战胜利后本该秋后算账吧？可这家伙是个“人精”，他抢着向国民政府献媚投降，又拿出金条来上下打点，摇身一变，竟成了曲线救国的功臣。看着大汉奸春风得意，扬州城的老百姓哪个不恨得牙痒痒，但人家权大势大，又有什么办法？

“我师父接到王从禀的邀请后，实在推托不过，只好答应下来。随后他便把自己关在厨房里，一个人待了整整一宿。第二天早上，他把我和师兄叫到屋里，说有重要的事情要吩咐。

“别看我当时年纪小，也早就看出这趟活儿不太好做。果然，师父对我们说：这次去王府做河豚，我恐怕会发挥不好，万一出了什么差错，师父这条命可就交在你们两个手上了。

“我们明白：所谓‘差错’就是河豚里的毒素没有去尽，而师父是必须吃第一口的，到时候肯定也是第一个中毒。我师兄当时便积极表态，他说师父您放心，我们俩一定把解毒水备好，万一出了意外，立刻就给您灌下去！

“师父听了这话却连连苦笑，他说：‘河豚之毒根本无药可解。所谓解毒水只是催吐催泻的药物。如果我已经毒发，喝这些水还有什么用？那水是给客人们准备的，他们比我晚吃半小时，毒性尚未入体，大吐大泻一番后，或许还能捡回条小命。’

“我和师兄可有些傻了，既然这样，那我们该怎么做呢？好在师父还有下文，他又说：‘万一我真的中毒了，只有一个秘方可以起死回生。’”

说到这里，老人停了下来，似乎要歇一口气。而我的好奇心已被严重勾起，急切问道：“什么？这世界上还有能解河豚毒素的秘方？”

老人冲我淡淡一笑，道：“我师父说了，必须火速将中毒者拉到运河与长江的交汇口上，以刚刚入江的河水灌服，如果能灌得这人呛水呕吐，那他就有救了。”

我将信将疑：“这听起来和催吐的方法也差不多啊。干吗这么麻烦，非得跑到运河与长江的交汇口上？”

“师父说关键就在这个水质上。江河交汇之处，阴阳调和，此水才有解毒的奇效。而且这水一定要新鲜，提前打好带走是没用的，必须在入江口上现用现取。”

我听得有些发晕，只能接连问："徐老馆中毒之后，你们真按这个秘方去做了吗？有效吗？"

老人点头道："那天师父毒发得特别猛烈，很快就四肢瘫痪，不能说话了。我和师兄都吓哭了，但我们还没忘记师父的吩咐，连忙把师父抬到门外，叫了辆黄包车，火急火燎地就往江边赶去。"略一停顿之后，老人又道，"不过跑到半路的时候，我却发现了一件很诡异的事情。"

"什么？"

"我师父当时已经人事不知，可他的嘴角却往上挑着，好像在微笑一样。"

"在笑？"我难以理解地摇着头，这事颇为怪异。

老人继续说道："我跟师兄说了，师兄立马就甩了我一个耳光，呵斥道：'师父都快不行了，你还胡说八道！'我再细看时，师父脸上的笑容又不见了。于是我不敢再多说什么，只跟着黄包车一路狂奔，也不知跑了多久，终于来到了运河的入江口。我和师兄把师父抬下黄包车，取了河水往师父肚子里灌。没灌几下，我看到师父又笑了起来，我连忙转头看看师兄。师兄正诧然盯着师父的脸庞，很显然，他也看到了师父的笑容。

"难道师父真的有救？我们俩又惊又喜，更加卖力地往师父嘴里灌河水。这次可能直接灌进了师父的气管，师父剧烈地咳了几声，然后他便'腾'的一下，直挺挺地坐了起来，开口骂道：'别灌了！再灌我就被你们灌死了！'

"我们俩大喜道：'师父，您醒了！'谁知师父却说：'醒个屁，我根本就没中毒。'"

没中毒？故事说到这里真是峰回路转。我先是一愣，转念又问："难道他是装的？"

老人点点头说："就是装的，那河豚肉里根本就没有毒。"

既然河豚无毒，另一个问题便接踵而至："那王从禀是怎么死的？"

老人提示般地反问："你想想啊，有什么东西王从禀他们吃了，而我师父却没有碰过？"

"这个……"我略加思忖，忽然间豁然开朗，"是那解毒水！"

老人赞道："你脑子转得还真快！不错，正是那解毒水里被下了河豚毒素。我师父佯装中毒后，王从禀等人个个惊慌失措。他们争先恐后地喝光了我师父事先配好的解毒水，所以才会中毒身亡。”

“我明白了！这一切都是徐老倌的安排。他毒死了一帮汉奸走狗，同时自己还能全身而退，毫发无损。”

“正是。”

“那所谓的河水解毒秘方……”

“当然是假的，目的是为了骗住我和师兄。”老人笑了笑，“因为我们俩年纪还小，师父就没有把真实计划事先透露给我们。当他假装中毒之后，我们俩真情流露，又悲又急，直掉眼泪。王从禀等人见状丝毫不起疑心，于是大家都抢着去喝解毒水。我们俩则按照师父的吩咐，一刻不停地赶到了运河的入江口。师父早已在那里安排好一艘乌篷船，我们三人上了船，一路沿江而下，在最短的时间内离开了。”

“原来如此！”我忍不住击节鼓掌，“真是妙计。精彩，太精彩了！”

老人笑而不语，思绪仍沉浸于六十年前的峥嵘往事里。

我又不甘地问道：“这么精彩的故事，为什么不讲给世人听呢？”

“怕遭到报复。”老人回忆着说道，“我们逃离扬州之后，从此在南京、上海一带隐姓埋名。我们还放出风声，说‘河豚王’在扬州失了手，已经中毒毙命。这个风声渐渐传开，最终就成了地方志里的记载。”

我还是有一点不理解：“解放后呢？那时地方上的恶势力都被清扫殆尽，你师父还不敢出头露面吗？”

这个问题似乎戳中了老人心底的某个隐秘，他沉默良久之后，才嘶哑着声音说道：“不是不敢露面，而是那时我师父，他……他已经真的被河豚毒死了。”

“啊？”这又是一个令人意想不到的变故，我讶然张大了嘴，“可您刚刚还说过，徐老倌技艺精绝，根本不可能失手的啊！”

老人抬头对着天空一声轻叹，道：“那不算是失手，那是……天意。”

“天意？”我愈发糊涂，“到底是怎么回事呢？”

老人没有回答，他只是长时间地看着我。他的神色凝重，似乎在斟酌着某件极为重要的事情。末了，他像是做出了决定，突然冲我点了一下头。

我以为老人要说些什么，没想到他说的却是："等你下次来的时候再细聊吧。"俨然已下了逐客令。

似乎看出了我的不爽，老人微微一笑，转了个话题问我："你不是想成为一个美食家吗？"

"是啊。"可我不明白这事和今天的话题有什么关系。

"三天之后你再来吧。"老人认真地说道，"我让你见识一下真正的美食。"

我立刻兴奋起来，猜测道："是河豚吗？"

"当然是河豚。"老人幽幽地说道。片刻后，他的嘴角忽然泛起一丝奇怪的笑容，然后说了句我无法理解的话。

他说："到那时候，你想后悔可就来不及了。"

## 3

三天之后，我一早便来到了小巷深处，赴王师傅之约。

王师傅首先要带我去寻找新鲜的河豚。我把老人请上自己的小汽车，然后一路开向城南郊外。半个多小时后，我们来到了瓜洲古镇。古镇位于运河与长江的交汇口上，素以盛产江鲜而闻名，曾是长江三鲜（河豚、鲥鱼、刀鱼）的主产地之一。近年来野生的长江三鲜已极难寻觅，不过古镇上河网密布，不少人便借地利搞起了鱼塘养殖，现在市面上的长江三鲜多半就是出自于这些鱼塘。

当下正是主打河豚的季节，我看到不少鱼塘都竖起硕大的招牌："精选饲料，无毒河豚。"河豚自身并不产毒，但它们在吞食藻类后，会将食物中的生物毒素积累在自己体内。如果养殖时严格控制饲料，让河豚无法接触到天然藻类，那培育出来的河豚自然就是无毒的。这也正是河豚能够重返大众餐桌的关键所在。

我估计王师傅在镇上一定有定点的河豚鱼塘。果不出我所料，老人指挥我在一条小河边停了车，然后又步行往河道深处走去。拐过一个弯后，我们面前出现了一片小小的池塘。塘边坐着一个黑瘦黑瘦的中年汉子。

老人冲那汉子喊了一声："小五！"他虽然年岁已高，中气却还充足。被唤的汉子恭恭敬敬地迎上来道："王老爷子，您怎么跑这儿来了？想吃鱼打个电话，我直接送过去啊。"

老人道："今天这鱼我得亲自过过眼。"

汉子"哦"了一声，招呼道："你们先到棚子里等着，我这就捞鱼去。"

二十分钟之后，汉子从船舱中端来一个大木盆，唤道："老爷子，您看看有合适的没？"

王师傅走出竹棚，往那木盆内一打眼，先赞了句"不错"。随后又蹲下身来细看。我也凑上前看个热闹。只见木盆内盛满了河水，十来条鱼儿正在其间游得生龙活虎。这些鱼头大尾巴小，身体憨圆憨圆的，正是令人垂涎的河豚。

片刻后，老人伸手指了两下，说："就要这一对。"

"您真是好眼力。"汉子讨好道，"这两条至少都是二十斑往上了。"

我只知道吃鱼，对挑鱼可就不懂了。汉子既说了什么"二十斑"，我也注意到所有河豚背上都有一条条黑色的斑纹，而老人点的恰是斑纹数目最多的那两条。

我虚心请教："这些斑纹有什么讲究吗？"

"这你都不懂？"汉子解释道，"斑纹越多，颜色越黑，这鱼的毒性就越大。"

"这鱼有毒？"这次轮到我诧异了，"你们不都是人工饲料，无毒喂养吗？"

"没毒的只能骗骗那些不懂河豚的人，我这里怎么会有那样的鱼呢？"汉子瞪视着我，气恼我侮辱了他的职业道德，"我这塘子里流进流出的都是天然的江水河水，从来不会添加任何人工饲料。这些鱼虽然长得慢，个头也不算很大，但毒素都是有保证的。这盆里的鱼你随便挑一条拿回家烧去，别说吃肉了，只要喝上口汤，都叫你跑不了这条小命！"

王师傅对那汉子摆摆手："你别吓唬他，他是吃惯了大饭店的人，都不知道真正的河豚应该是什么味儿。"然后老人又看着我说道，"不过真正的鸡肉你总吃过的吧？就是以前那种散养的，在地上吃虫子的草鸡。那种人工喂养的、长得又快又肥的肉鸡味道能比吗？"

老人这么一说，我立马就明白了："原来这河豚也得吃野生的！"

“毒素越多，味道就越好！”老人说完又冷笑一声，“无毒河豚？嘿嘿，天下第一鲜的美味哪是那么容易就享受的！”

老人这话让我顿感惭愧，开车往回走的时候，我总有种要把油门踩到底的冲动——那传说中的绝顶美味已经彻底勾起了我的馋虫。

终于回到了王师傅的住所。老人吩咐我在院子里把桌椅支好，自己则提着两条鱼儿进了灶房。我坐在桌边等了没几分钟，老人便托着两个瓷盘过来了。一个盘子里满满地铺了一层，全都是白亮透明的河豚鱼片，另一个盘子里装着鱼皮内脏等杂物，分不同部位排列得整整齐齐，叫人看了一目了然。

我知道这是食用野生河豚的规矩。民间有语“拼死吃河豚，不如拼洗吃河豚”，说的是要想吃河豚又不中毒，最重要的就是一个“洗”字。因为河豚的鱼肉是无毒的，毒素都集中在其血液、内脏、皮肤等杂碎之处。所以，只要把河豚的内脏、皮肤一一摘除，血液彻底清洗干净，剩下的河豚肉便可安然享用。

洁净无毒的河豚鱼片色泽洁白，呈半透明状，有经验的食客可通过肉眼分辨。同时河豚的料理者还须将摘除的各种杂碎分类摆好，端到客人面前以供查验。其中就算少了一个小小的眼珠，这份河豚也都没人敢吃了。

我往两个盘子里略略扫了一眼，笑道：“王师傅，我对您的料理绝对放心。就请您赶紧一展厨艺吧。”

老人却没有答话，返身又往灶房走去。随后他来回数趟，又依次拿出了两个小炭炉，两只小砂锅，最后又双手端出一只大砂锅。那大砂锅在桌边地面上，虽然盖着锅盖，却挡不住热气和香味氤氲而出。

这锅里肯定就是烹制河豚的配料了。看对方这架势，难道要当着我的面，就在这院中施展身手？我正猜测间，却听王师傅说了声：“碗筷还请你去灶房自取。”

老人手里端着副碗筷，却没有我的份儿。这也是民间食用河豚的土规矩：客人自取碗筷，即表示明知河豚的剧毒，仍自愿食用，若出了意外也和主家无关。

我去灶房取了碗筷出来。眼见一切就绪，老人便举筷夹起一片鱼肉，说道：“按照行规，厨师先尝。”

我眼看着老人将鱼肉送入口中，愣道：“啊？就这么生吃吗？”

老人闭上眼睛嚼了片刻，脸上现出陶醉享受的神情，等这一口鱼肉吞入肚中，他才又开口说道："新鲜的河豚鱼片，就要这样生吃才最美妙！"

我平生还从未尝试过生吃河豚鱼片，看着老人那副沉醉的样子，我早已按捺不住，举起筷子也想大快朵颐。老人却将我拦住，说："不行，你得等半小时之后才能品尝。"

这是人人皆知的行规。可此时的境况叫我如何等待，我抗议道："半小时之后河豚肉已不新鲜，我尝到的美味不得大打折扣吗？"

老人目光一凛，正色道："时间不到，你就不怕中毒？"

我想也不想便道："为了美味，顾不了那么多了！"

我这话一出，老人便大笑起来："好，好！真有'拼死吃河豚'的气势，我果然没选错人。"言罢他把身体往后一撤，摆出了"请便"的架势。

我立刻夹起一片洁白晶莹的鱼肉送入口中。牙齿轻轻一咬，鱼肉中的汁液便在口腔中弥散开来，如春雨般滋润着我干渴的喉咙。那是一种前所未有的鲜甜滋味，我觉得自己的咀嚼肌已不受控制，它们被一种无法抗拒的魔力牵引着，不停地运动，直要将口中的那片鱼肉彻底碾碎，奉献给每一个狂欢的味蕾。

老人在一旁笑眯眯地问我："怎么样啊？"

我沉默着，心中有种说不出的情绪，既快乐又惆怅。良久之后，我才轻叹一声道："唉，这才是人间真味啊，我这前半辈子算是白活了！"我急切地夹起第二片鱼肉，又美美地享受了一番。

六七片鱼肉下肚了，我这才觉得腹中的馋虫略有退却。而老人自吃了最初的那片鱼肉之后，便一直没动筷子。我说："王师傅，您也多吃点啊。这么难得的东西，可别让我一个人糟蹋了。"

谁知老人竟是淡淡地一撇嘴，道："不就是些河豚鱼片吗？有什么难得的，就算是扔掉也不可惜。"

"什么？"我觉得此刻的他简直不可理喻，"这样的美味怎么能扔掉？"

"美味？"老人摇着头，"你以为这些就是真正的美味了？"他抓起盛鱼片的那个瓷盘，顺手便往地上一摔。我一声惊呼，想要阻止已来不及。盘子碎了，大半盘鱼片也随之滚落尘土。

"这……"我愕然瞪大了眼睛。还没来得及转过神来，老人又把另一个瓷盘端到了我面前。

“看看吧——”他用一种低沉的嗓音说道，“这一盘才是天下至鲜，真正绝顶的美味！”

我惊诧无语！这一盘是什么？正是从河豚身上清理下来的各种有毒的部位！就算是最有经验的大厨也会避之唯恐不及，此刻怎却成了王师傅所言的绝顶美味？

“你还不明白吗？河豚越毒，滋味就越美。同理推之，在一条河豚身上，毒性最大的部位也就是最美味的部位。这鱼肉无毒，吃起来也就最无味。现在这盘子里的每一样东西，滋味都在先前那盘鱼肉之上！”老人看我的眼神开始闪动着异样的光芒，细细分辨，竟满是诱惑之意。

“这些东西再美味又能如何？它们都是有毒的，吃了会死人的！”

老人意味深长地一笑，道：“确实有毒，但未必吃了就要死人。”

我惊喜道：“难道您有独门秘法，可以破解这里面的毒素？”

老人没有直接回答。他把两只小小的炭炉取过来，一人一只放在面前，然后又把两只小砂锅分别搁在炭炉上。炭炉里早备好了炽热的木炭，老人将炉门稍稍拨开，那木炭受了氧气，立刻红彤彤地烧起来。

这一番准备妥当之后，老人打开了地上那只大砂锅的锅盖。一团热气裹着香味喷腾而出，热气略散之后，却见砂锅内盛着满满一锅浓汤。那汤汁呈乳白色，虽浓却纯净，绝无半分杂质。

老人用汤勺将大砂锅里的汤汁舀出，分装在两个小砂锅内。那小砂锅已被木炭烘得透热，汤汁下进去没一会儿便开始汩汩沸腾。他把手一拍道：“怎么样，敢不敢和我一块品尝这盘真正的美味？”

我心底早已奇痒难耐，但恐怖的河豚毒素却又令人畏惧。所以，我一边咽着口水，一边小心翼翼地问道：“王师傅，您这汤里是不是得有点说法？”

“当然有说法，这是我钻研了大半辈子，以三十七种草药和香料混合煨制得到的汤汁。用这锅汤涮食河豚，不仅能将河豚的美味渲染到极致，更能缓解河豚毒素，保证食用者的安全。”

原来如此！我用力一拍桌面说：“那就妥了，这盘美味我一定得尝尝。”便将筷子往盘中一块淡黄色的河豚组织探去。老人连忙用手中的筷子一挡，笑着说：

“你还真是性急——可不是这么个吃法，得按顺序来。”

“哦？”我收回筷子问道，“按什么顺序？”

“从毒性最小的开始来，慢慢深入。既是保证安全，更是为了让美味层层叠进，享受到最大的口腹之趣。”

我点头附和：“有道理。”随即又彷徨不知该如何下箸。老人看出我的窘迫，指点说：“先吃鱼皮，这是毒性最弱的部位。”

我依言夹起一块鱼皮投入汤锅内，老人又提醒说：“河豚鱼皮厚实坚韧，得多煮一会儿。”我便放下筷子耐心等待。那锅沸了三四分钟之后，老人道：“这会儿差不多了。”

我将那鱼皮从锅中夹出。河豚鱼皮的外表面上长满了小刺，所以食用时需要用内层厚实的肉皮将小刺包裹起来，这样才不会扎嘴。我以前常去饭店吃无毒的河豚，对这个诀窍早就谙熟于心。

与细嫩的鱼肉不同，河豚鱼皮主要是由胶质成分构成。经过沸水的烫煮，这些胶质已经透烂，只轻轻一咬便在口腔中彻底化开。而一股浓浓的鲜香就此粘在了舌尖上，久久不散。

鉴于柔腻的口感和胶原蛋白特有的浓郁鲜香，这鱼皮的美味确实比鱼肉更胜一筹。就在我全心全意享受之时，又听老人说道：“这鱼皮吃上两口就行了。接下来的好东西多着呢。”

我恋恋不舍地将鱼皮咽进肚子里，问道：“接下来该吃哪个？”

“河豚号称‘鱼中西施’，接下来要吃的就是这道西施乳！”老人一边说，一边将一团乳白色的物件送入我面前的餐碟。我认得这东西是河豚的肾，也就是雄性河豚的精巢。据说其味鲜美异常，在春秋战国时期被吴王赐美名——“西施乳”。现在老人既将美味送入我的碟中，我又何须客气？于是我便将这块“西施乳”下入砂锅。片刻后，鱼肾从沸汤中浮起，表面光滑膨胀，当是已熟透了。

我用筷子夹住“西施乳”，先在唇边轻吹两下，随即送入口中。那鱼肾柔滑至极，唇舌间含住的就像是一团丝绸。我更无须用牙去咬，只上下颌微微一合，“丝绸”便在口中裂开，浓郁的鲜香瞬间炸得满嘴都是。那滑腻鲜美的滋味刺激着我的味蕾，让我的唇舌禁不住要舞蹈起来。

直到这番美妙散尽之后，我才腾出嘴来由衷地赞叹：“‘西施乳’，名不虚传！古人竟能想出如此风流的名字，嘿嘿，此物洁白如玉，丰腴鲜美，这个名字起得可真是惟妙惟肖！”

老人也道：“这‘西施乳’算是河豚体内真正美味的部位之一。而且它的妙处是毒性不大，只要煮熟煮透，寻常人亦可一饱口福——”说到这里，他突然停了下来，似乎想到了别的什么，顿了一下才道，“世事难料啊，谁能想到呢？我的恩师竟是因这‘西施乳’而死。”

我忆起三天前未尽的话题。我们原本约好今天要揭开徐老倌死亡的真相，只是我一度贪恋口腹之欲，竟把这茬儿忘了个干干净净。现在老人既然提起，我便顺势追问。

老人幽幽地说道：“你也吃了这么多东西了，正好歇一歇，先听我再讲一段故事。”

## 4

“到了1949年的时候，解放军打到长江北岸，一举攻克了扬州城。我们当时还在南京，但听说王从禀的残余势力已在共产党的镇压下土崩瓦解，而且共产党已在筹备渡江战役，全国解放指日可待。

“这下我们可高兴坏了。为了庆祝这桩大喜事，我师父特意弄来一条河豚，准备师徒三人好好地美餐一顿。”

“这条河豚由我师父亲自打理，他在剖杀河豚的时候有了意外的惊喜，情不自禁地大叫出声：‘看，好大的一块西施乳！’

“我和师兄闻声上前，果然看到了一块硕大的‘西施乳’。那块‘西施乳’表面洁白无瑕，个头比我以往见过的足足大了一半。当时我们都觉得稀奇，暗想：难道老天爷真的要眷顾我们了，竟赏赐这么大一块‘西施乳’给我们享用！

“师父高兴得很，打理起河豚也格外用心。因为这块‘西施乳’个头太大，他特意延长了烧制的时间，这样便保证整块‘西施乳’都被煮透，不致吃出什么问题来。

“河豚烧好之后，师父自然是要先吃的。而他当时尝的正是那块‘西施乳’。一般的‘西施乳’一口就能吞下了，但那块‘西施乳’实在太大，师父只能咬去一半，在口中慢慢地咀嚼品尝。”

老人说到此处突然沉默起来，片刻后，他才用嘶哑的嗓音继续说道：“随即……随即情况便发生了……那幅场景至今仍在我的眼前。我记得师父的每一个动作、每一个表情以及他说过的每一个字。”

我深深地感受到：在对方的回忆中，潜伏着某种既神秘又可怕的力量！这力量压迫着我，让我不敢多言。我只有静静等待聆听。

老人深吸了一口气，开始详细描述：“当我师父第一口嚼下去的时候，他的眼睛立刻就瞪得溜圆，身体则往椅背上一靠，僵直僵直的，好像过电了一样。然后有三四秒钟的时间，他就这样一动不动的，眼睛也不眨。我和师兄被吓到了，还以为师父突发什么怪病，连忙上前呼唤。师父这才回过神来，他的嘴里含着那半块‘西施乳’，含糊不清地说了两个字：‘这……这！’”

我咧了咧嘴，插话道：“这只能算是一个字吧？”

老人瞪了我一眼，坚定地强调说：“是两个字。他当时说了两遍，但绝不是简单的重复，因为这两个字里包含着两种截然不同的情绪。说第一个字的时候，他的声音高亢，像是充满了惊喜；到了第二字的时候，他的声音却又低沉颤抖，显出无比恐惧。”

我讶然道：“怎么会有这么大的情绪变化？”

老人没有回答，只管继续往下讲述：“他说完这两个字之后，又开始咀嚼。他每一下都嚼得很慢，动作艰难而又沉重。他的眼睛仍然瞪得大大的，眼神中则透出既迷恋又绝望的光彩，就像，就像……”老人皱眉斟酌了一会儿，终于找到了合适的比喻，“就像是童男子第一次看到了全身赤裸的美女，可这个美女手中却握着一把锋利的尖刀，那利刃已经抵上你的咽喉，随时便能送了你的性命！”

我忽然间意识到了什么，猜测道：“难道那块‘西施乳’里有毒？而且你师父已经知道其中有毒，却还在继续咀嚼品尝？”

老人目光一闪，答道："不错！"

"这是为什么啊？知道有毒，那赶紧吐出来呀！"

老人苦笑道："因为那女子实在太美太美，就算知道她会杀了你，你还是不舍得离开！"

"您的意思是，那块'西施乳'实在太美味了，所以你师父明知道有毒，却还是忍不住要吃？"

老人点点头，随即又反问："现在你明白他为什么会有那么大的情绪变化了吧？"

"说第一个'这'是因为他品尝到了绝顶的美味，而说第二个'这'的时候他已经意识到中了剧毒？"说到这里，我忍不住打了个激灵，"这毒来得也太快了吧？只嚼了一口就有所察觉？"

老人道："就是这么快——那是我见过的最可怕的毒素。"

"那……后来呢？"

"我师父就这样一直嚼一直嚼，足足嚼了好几分钟。其间我和师兄发觉不太对劲，好几次在旁边呼唤，可师父却充耳不闻。直到最后他把那块'西施乳'咽进肚子里了，这才抬起眼皮，但他的目光直溜溜的，竟好像看不到我们。我们又在一旁呼喊，他也仍然听不见。这时我们才意识到：原来师父已经聋了、瞎了！"

我倒抽了一口冷气。河豚的毒是一种生物麻痹毒素，毒到深处时便会感官消失，四肢瘫痪。徐老倌这副样子，赫然已是临死前的征兆！

老人继续讲述："我和师兄知道师父中毒，难免惊慌失措。师兄急匆匆地要去找解毒水，而我却突然有了新的发现，忙把师兄叫住说：'等等，你看看师父，他是不是又在骗我们呢？'"

"骗你们？你怎么会这么想？"

"因为我又看到师父脸上浮现出一丝笑容，那笑容如此安详和满足，完全不像是中毒濒死前的表现。想到师父两年前那次诈死的经历，叫我怎能不怀疑呢？我师兄也觉得有些奇怪，他干脆走上前，伸出手指探了探师父的鼻息。这一探，师兄扑通就跪下了，号啕大哭道：'师父死了！'我大惊失色，壮起胆子推了师父一把，师父从椅子上倒下来，身子僵直僵直的，果然已经死透了。"

“就这么死了？”没想到这徐老倌临死前连一句遗言也没有，却留下一个令人费解的笑容。这笑容又代表着什么呢？

老人见我困惑，忽然问我：“你知不知道河豚身上最毒的是什么部位？”

“应该是雌豚的卵巢吧？”

老人点头道：“雌豚的卵巢，也就是通常所说的鱼子——这是河豚身上最剧毒的部位。除了卵巢之外，野生河豚的其他部位都有人品尝过并留下相关记述。唯独对于卵巢，却从未有人描述过它的滋味，你可知道为什么？”

我很容易便想到了——那是一个令人不寒而栗的答案。

“因为吃过的人全都死了。”

“是的，从来没有人能活着描述河豚卵巢的美味。然而河豚卵巢却仍然有一个非常美丽的名字——西施笑。”

“西施笑？”我喃喃念叨着，暗自咀嚼回味。这的确是个美丽的、充满了优雅意境的名字，可这个名字为何会与那致命的毒物联系在一起？

老人给出了回答：“因为凡是误食河豚卵巢的人，在死前都会露出最美丽的笑容。那笑容传达出一种极为愉快的情绪。嘿嘿，没有亲眼见过的人，是永远也不会懂的。”

听老人说到这里，我心中蓦然一动，忙问：“难道徐老倌就是死于河豚卵巢之毒？”

老人点头默认。我却觉得满头雾水：“可这事不对啊，他吃的明明是‘西施乳’？”

老人仰天长叹一声：“这就是造化弄人！后来我和师兄查看了剩下的那半块‘西施乳’，这才发现在精巢的内部，居然还嵌套着一块河豚鱼子！原来这条河豚竟是天生的生殖畸形，是一条雌雄同体鱼。”

“精巢里面还套着卵巢？”我恍然大悟，“难怪那精巢会比一般河豚的要大！”

“这种怪鱼出现的概率小之又小，没想到就被我师父撞上了。你说这是不是天意？他杀了一辈子河豚，注定要死于河豚之毒；他吃了一辈子河豚，最终也一定要尝一尝这人世间的绝顶美味——‘西施笑’！”

老人将这番往事说完，小院内出现了短暂的沉寂。我们都默不作声，双双陷于感怀和追忆之思。最终还是老人打破了静默："好啦，不说这些陈年往事了，继续享用美食吧！"他一边说一边夹起盘中一块灰褐色的河豚组织，问道，"这个东西你该认识吧？"

我点头道："这是河豚的肝脏，也是剧毒之物，曾被吴王赐名'西施肝'。要想食用'西施肝'，必须以极高温的油反复煎炸，方可去除毒素，保证食客的安全。"

老人不屑地一撇嘴说："反复煎炸？毒素是除了，'西施肝'的鲜嫩滋味却消失得干干净净！在我这里可绝对不能是这个吃法。"

"那该怎么吃？请王师傅指点。"

"还是用这锅汤来涮，而且涮的时候讲究四个字：七上八下！"

"七上八下？"

"对，下锅涮煮之后，第七秒就要夹上来，第八秒就要下入你的腹中。这就叫七上八下——"老人看着我一笑，"嘿嘿，正和你品尝时忐忑不安的心情一样！"

七秒钟出锅？这确实有点太快了吧？这锅里的草药再好，这么短的时间里能不能发挥效用啊？当我想到这些问题的时候，心里果然七上八下地打起鼓来。

"怎么样？还敢不敢吃？"老人把"西施肝"悬在我的砂锅上方，似笑非笑地看着我。

美食当前，我怎能做怯懦逃兵？我抓起面前的筷子，大声喊了句："敢！"

老人手指一拨，将那块"西施肝"扔进了沸腾的汤锅中。我则在心中暗暗数到七秒，立刻便将"西施肝"从汤中捞起，第一时间送入了口中。

一种至鲜、至嫩、至柔、至美的滋味在我的唇舌间炸开，仿佛是含住了爱人最娇嫩的肌肤。我已无法用语言来形容我的确切感受，我只能说我全身的毛孔都长出了味蕾，所有的感官都已沉浸在最精彩的美食体验中。

这一口"西施肝"下肚，我半晌都没回过魂来。最后还是老人的声音把我拉回到现实世界。

"这一块'西施肝'已是人间难得的美味。你能有此口福，也算是不虚此行了。"

我忽然想起老人自最初吃了一片河豚鱼肉之后，便再没吃过别的东西。我有些不好意思了："王师傅，您把这些美味都让给了我，自己怎么不吃呢？"

"我吃啊，而且我把最好的留给了自己。"老人看着我，嘴角一丝浅笑，若有若无。然后他伸筷子在自己面前的砂锅里一捞，从沸腾的汤汁中夹出了一块东西。那东西大约一指长，七分宽，外表裹着一层淡黄色的囊衣，看起来既光滑又柔软，不用尝也知道定然口感一流！

那正是我一开始最先想要夹取的河豚组织，当时被老人用筷子挡住了，不知何时已被他放入了砂锅。这东西我以前从未见过，但既然老人说了这是"最好的"，我心中自有了三分眉目：

"难道这个就是……"

"没错，这就是雌豚的卵巢，传说中的'西施笑'！"老人说罢便将它送到嘴边，一口咬去了一半。然后他开始慢慢地咀嚼，神色专注至极。

我无法想象老人到底感受到了怎样的美味，我只看到他脸上的皱纹正一点一点地化开，他的眼神变得明亮起来，精神也越来越旺盛。在短短的一瞬间，他整个人都变得光彩夺目，仿佛年轻了二十岁一般。

我相信：如果天堂真的存在的话，那老人此刻便享受着沉浸于天堂的美妙感觉。

这感觉直到老人将口中的半块"西施笑"咽入腹中之后才慢慢消散。然后他看了看筷子上剩下的半块"西施笑"，又抬头看了看我。

我的目光也盯在那半块"西施笑"上。只见"西施笑"外面的囊衣已被咬破，露出里面一粒粒金灿灿的鱼子，我的眼睛越睁越大，最后居然很没出息地干吞下一大口唾沫。

"我知道你非常想吃这半块'西施笑'。"老人意味深长地笑着，他把那半块"西施笑"暂时放在餐碟上，随即又话锋一转，说道，"但你现在还不能吃，因为它不是属于人间的美味。"

"我知道，那是天堂里的美味，人间绝难寻觅！"我亢奋地嘟囔着，话语中充满了妒意。

"天堂？"老人却连连摇头，"不，你理解错了。"

我“嗯”了一声，不明所以。

“这绝顶的美味不属于人间，也不属于天堂，它属于地狱。”老人直视着我的眼睛，话语中忽然透出阴森森的意味来。

“地狱？”我无法理解，“为什么？”

老人深深地叹息一声，明言道：“因为我配制的草药汤尚不能解‘西施笑’之毒，所以，这块美味的‘西施笑’仍然是致命的毒物！”

这句话如霹雳般轰在我的头顶，让我目瞪口呆。我足足愣了有半分钟，这才恍惚问道：“既然致命，您……您怎么……”

“因为我已经无法抵挡它的诱惑。六十年前，我亲眼看到师父死于‘西施笑’之毒，师父临死前的笑容成了我一生的梦魇。从此我食不甘味，夜不能寐，必须要亲口尝到‘西施笑’的滋味才能解脱。我尝遍百草，配尽千方，誓要破解河豚之毒，最后我终于熬出了这锅草药汤。可惜啊！这汤已经能解‘西施肝’，却还是解不了‘西施笑’！我实在无计可施，为了完成夙愿，只有舍命一搏了。”老人这番话似乎早就压抑在心中，此刻就像竹筒倒豆子似的，一股脑儿全都说了出来。

原来是这样的情怀！但我仍然难以理解：“您……您为什么不再继续尝试？我相信终有一天这‘西施笑’之毒也能被您化解！”

“来不及了。”老人摇头一叹，随后又问我，“那天我们在满江红相会，我尝了你吃的秧草炖河豚，你还记得吧？”

“记得，当时您的反应便有些奇怪。”

“满江红有两个厨子都会做这道秧草炖河豚，我以前只要吃上一口，就能品出是哪个小子做的。可那天，我突然发现自己分辨不出了，你知道这意味着什么吗？”老人看着我，又悲哀地自问自答，“这意味着我老了，我的味觉已经开始退化。所以我已经不能再等待！”

我终于彻底恍然了。老人想要品尝到天下独尊的美味，必须要具备良好的味觉功能。一旦味觉开始退化，他便没了等待的本钱。也许正是从那天开始，他已抱定了“拼死吃河豚”的决心。

谜底终于被揭开，而我却不敢想象接下来会发生的事情。

“是的，我很快就会死。”老人却坦然说了出来，“这锅汤能稍稍延长我的生命，但也不会太久。你不必为我难过，这是我的宿命，六十年前就已注定。就像你今天来到这里，便注定了你此后的宿命一样。”

“我……我的宿命？”我张大嘴看着对面的老人。老人也在看着我，那目光中似乎仍然藏着未尽的秘密，令我不寒而栗。

“难道你不想尝到‘西施笑’的滋味吗？它不会成为你今后魂萦梦绕的牵挂吗？你一定会继承我未尽的梦想，将这锅草药继续钻研下去。”老人一边说一边掏出个信封从桌面上推了过来，“这便是三十七味草药的配方，你拿去吧。另外，我已写好遗书，这几间屋子、这一片药园从此都是你的，你还有好几十年的时间，好好利用——我相信你最终不会和我一样。”

我彻底地愣住了，只看着桌上的那个信封，一时却不敢伸手去接。

“拿去吧，犹豫也没用。”老人自信地说道，“我是不会选错人的。你眷恋美食，又充满了好奇心和探索欲，根本就无法抗拒这个诱惑。”

是的，他确实没有选错人。我无奈地苦笑着，终于将那个信封抓在了手中。

老人长长地嘘了口气，像是完成了最后的心愿。然后他又说道：“帮我个忙，把那半块‘西施笑’喂到我嘴里吧——我已经看不见了。”

我的心蓦然一沉，虽然是预见得到的结局，但这结局真的迫近时，却仍然令人难以接受。

“快点吧。”老人催促着。大概是毒素已经侵入到他的声带，他的嗓音开始颤抖起来。他的肌肉也在失去力量，于是他把身体往后仰靠在椅背上，姿势就如同六十年前的徐老倌一般。他用最后的力气张开嘴，默默地等待着。

我勉强控制住泪腺上的冲动，将餐碟中那半块“西施笑”夹起来，送入老人口中。

老人慢慢地咀嚼着，笑容出现在他的脸上。这是一种我从未见过的安详而满足的笑容。我相信他要去的地方一定不是地狱，而是天堂。

当老人最后的咀嚼停止之时，我终于理解了他曾经说过的那句话。

他说：“到那时候，你再想后悔可就来不及了。”

**图书在版编目（CIP）数据**

惊奇物语. 3 / 王雨辰等著. —北京：北京联合出版公司，2015.6

ISBN 978-7-5502-5443-5

Ⅰ. ①惊… Ⅱ. ①王… Ⅲ. ①短篇小说—小说集—中国—当代 Ⅳ. ①I247.7

中国版本图书馆CIP数据核字（2015）第113478号

惊奇物语. 3

作　　者：王雨辰等
选题策划：北京磨铁图书有限公司
责任编辑：夏应鹏

北京联合出版公司出版
（北京市西城区德外大街83号楼9层　100088）
北京鹏润伟业印刷有限公司印刷　新华书店经销
字数268千字　700毫米×980毫米　1/16　印张17
2015年7月第1版　2015年7月第1次印刷
ISBN 978-7-5502-5443-5
定价：32.80元